安徽师范大学 2015 年度研究生课程重点建设项目"中外诗学比较研究

整体诗学

一切凝神之思就是诗，而一切诗就是思。
——海德格尔

张公善◎著

中国出版集团公司
世界图书出版公司
广州·上海·西安·北京

图书在版编目（CIP）数据

整体诗学 / 张公善著 . 一 广州：世界图书出版广东
有限公司，2016.12
ISBN 978-7-5192-2265-9

Ⅰ . ①整… Ⅱ . ①张… Ⅲ . ①诗学－研究－中国
Ⅳ . ① I207.2

中国版本图书馆 CIP 数据核字（2016）第 303748 号

书 名	整体诗学	
	ZHENGTI SHIXUE	
著 者	张公善	
策划编辑	江冉婷	
责任编辑	黄 琼	
装帧设计	黑眼圈工作室	
出版发行	世界图书出版广东有限公司	
地 址	广州市新港西路大江冲 25 号	
邮 编	510300	
电 话	020-84460408	
网 址	http:// www.gdst.com.cn	
邮 箱	sjxscb@163.com	
经 销	新华书店	
印 刷	三河市华东印刷有限公司	
开 本	710mm × 1000mm　1/16	
印 张	17.25	
字 数	298 千	
版 次	2019年4月第1版第2次印刷	
国际书号	ISBN　978-7-5192-2265-9	
定 价	52.00 元	

自　序

从 2002 年去浙江大学读博开始，"生活"就一直是我生活和学术的主题。

我的博士论文《批判与救赎：从存在美论到生活诗学》（安徽人民出版社，2006）旨在将美学本体从空洞的"存在"转向实实在在的"生活"。此处的"生活"并非日常生活，而是一种暗含存在维度的整体生活。此书出版时，我刚走上大学课堂，一方面要讲授现当代文学，另一方面又要顾及刚刚拉开序幕的"生活诗学"。在教学实践中，我逐渐将生活诗学与大学人文教育融合起来，并且找到了一个最佳载体——小说。

2010 年春，我为全校大学生开设了一门通识课程《小说与生活》。在讲稿基础上形成的书稿《小说与生活：中外现当代小说名篇中的生活观念》（安徽师范大学出版社，2012），修订版更名为《小说与生活：探索一种小说教育学》（北京大学出版社，2016），可谓"生活诗学"在大学人文教育（生活教育）和文学批评（生活批评）领域内的实践总结。随后出版的《生活诗学：后理论时代的新美学形态》（中国科技大学出版社，2013），则是我自 2002 年以来一直探索的"生活诗学"的总体理论纲要。此书重申"生命—生活—存在"三位一体的整体生活观，重新分析了美、诗和艺术，旨在将美学引向拯救现代异化生活的大道，使之最终成为指导人"珍爱生命—积极生活—感悟存在"的"生活艺术"。

现在的这本《整体诗学》则是"生活诗学"在诗歌批评和创作领域的实践成果，也是复兴"整体"的号角。众所周知，"整体"观念在中西古代都非常盛行，但随着时代的发展而渐渐衰落。复兴"整体"诗学观念，不仅是重申艺术的整体内涵，更希望协助处于断裂与碎片之中的现代人重建一种和谐的生活。本书分两部分，第一部分着重从具体个案来探讨诗的整体性。第二部分则是本人多年来创作的诗歌选辑。本书突破学术著作的单调性，引进复调架构，让理论与作品互文。整体诗学既强调诗歌的日常性，又强调诗歌的思想性，让诗与思互文，既让诗走向思，也让思走向诗，其起点和归宿都是日常生活。整体诗学倾心一种"整体诗"。它不仅以文字为诗，也以生活为诗；它呈现一种内含"生命—生活—存在"等三个维度的整体生活；它是诗与思的交响；它承继海子的大诗精神，追求中国诗学传统与西方现代意识的融合。

《整体诗学》对于那些热衷理论的读者或诗评家来说，可能"一文不值"。这里没有时髦的理论，没有统一的体系，甚至没有章节结构。第一部分主要记录的，是一个爱诗的人如何由表入里，走进一个个诗人心灵世界的体验过程。对于同样热爱诗歌的人来说，肯定有不少共鸣的地方。我们的手也许会在心中紧紧握在一起。

热衷追捧名家诗歌的人可能对《整体诗学》会不屑一顾。有那么多诗坛大家的作品等待阅读，一个无名之辈的诗歌很可能意味着浪费时间。然而，一个人，无论是谁，无论有名无名，只要能在自己的道路上，倾注于一项事业或爱好，认真生活、感悟生活，并能将感悟落实到日常生活中去，持之以恒，他本身就足以成为一个审美对象！从这个角度来说，本书是我审视自己的结果。跨越28年的一首首诗，不仅仅是文字意义上的诗，更是精神意义上的档案，收藏着一位寻梦者或探求者的一个个足迹。我相信，真正生活过、坚守过的人都会从中读出自己的心跳。

谨以此书献给那些如风如水的岁月，献给所有自强不息、积极生活的无名者、探求者、播种者、漫游者、寻梦者、焦虑者、吞火者、绝望者……

2016 年 7 月 7 日 芜湖长江之滨

目　录

第一部分　整体诗学：理论与批评

第二部分　诗集：潜行大地

第一部分　整体诗学：理论与批评

由于诗源于这种灵魂的诸力量皆处在活跃之中本源生命中，因而诗意味着一种对于整体或完整的基本要求。诗不是智性单独的产物，也不是想象单独的产物，不，诗不仅仅是它们的产物，它出自人的整体即感觉、想象、智性、爱欲、欲望、本能、活力和精神的大汇合。

——马利坦

第一章　何谓诗学，诗学何为？

古希腊亚里士多德首创《诗学》，以诗作为研究对象，主要探讨悲剧与史诗，提出诗歌创作的原则和规律，并就文艺与现实的关系问题以及文艺的社会作用问题进行了阐述。古罗马贺拉斯的《论诗艺》上承亚里士多德的《诗学》，下启文艺复兴时期的文学艺术创作，是欧洲文学史上的一部重要文献。《论诗艺》是诗体信简，共 476 行。信中结合当时的罗马文艺现状，提出了有关诗和戏剧的创作原则，建立了古典主义的艺术范式，对 16—18 世纪的文学创作，尤其是戏剧与诗歌影响深远。17 世纪法国布瓦罗的《论诗艺》则为新古典主义法典。上述三种诗学著作主要涉及诗（史诗）与戏剧，可视作一种"文学理论"。

根据韦勒克《批评的概念》里的说法，在 17 世纪 60—70 年代，"批评"一词被普遍使用，"诗学"一词被逐渐取代。1750 年德国鲍姆嘉通用"Aesthetica"来命名他所研究的"感性学"，这就是我们现在所谓的"美学"，他也被誉为"美学之父"。自美学诞生以来，其研究内涵不断扩大，从康德到黑格尔，美学都将艺术视为研究的重要对象。何以如此？因为古典时期，人们普遍把艺术与美相连。歌德的话可作为总结："成功的艺术处理的最高成就就是美。"也就是说，古典时期艺术总是以美为归宿的。从古希腊到德国古典哲学，艺术理论都从属于诗学或美学。艺术理论的独立是德索的一大功劳，1906 年其所著的《美学与艺术理论》，显示出将艺术理论从美学中脱离出来的动机，从此艺术理论成为一门显学开始发展起来。

20 世纪以来，诗学又开始复兴。法国的塔迪埃在《20 世纪的文学批评》（1987）中单列诗学一章，具体介绍了 20 世纪出现的散文体裁的诗学（小说诗学及其他散文体裁诗学）、诗的诗学以及阅读诗学，其所论主要是关注文学的文本及其阅读。小说诗学论及小说的构成特征等，诗的诗学论及诗歌的特征，阅读诗学则关注阅读行为。托多罗夫的《散文体诗学》（1971）认为诗学的目的在于借助划分手段的概念来描写文学言语的运作过程。小说诗学对文本的论述，尤其是巴赫金、热奈特等人对文本间性（互文性）的相关论述，开启了文本由文字文本向生活文本的转变。受巴赫金影响的克里斯蒂娃在《整体理论》（1968）中就认为文学结构处于"社会整体这一总的文本之中"。这样，实际上她把文本间性又拓展为具体文本与产生该文本的社会环境之间的互文。这就意味着社会和历史也被看作文本，我们需要在社会和历史的大环境中考察文本。[1] 此外，对文字文本的阅读就逐渐转变为对其他非文字文本对象的阅读了。实际上法国哲学家巴什拉尔的《空间的诗学》（1957）及《梦想的诗学》（1960）就已经开了以诗学视角研究非艺术对象的先河。巴什拉尔总是以诗歌的最小单位"意象"为切入点，即从一个意象出发重新认识一个世界，一个艺术家的心灵世界。比如，在《空间的诗学》中，他认为空间并非填充物体的容器，而是人类意识的居所，建筑学就是栖居的诗学。家的意象反映了亲密、孤独、热情的意象。我们在家屋之中，家屋也在我们之内。我们诗意地建构家屋，家屋也灵性地建构我们。

20 世纪诗学的另一变化是诗学开始与其他学科相互渗透。维谢洛夫斯基是俄国历史比较文艺学的创始人，其代表作为《历史诗学》。该书在作者生前只发表了部分章节，首版于 1940 年出版。该书集中体现了他的美学思想、文艺观和方法论。他对文艺的起源、文学的样式和体裁的形成与演变、情节史、修饰语史以及诗歌的语言风格、对比手法等一系列诗学基本问题的范畴进行了追根溯源、鞭辟入里的系统分析研究，提出了一系列富于开拓性的创见，开辟了一条"从诗的历史中阐明诗的本质"，把文学史的研究和诗学理论的研究有机结合起来的文艺学研究的新方向、新道路。乌斯宾斯基的《结构诗学》是莫斯科 - 塔尔图学派结构主义符号学研究的经典著作，也是叙事学名著，该书初版于 1970 年，出版后立刻在学术界引起强烈反响，并被译成多种语言。该书的研究对象是艺术文本的结构，把"视点"视作文学和其他艺术作品结构的基本结构构成因素。该书从意识形态层面、话语层面、空间—时间的特征描写层面以及心理层面，就艺术文本的视点表现问题进行了系统研究，并就作品不同层次视点的相互关系和不同种类的结构共性等问题进行了探讨。梅列金斯基是世界神话学领域造诣极深的学者，他毕生从事民间创作以及神话、叙事诗的探考和比较研究，《神话的诗学》为其最重要的论著之一，堪称神话学领域经典式

---

[1]　[法]塔迪埃：《20 世纪的文学批评》，史忠义译，天津：百花文艺出版 1998 年版，第 249 页。

的集大成之作。伊万·布莱迪的《人类学诗学》大胆地超越了人类学的学科界限，开拓了人类学诗学对话的领域，对民族志撰写的性质进行了十分缜密的思考，着重探讨了诗学在传统撰写中的地位，并同时探讨了将来写作民族志的多种可能方式。《人类学诗学》集中地表现了作者对形式、风格的敏感意识，从一个独特的角度解读了人类学与文学以及浪漫主义之间的关系，还对人类学家经历的口头传说的世界中的诗歌进行了思考，《人类学诗学》的出版为人类学的发展开辟了新的境界。对波德维尔（著有《电影诗学》）来说，电影就是创造存在于历史语境中的东西，而目的是产生确定的效果。波德维尔从这一核心主题出发，针对电影如何引导并改造文化和跨文化的影响，提出了一种全面理解的方法。此外，还有斯特拉文斯基的《音乐诗学六讲》、伯恩斯坦的《语言派诗学》等，不再赘述。

某种意义上，比较诗学的出现无非是把上述两种学科之间的互相交融，转变成两种文化之间在诗学领域内的相互观照，实际上是两种文化或几种文化之间的关于诗学的互文性研究。把中国诗学与西方诗学进行比较，较早且影响巨大的著作当属海外华人叶威廉的《比较诗学》（1983）。叶威廉在学术上的贡献，最具国际影响力的是提供了东、西比较文学的方法。他质疑了结合西方新旧文学理论研究中国文学的可行性，肯定了中国古典美学特质，并通过中西文学的"互照互省"，试图寻求更合理的文学共同规律。厄尔·迈纳所著的《比较诗学》（1990），反映了国际研究方面由于中国人的出场所引发的许多主题和许多问题。首当其冲的一个问题是：在形形色色的文化中，文学的性质究竟有些什么样的思想？或者换言之，那些主要的文学文化群落究竟如何建构其成体系的文学观？通常的回答是通过响应其社会的、哲学的和观念的语境中存在的文学实践来建构其成体系的文学观。

对中国学者而言，诗学普遍是关于诗歌的研究。台湾著名学者黄永武的《中国诗学》（全四册：《思想篇》、《设计篇》、《考据篇》、《鉴赏篇》）自成体系，引领读者探究中国古诗的神韵美妙之处，该书出版于1976—1979年。20世纪末，中国开始兴起比较诗学。较为系统地进行中西比较诗学研究的有饶芃子、曹顺庆等人。曹顺庆的《中西比较诗学》（1988）及饶芃子的《比较诗学》（2000）都有较大影响。在世纪之交，童庆炳提出了"文化诗学"的主张，并主编了《文化与诗学》丛书。他认为在中国进入21世纪的时候，提出"文化诗学"这个命题并不是哪个理论家的突发奇想，而是对现实生活的一种恰当的回应。"文化诗学"的基本诉求是通过对文学文本和文学现象的解析，提倡深度的精神文化，提倡人文关怀，提倡诗意的追求，批判社会文化中一切浅薄的、俗气的、丑恶的和反文化的东西。其基本追求是：关心现实的文化存在状况，对于现实中存在的负面文化及其表现进行诗意的批评，重视文化发展中的人文维度，将文学艺术问题、诗学问题纳入文化范围。

新世纪以来，以诗学为名的著作明显增多，大致分为以下几类：

一是关注诗学的诗歌研究维度，从各种视角来解读和研究诗歌的诗学。夏可君的《姿势的诗学》（中国社会出版社，2012）关注身体姿势与汉诗写作。翁文娴的《变形诗学》（北京大学出版社，2013）将现代汉语诗歌的成长过程归纳为三种类型：形相之变、句法之变和观念之变。王小舒的《神韵诗学》（山东人民出版社，2006）主要由两个部分组成，即神韵诗史和神韵诗论。石江山的《虚无诗学》（中国社会科学出版社，2013），追踪单一但多元的哲学术语"虚无"（emptiness）在历史上独特的互文道路，揭示它在美国 20 世纪诗歌和诗学中的嬗变。

二是关注诗学的文学理论维度，而且是凸显文学艺术的某一种特性。张邦卫的《媒介诗学：传媒视下的文学与文学理论》（社会科学文献出版社，2006），凸显了文艺学的媒介性。该书着重考察信息时代与媒介社会中，作为语言艺术的文学文本所面临的文化困境与发展前景，从而为走向媒介诗学的必要性与可能性以及推动媒介形态的文艺理论的重构，开拓了一条颇具创意的思想路径。随着互联网的迅速普及和手机等数字通讯工具的广泛使用，网络文学、手机小说、博客书写、电脑程序创作、赛博朋客小说、多媒体和超文本文学实验等纷纷在文坛浮现。欧阳友权的《比特世界的诗学——网络文学论稿》（岳麓书社，2009）启示我们如何正确利用新媒介的技术特性来提升文学性，进而在数字化语境中开辟文学的新境界，丰富文学的魅力，而不是让技术牵着鼻子走，使炙手可热的技术手段成为遏制文学生命力的借口，更不是让文学传统在数字技术的狂飙突进中消失殆尽。邵子华的《对话诗学——文学阅读与阐释的新视野》（云南大学出版社，2006）初步梳理了对话诗学，指出对话诗学是现代文艺理论的一个分支，它的理论基础是 20 世纪后半期兴起的对话哲学，研究的对象是文学文本阅读和阐释的方式方法。杨矗的《对话诗学》（人民出版社，2009）则从中西兼融、历史梳理、体系建构等方面阐释对话学的发展脉络，并力图建立一种新的对话学体系。此外，廖昌胤的《当代英美文学批评视角中的悖论诗学》（知识产权出版社，2011）聚焦的是悖论现象。悖论诗学就是研究文学艺术的悖论性，其研究目标是探索文学艺术的本质属性，论证文学艺术的悖论性本质。

三是关注诗学的艺术维度，诗学实际上成了一种艺术之思。徐岱的《基础诗学：

后形而上学艺术原理》（浙江大学出版社，2005）可做代表。该书本着超越知识论、解构理论主义、回归生活世界、尊重审美实践的宗旨，对艺术的文本与形态、艺术的本质与精神、艺术的维度与经验以及艺术的实践与意义等方面，做了令人耳目一新的阐释和别开生面的梳理。

四是对一些理论家的研究专著被命名为各种诗学。如研究巴赫金的《狂欢诗学：巴赫金文学思想研究》（王建刚著，学林出版社，2001），研究本雅明的《政治诗学：本雅明思想的当代阐释》（刘志著，东方出版中心，2009），研究怀特的《走向历史诗学：海登·怀特的故事解释与话语转义理论研究》（翟恒兴著，浙江大学出版社，2014）等。张重岗的《心性诗学的再生》（中国社会科学出版社，2013）则超越了其所研究的对象，该书沿着两个方向展开：一是以徐复观为契机的思想对话；二是中国现代诗学的认同、转向和可能性。作者实际上把徐复观的心性诗学作为一种方法来观照现代诗学。

五是将美学、诗学与艺术学集合在一起，复兴一种生活艺术的诗学。张公善的《生活诗学：后理论时代的新美学形态》（中国科学技术大学出版社，2013）将整体思维与结构分析结合起来，提出一种"生命—生活—存在"三位一体的整体生活观，并以此为基点，重新审视了美、诗、艺术。该书旨在将美学引向拯救现代异化生活的大路，使其最终成为一种指导人"珍爱生命—积极生活—感悟存在"的"生活艺术"。

上述梳理肯定有遗珠之憾，但管中窥豹，基本上可以帮助我们了解到底"何谓诗学"。我们可以从逻辑和历史的角度把诗学的发展阶段大致划分为以下四个阶段：

第一阶段：古典诗学——探索诗歌尤其是史诗以及戏剧的特征和规律。

第二阶段：近代诗学——被美学所取代，艺术及其各种样式的研究是其核心研究对象。

第三阶段：现代诗学——全面探索文学及艺术的普遍特性，诗学往往是文艺学的代称。

第四阶段：后现代诗学——诗学研究对象开始转移，从艺术对象到非艺术对象，从文本到生活，从专业化到边缘化、跨越化发展（诗学与其他学科的相互渗透、内爆，界限开始模糊）。

至于"诗学何为"的问题，上述梳理也提供了启示。我们发现，研究者对诗学的不同理解，会赋予诗学不同的价值和意义。至少，诗学可以在以下三个方面发挥巨大作用：

诗学作为一种视角，来解读各种文本，包括非文字的社会文本。我们可以利用散文体诗学、小说诗学来解读具体的文学作品，可以用阅读诗学来研究文学作品的阅读体验，而在克里斯蒂娃和巴什拉尔那里，诗学则是解读社会文本的一种视角。其解读的目的是更好地认识和感受文本，让人们领略文本的丰富韵味。

诗学作为一种方法，来解决各种问题，各门学科的问题，甚至是社会和文化问题。上述诗学在各个人文社会科学里的运用，极大地拓展了研究思路，很好地克服了人文学科各自为政、故步自封的积习。而比较诗学更是通过不同文化或文明之间的一些诗学主题的比较，透视出各文化或文明的长处和短处，这样更好地加强了相互之间的了解，求同存异，为世界的和平稳定发挥作用。

诗学作为一种生活方式，将生活艺术化。《生活诗学：后理论时代的新美学形态》充分地继承了尼采、叔本华的人生艺术化思想以及海德格尔的存在诗学，进而把诗学引向每个人的日常生活实践。在此意义上，生活诗学已经不是一种学问，更是一种生活态度；不再是一种理论，更是一种生活实践。

第二章 生活诗学 VS. 整体主义

在 20 世纪 80 年代，整体主义诗歌流派曾给人留下深刻的印象。据《中国现代主义诗群大观 1986—1988》一书所述，其创立时间为 1984 年 7 月 15 日，主要成员有石光华、杨远宏、宋渠、宋炜以及刘太亨和张渝。整体主义诗歌流派在中国当代诗坛可谓昙花一现，但其提出的"整体主义"诗学观念却非常值得我们重新审视，尤其在当今这样一个全球化的时代。

回首人类历史，一个不争的事实是，整体观念从古代社会到现代社会，一步步在衰落。甚至可以说，整体观念的衰落伴随着人类文明的整个进程。是否也可以说，当今人类出现的种种问题，也是整体观念衰落的表征之一呢？

无论中外，古人都将人与外在世界的关系视为异质同构。人是小宇宙，与外在大宇宙声气相应。古希腊毕达哥拉斯提出的"宇宙和谐"观念，指出小宇宙类似大宇宙，人体内在和谐受到外在和谐的影响。古代中国人将天、地、人视为一个统一体，天干、地支、五行交错一起，共同谱写华夏民族的和谐整体观。如今，华夏和谐整体观也许只在中医领域才能得到最为完整的呈现。

整体观念的衰落

有机整体是古人核心思想观念之一，它在诗学中最早由亚里士多德确立，一直到德国古典美学时期，它都充当着美学思想的支柱。进入现代社会以来，人类生活变得越来越碎片化，整体观念受到了严重的冲击，碎片、断裂观念进而成为美学（艺术）的常见法则，如先锋派艺术中的拼贴手法。即便如此，仍然有许多现代思想家把整体观念纳入自己的思想体系之中。我们可以列出如下一些流派作为代表：新批评派将文学作品视作一个富有张力的有机整体，更将古今文学作品视作一个大的体系来进行研究；实用主义美学家杜威则认为审美源于生活体验的整体性；格式塔心理学强调的完形、异质同构同样建基于整体观念；马克思主义美学家卢卡奇的"总体性"观念以及列斐伏尔的"总体的人"，都是整体观念的变形；结构主义整体大于部分的观念，等等。即便在后现代社会，整体观念也并未绝迹。如哈贝马斯的"主体间性"、"交往理性"等观念，也暗含着将人与人之间视为一个相互联系的整体观念。除却思想家，一些艺术家，比如瓦格纳的"整体戏剧"、俄罗斯的整体主义绘画、瑞典诗人特朗斯特罗姆的诗歌，等等，他们都在创作中自觉贯彻整体观念。而像克里希那穆提这样的圣者，则毕生都在从事着整体生活的实践与宣扬。

然而，不能不说整体观念如今已是明日黄花，备受冷落。对其负主要责任，或者说对整体观念带来致命打击的，是一些后现代主义思想家们。尤其是利奥塔，他提出"向总体性宣战"的口号，引发强大的思想旋风，一下子将宏大叙事打入地牢。另一位后现代思想大师鲍曼更为精致地描述了后现代碎片化的世界。在其《被围困的社会》（2002）一书中，他从社会学视角明确申诉了"整体主义造成的谬误"[1]。他认为，现代社会反复无常，充满着不确定性，因而个人行为与社会整体之间有着紧密联系的"整体主义假设"就不再有效。正是受到像利奥塔和鲍曼这些后现代主义思想家的影响，在很多人的思想观念中，宏大叙事以及各种各样的整体观念就逐渐被宣判了死刑。

整体主义的启示

回顾 1984 年出现的"整体主义"艺术思潮，我们发现它具有难能可贵的前瞻性。当时西方世界后现代主义已甚嚣尘上，而中国才刚刚开始大规模引进西方现代文学和哲学，现代化建设也刚刚起步，还基本处于一个农业主导的社会。中国人还生活在慢节奏之中，还没有真正体会到西方现代社会中的精神危机，也还没有真切感受到现代生活的碎片化。因此，在 20 世纪 80 年代的中国，提倡整体主义不能不说为时尚早。

当今中国已与 30 年前截然不同了，现代化日新月异，城市与现代科技同步发展，使得当今中国人，尤其是都市上班族，日益被紧张而压抑的现代生活所困扰。人们

---

[1]　[英]鲍曼：《被围困的社会》，江苏人民出版社 2005 年版，第 196 页。

越来越意识到自己的"无根"状态，漂泊感、焦虑感与失落感层出不穷。此时此刻，回归"整体"之中，可以让疲倦的心灵找到自己的家园。

重温 30 年前的《整体主义宣言》[1]，我们忽然发现其中隐含着许多有价值的思想和启示。

首先，艺术即还原。"艺术的永恒与崇高在于它不断地将人的存在还原为一种纯粹的状态"，这句话暴露了整体主义的理论来源。"存在"一词因为存在主义而闻名于世，"还原"则是一个现象学术语。存在主义和现象学都有应对西方痼疾的倾向，充满着对现代生活的批判，整体主义在此主要强调的是还原。在现象学里，还原意味着走向事物自身，说得具体点就是：要想真正认识一个事物，就必须要通过"悬置"（或者叫"加括号"）把有关此物的一切现有观念排除掉，从而直接面对事物本身。借此还原，我们便可以洞悉事物的本质，它无非是一种纯粹的意识。

通过还原，整体主义其实想把日常存在中的所有功利因素排除掉，从而使人进入一种纯粹状态，一种整体性的纯粹意识，即"情感的、思辨的、感觉的，甚至黑暗河流底部潜意识的等各种灵性形式聚合成的透明的意识"。由此，要想将功利性的日常存在提升到一种整体性的纯粹意识，我们必须要对人的存在进行艺术还原。相对于艺术还原之前的日常存在，还原后的纯粹意识可谓审美存在。在整体主义看来，艺术从来就不该是"为艺术而艺术"，艺术是人借以提纯日常生活的一种方式，或者说，艺术是人将其日常存在还原为一种审美存在的方式。质言之，艺术是将人的存在进行审美化的方式。

其次，艺术即整体性的生命体验。纯粹意识作为艺术还原的结果，同时也是一种整体性的生命体验。其整体性体现有二：一是这种生命意识"既无限孤独又无限开放，既内在于心灵又外在于心灵"；二是"对于这体验而言，所谓现象与本质、主体与客体、自我与宇宙、瞬间与永恒等逻辑主义或语言学的分析范畴，都将因丧失确定对应而被艺术拒绝"。对于上述艺术的整体性体验，马利坦也曾说过类似的话：

> 由于诗源于这种灵魂的诸力量皆处在活跃之中本源生命中，因而诗意味着一种对于整体或完整的基本要求。诗不是智性单独的产物，也不是想象单独的产物，不，诗不仅仅是它们的产物，它出自人的整体即感觉、想象、

---

[1]　徐敬亚、孟浪、曹长青、吕本贵：《中国现代主义诗群大观 1986—1988》，上海：同济大学出版社 1988 年版，第 130 页。下文未注明出处者皆出于此。

智性、爱欲、欲望、本能、活力和精神的大汇合。[1]

一言以蔽之，诗（艺术）是整体体验的世界，因为它动用我们所有的感官和心智能力；诗（艺术）也是体验整体的世界，因为它所呈现的是一个灌注主体生命意识的整体生活世界。

最后，艺术、人、宇宙三者之间动态同构与认同，乃整体主义的终极目标。艺术不仅仅是一个静态作品，更是一个不断建构的过程。艺术建构起来的"自洽而自在的实境，并以此与人的完善、与整体性存在同构，完成宇宙、人、艺术三者的认同"。这是一个双向循环的动态过程，它使得艺术逐渐从一开始的纯粹意识、生命体验进入到参与更大整体之链的塑造活动之中，使人逐渐在小我之中体悟到更大的宇宙存在的韵律，进而走向天人合一的境界，同时也将宇宙整体存在纳入到实现艺术至境和人的完善的过程之中。此说暗含着艺术和人之于宇宙存在的意义，即宇宙的完善。

如果把上述整体主义观念放到中国当代诗坛以及全球化大背景下，其现实意义便更加明显。从诗歌创作与欣赏的角度来说，整体主义要求诗人整体地呈现自己的生活世界。诗歌不仅仅是对生活点点滴滴的抒发，更要微尘中见大千。诗歌因其包孕整体世界，因而也要求读者调动一切感官去体验并感悟其中的整体意蕴。更有甚者，整体主义诗歌观念还暗示：诗人是超越日常功利性存在的审美的人，不仅要用文字（文本）来写诗，还应该把自己的生活诗化。很显然这些观念对于当下诗坛具有重要的救弊意义。我们知道，新时期以来中国诗坛论争不断，看似繁花似锦，一个个理论观点轮番登场。然而许多理论并没有被很好地落实到艺术创作或生活实践之中，雷声大雨点小。中国诗坛要想真正繁荣昌盛并走向世界，除了加强诗歌教育，让更多的人认识和理解诗歌的意义之外，诗人也必须带头培养一颗真正的诗心，将生活诗化，勇敢地坚守并超越日常，走向更加纯粹的审美存在。同时，诗人还必须与当今世界诗坛保持密切联系。共同的宇宙背景要求全世界的诗人们，必须打破壁垒互相交流和学习。

整体主义诗歌观念也可作为现代生活的一种救赎之道。随着全球化的发展，人类日益成为统一的整体，国家与国家之间、民族与民族之间，相互联系，休戚与共。加上新世纪以来电脑网络的迅猛发展，更加速了人类的整体化进程。不仅如此，生态危机已经日益成为威胁到全人类的首要问题。鉴于此，全球视野与整体思维已经

---

[1] [法]马利坦：《艺术与诗中的创造性直觉》，北京：生活·读书·新知三联书店1991年版，第90页。

成为当今世界发展所必不可少的基点。整体主义诗歌观念顺应了上述潮流，其更大意义在于，它可以协助救弊现代人的种种生活问题。众所周知，现代人受制于各种机器、专业、体制，生活变得越来越机械化、专业化、碎片化。生存的巨大压力使得现代人变得越来越功利，像蜗牛一样背负重重的躯壳，匍匐在大地上，越来越不知道天空的广阔与存在的深度，无根感和无意义感蔓延在现代世界的每一个角落。整体主义可以应对上述生活危机，因为它要求我们摆脱或悬置日常生活的非审美因素，努力将自我的完善与一种艺术化生存以及更大的整体存在密切相连。

拯救之道

整体主义诗学观念贯穿人的生命体验、日常生活以及对于存在的感悟，其中包含着丰富的生活诗学思想。比如它要把人从日常存在提升到一种和谐的审美存在；它要求艺术要呈现整体的生活世界；更有甚者，它还将艺术引向重建一种天人合一的生活大道，等等。但上述整体主义诗学观念与生活诗学的关注点还是有着明显的不同。

其一，整体主义诗学一切都以整体为旨归。无论就艺术还是个人日常生活，最终都必须通向一种整体存在，或者说投身整体的怀抱。这不能说没有道理，但也可能起到妨碍作用，不仅会造成对艺术个性和个人独特性的盲视，还有独断之嫌。打个比方，整体性是艺术世界和人的生活世界的太阳，给艺术和人带来了温暖和光芒，但并不意味着艺术和人都奔向太阳的怀抱。整体只有融入到个体之中，对个体才会起作用。"整体并不是高于个体而存在，而是处身于个体之中。"[1] 或者说，整体性必须作为一种内在性起作用，而不是外在（现实中）的随大流或投身大全，况且现实的整体化还可能隐含一种专制。宗教的献祭或自杀，可谓一种现实的整体化行动，将自己的生命献给凌驾一切的某个主宰。当整体不是为了其中个体此岸世界的完善或幸福，而是一味以彼岸世界的圆满来诱惑，甚至强制个体投身其怀抱，那就是一种专制。

生活诗学也强调一种整体精神，认为每一个人的生活都内涵三个维度：生命、日常生活、存在。整体生活同时具备生命性、存在性和日常性。生命是整体生活的形而下层面，提供动力之源；存在是形而上层面，提供价值和意义；日常生活是每

---

[1]　[德] 罗姆巴赫：《作为生活结构的世界》，王俊译，上海：上海书店出版社 2009 年版，第 26 页。

个人生存于世的"舞台"。三个维度并非相互独立,相反它们只有相互拥有才能成为整体生活。[1] 从杜威的视角来看,这种整体生活也就是一种诗意生活。在杜威那里,审美经验与整体密切相关,他说:"审美经验是一种处于完整性状态的经验。"[2] 虽然也以整体性为核心,但生活诗学强调的是,将整体性作为一种内在精神,把特殊性作为人生存于世的立足点。也就是说,生活诗学把特殊性作为存在的本真性,而把整体性作为实现特殊性价值的渠道。强调特殊性意味着生活诗学认同詹姆斯所谓的"多元宇宙"说,每个人都是凭借一个独立的、特殊的身体生活在大地上,但内心却理应拥抱一种整体性,即把自己与他者联系起来,与更大的整体存在联系起来,与自然合拍、与宇宙合拍。强调特殊性也是审美性的内在要求,受歌德的影响,卢卡奇明确提出,"整个审美领域是由特殊性范畴支配的","在艺术作品中不论个别性还是普遍性都必定被扬弃于特殊性之中"。[3]

其二,悬在整体主义诗学头顶的始终是艺术,而不是生活。整体主义诗学以现象学和存在主义哲学为理论背景,主张对人的生活进行悬置或还原,让其回归一种纯粹状态,其重心还是在为艺术性辩护,为一种纯粹意识辩护。即便在其提出的"宇宙、人、艺术三者的认同"这一终极目标中,整体主义对待日常生活的肯定态度也明显缺乏。

1963 年马克思主义美学大师卢卡奇在《审美特性》中,就提出艺术的此岸性原理:艺术是现实生活世界的反映,也最终回归到生活世界,即"从生活到生活"[4]。生活诗学与此说遥相呼应,也以生活为起点和归宿。不仅如此,生活诗学还认为,诗人不仅仅是写诗的人,也包括那些将自己生活过成诗的人,也就是说,诗人不仅仅是用文字写诗的人,更应该是用生命实践来写诗的人,前者可以称为"文本诗人",后者则是"生命诗人"。无论何种诗人,无论何种诗,都必须以日常生活为平台,既有对生命的讴歌和反思,也有对存在的感悟。

综上所述,与"整体主义"密切相关的"整体"观念在中西古代都非常盛行,但随着时代的发展却渐渐衰落。即便如此,许多思想家和艺术家对整体观念依然一

---

[1] 张公善:《生活诗学:后理论时代的新美学形态》,合肥:中国科学技术大学出版社 2013 年版,第 80 页。

[2] [美] 杜威:《艺术即经验》,高建平译,北京:商务印书馆 2005 年版,第 304 页。

[3] [匈] 卢卡奇:《审美特性》,徐恒醇译,北京:社会科学出版社 2015 年版,第 778 页、第 752 页。

[4] [匈] 卢卡奇:《审美特性》,徐恒醇译,北京:社会科学出版社 2015 年版,第 588 页。

往情深。如今看来，复兴"整体"的诗学观念，不仅有助于丰富艺术的内涵，更有助于处于断裂与碎片之中的现代人借以重建一种和谐的生活。生活诗学便是这一思想潮流的产物，它将整体思维与结构分析结合起来，提出一种"生命－生活－存在"三位一体的整体生活观，其最终目标是立意在行动的"生活艺术"，其主题始终是"关爱生命－积极生活－感悟存在"[1]。与整体主义一切以整体为旨归不同，生活诗学更强调个体的特殊性。此外，与整体主义片面强调将日常存在还原为审美存在不同，生活诗学不仅重视日常生活的超越，也强调日常生活的坚守。

---

[1]　张公善：《生活诗学：后理论时代的新美学形态》，合肥：中国科学技术大学出版社 2013 年版，第 80 页。

第三章　整体生活[1]的生存论建构

对于"存在"一词，海德格尔曾经对其进行了语源学的分析，指出其包括三个词干意义：生存／生活（Leben）、升起（Aufgehen）、停留（Verweilen）。海德格尔认为这些存在的原始含义今天已经消失，只有一个"抽象的"的含义——"在"，保存了下来。[2]海德格尔哲学的目标就是要回归存在本身，而他的《存在与时间》则是对人的存在中"更深刻的生活层次的发现"[3]。海德格尔对于此在整体之在的生存论建构，有助于我们理解何谓整体生活。

海德格尔对此在的生存论建构

海德格尔将此在的存在界定为操心。操心在海德格尔那里，具有优先地位，因为它是一个原始的结构性的总体。"操心包括实际性（被抛）、生存（筹划）与沉沦"[4]，"操心作为此在的存在的整体性意即：先于自身—已在（世界）之内—作为与世界之内遭遇的存在者一起存在"[5]。操心含蕴时间性的整体性，时间性的整体性并非融过去、现在、将来于一体，而是"时间性在每一种绽出样式中都整体地到时"，就是说，虽然领会奠基于将来，现身情态基于已在，沉沦则扎根现在，但是"领会也是向来'曾在'的当前；现身情态也作为'当前化的'将来到时；当前也从一种

---

[1]　关于整体生活的结构分析（生命—生活—存在）和维度分析（时间—心间—空间），参见张公善：《生活诗学：后理论时代的新美学形态》，合肥：中国科学技术大学出版社 2013 年版，第七章。

[2]　[德] 海德格尔：《形而上学导论》，熊伟、王庆节译，北京：商务印书馆 1996 年版，第 72 页。

[3]　[德] 罗姆巴赫：《作为生活结构的世界》，王俊译，上海：上海书店出版社 2009 年版，第 263 页。

[4]　[德] 海德格尔：《存在与时间》，陈嘉映、王庆节译，北京：生活·读书·新知三联书店 2014 年版，第 325 页。

[5]　Martin Heidegger. *Being and Time*. New York: Harper & Row, Publishers, Incorporated. 2008, p.375.

曾在的将来'发源'和'跳开'，并且由曾在的将来所保持"。操心之结构的统一便是"奠基于时间性当下完整到时的绽出统一性"[1]。不仅如此，在海德格尔那里，时间性在其每一个维度都有着本真与非本真之别。本真的已在是"重演"，非本真的已在是"遗忘"；本真的现在是"当下即见"，非本真的现在是"当前化"；本真的未来是"期待"，非本真的未来是"等待"。[2] 很显然，这种对立暗含着从非本真向本真的超越性。海德格尔的此在生存论结构分析如表 1 所示。

表 1　海德格尔的此在生存论结构分析

此在之整体之在：操心			
操心的生存论结构	被抛	沉沦	筹划
此在的时间性	曾在（遗忘；重演）	现在（当前化；当下即是）	将在（等待；期望）
此在的存在方式	被抛性（实际性）	日常性	实存性
此在的绽出方式	现身情态（畏、烦）	沉沦	领会
此在存在的维度	生命	日常生活	实存

海德格尔将此在的整体性统一于操心和时间性的整体性，但在整体之中，海德格尔又往往侧重一个维度——未来维度。他说："原始的本真的时间性的主要现象是未来。"[3] 海德格尔用意何在？

让我们再来回顾一下此在生存论建构的各个环节。此在"被抛"进入世界，被抛意味着已经存在，意味"实际性"（facticity）。"实际性的原始的生存论意义存在于'已在'的特征中。"[4] 如果我们从发生学角度来看，海德格尔所谓的被抛也意味着生命的诞生。从生存论意义上讲，被抛意即发现自己处于某种现身情态。一个人的现身情态建基于被抛性（thrownness）。[5] 被抛的此在"沉沦"于日常生活，异化为非自我存在（非本真存在），失去其本真性，遁身于"常人"，人云亦云，活在当下。"沉沦的生存论意义在于现在"[6]，但此在并非总是沉沦，它也有所"领会"。"领

---

[1]　[德] 海德格尔：《存在与时间》，陈嘉映、王庆节译，北京：生活•读书•新知三联书店 2014 年版，第 398 页。

[2]　Martin Heidegger. *Being and Time*. New York: Harper ＆ Row, Publishers, Incorporated. 2008, pp. 386-389.

[3]　Martin Heidegger. *Being and Time*. New York: Harper ＆ Row, Publishers, Incorporated. 2008, p.378.

[4]　Martin Heidegger. *Being and Time*. New York: Harper ＆ Row, Publishers, Incorporated. 2008, p.376.

[5]　Martin Heidegger. *Being and Time*. New York: Harper ＆ Row, Publishers, Incorporated. 2008, p.389.

[6]　Martin Heidegger. *Being and Time*. New York: Harper ＆ Row, Publishers, Incorporated. 2008, p.397.

会是此在本身的本己能在的生存论意义上的存在"，"作为领会的此在向着可能性筹划它的存在"。[1]而正是"筹划"让此在拥有本真的整体能在，即"实存"（Existence）。此在的"实存性（existentiality）的主要意义是将来"[2]。

海德格尔整个此在现象学最终将此在的本真整体能在（authentic potentiality-for-Being-a-whole）归宿到"期待的决心"，正如其在《存在与时间》第 62 节标题所云："作为此在整体能在拥有存在者本真性的方式的期待的决心。"[3]但期待的决心并非完全属于将来，它发端于现在。他说，"当有决心时，此在就把自己从沉沦中带回来"，而决心的出现就在当下时刻。[4]"在当下即见（moments of vision）中，实际上而且常常仅仅'为那一时刻'，生存甚至可以凌驾于'日常'之上；但它从不能消灭它。"[5]当下即见，可谓之日常中的顿悟。在顿悟的决心中，我们超越了日常，并将自我从沉沦状态中拉回来，同时向未来"投掷"出去。海德格尔在此至少有两大盲视：他忽视了当下即见的审美性，即当下即见也可能是审美超越的产物；同时他也忽视了当下即见还需要有现实的生活实践，方能真正成就此在的自我。

至此，海德格尔将未来放在优先地位的用意昭然若揭：他把当下的日常性作为跳板，其终极旨归却在未来的实存性，即本真整体能在。尽管如此，海德格尔对此在整体之在的生存论分析，为我们揭示了此在存在的三大维度：生命—日常生活—实存。

罗姆巴赫的"生活结构"观念

德国哲学家罗姆巴赫自觉继承海德格尔，并将"存在"的词干的起源意义"生活"作为一切存在的最基本的特性。他说："最终没有什么外在于起源而存在。这个起源就是生活，而生活就是它自身的起源。"[6]纵观罗姆巴赫的"生活"观念，有三点非常值得我们重视。

---

[1] [德]海德格尔：《存在与时间》，陈嘉映、王庆节译，北京：生活·读书·新知三联书店 2014 年版，第 168 页、第 173 页。

[2] Martin Heidegger. *Being and Time*. New York: Harper & Row, Publishers, Incorporated. 2008, p.376.

[3] Martin Heidegger. *Being and Time*. New York: Harper & Row, Publishers, Incorporated. 2008, p.352.

[4] Martin Heidegger. *Being and Time*. New York: Harper & Row, Publishers, Incorporated. 2008, p.376.

[5] Martin Heidegger. *Being and Time*. New York: Harper & Row, Publishers, Incorporated. 2008, p.422.

[6] [德]罗姆巴赫：《作为生活结构的世界》，王俊译，上海：上海书店出版社 2009 年版，第 52 页。

一是他对"生活"内涵的拓展。

　　与体系完全不同，结构是通过自发生成、自我建构被标识，这种自我建构有它的突现、出神的自我结构，也有高峰和衰亡。人们一般称这个过程为"生活"，但是它不仅是"生物"的事件形式，总的来看也是"存在者"的事件形式。没有"死的存在"，一切都生活着，并且一切都遵循自我构形、自我上升和自我穷尽的自发生成过程。[1]

在整个人类的思想史上，虽然人们对"生活"的理解千差万别，但有一点可以明确：绝大多数的论述都倾向于认为生活是人的在世方式。生活向来被认为只有人才拥有，动植物只有"生存"，而无机物就更没有了，它们只是"自在的存在者"。人类深受"人类中心主义"的毒害在此便可管中窥豹，略见一斑。罗姆巴赫上述的"生活"观复兴了一种整体生活观念：大千世界，一切皆生活，一切皆有生活。这种对生活的宽泛理解并非罗姆巴赫独有，我国清代画家石涛（约1642—1717）和德国美学家席勒（1759—1805）都有过非常类似的陈述。

石涛在《苦瓜和尚画语录》中指出："山川万物之具体，有反有正，有偏有侧，有聚有散，有近有远，有内有外，有虚有实，有断有连，有层次，有剥落，有丰致，有飘缈，此生活之大端也。"席勒在《审美教育书简》中说道："感性冲动的对象，用一个普通的概念来说明，就是最广义的生活，这个概念指一切物质存在以及一切直接呈现于感官的东西。"席勒与石涛的"生活"都是强调万物呈现于感官的鲜活形态。席勒思想中的"形象"与石涛之"一画"都是强调万物的统一的形式结构。不同之处在于，席勒之"生活"与"形象"是绝对对立的，靠"活的形象"人为统一起来；而石涛"生活"与"蒙养"或"一画"则是非对立的统一体，"一画"蕴藏在"生活"之中，"生活"乃"一画"的现象。不难看出，石涛与席勒对"生活"的理解都是从属于他们各自的美学意图。[2] 真正把与宇宙万物相连的"生活"概念作为自己思想大厦的核心，恐怕非罗姆巴赫莫属。"结构"不仅仅是罗姆巴赫思想大厦的骨架，也是他眼中的宇宙世界的灵魂，就是说宇宙和世界在他那里即是结构。"一

---

[1]　[德]罗姆巴赫：《作为生活结构的世界》，王俊译，上海：上海书店出版社2009年版，第11页。

[2]　张公善：《生活诗学：后理论时代的新美学形态》，合肥：中国科学技术大学出版社2013年版，第92页。

切生活的东西,即一切存在,在决定性的关联之中最终都是结构"[1],这个结构,绝非当时流行的结构主义的结构,在生成性上是与结构主义相对,不会有先于具体构形的预先决断。为此在《作为生活结构的世界》一文中,罗姆巴赫将这种结构命名为"生活结构"。在他的思想中,"生活"总是与"结构"密切相连,甚至可以说,"生活"与"结构"是同义的,它们都是对宇宙世界的一种理解。如果说"生活"是世界的具体化内容,那么"结构"便是世界的抽象形式,合起来"生活结构"便是"世界"。

二是他对"生活"整体性的理解。

> 那个在个体之中并且作为个体出现的整体向我们显现为"生活",这个"生活"在其所有部分中被有机体体验[/赋予生命]为同一个整体和不可分割之物。[2]

罗姆巴赫的思想发端于对欧洲精神史的考察。他认为如果要想了解欧洲精神史,就必须要抓住三个基本词:实体、体系、结构。实体描述了从古代到中世纪的特征,人们倾向于认为所有的存在者都存在着一种最内在的本质作为基础。体系描述了近代时期的特征,体系思想宣称,某个单一之物不能被称为存在之物,总有众多单个要素组成的一个整体关联被预先给予。科学与技术是体系概念的两条臂膀。结构所指示的时代大约从 2000 年开始,与体系思想不同,它认为整体不是高于个体而存在,整体是内在于个体之中而生活。结构观点是人性的,体系观点则是机械论的。

罗姆巴赫接受了库萨的尼古拉的思想,认为生活的整体并不是高于个体而存在,而是处身于个体之中,一切个体都与整体同一。如果这种认同被阻止,那么不仅个体,整体也要丧失生命。他举了个例子:当一个器官从有机体中被拿掉时,整体就必然会通过所有其他个体的相应变化来平衡。在一个结构中总是一切个体来确定整体,而一个个体的最微小的变化也是整体的一个变化。很显然,上述思维逻辑是与欧洲主流思想相违背的,它在基督教"三位一体"的学说中可以得到说明。

三是他对"生活"动态建构的阐释。

> 一个结构总是同时向前又往后发展着;向前是处于它的单一过程的构形中,向后就是在使隐藏的基本规则显现出来的意义上,产生过程本身的

---

[1] [德] 罗姆巴赫:《作为生活结构的世界》,王俊译,上海:上海书店出版社 2009 年版,第 27 页。

[2] [德] 罗姆巴赫:《作为生活结构的世界》,王俊译,上海:上海书店出版社 2009 年版,第 167 页。

发展就是根据这个基本规则开始的。回溯的诠释使总体状况的构形成为可能；最终开端显现出来，而结构在其自身中发生［／升起］。[1]

与结构主义不同，罗姆巴赫认为结构的普遍标准是"开放性和自由"。结构不是先在的、固定的实体，结构自己成就自己，在其自身之中慢慢"升起"。随着结构的增长，结构的规则也在变化。所有的存在者都拥有一种"独一性［／唯一属己性］"，它是不可解释的，在它的不可解释性中一切不可穷尽地处于一切事件之中。"没有什么是为了自身而生活。一切都是为了一切以及为了整体而生活，并且这个整体是作为每一个个体中的不可穷尽性而生活。"[2] 所以存在不是"在场"，而是各个存在者自身的那种具体行为、生活和现实性。拿人来说，一个生活的自我最终都是不可开启和不可被掌握的。不存在一个超越时代的人的基本结构，人作为存在的"缘"，即"缘在"，并不是一种只需去被实现的与完成了的本质性，而是人的生活显现为"一个结构的拟定"。人的缘在一般展现为一种双重结构，一边是它构建出一个"大结构"，这种大结构超越于人、超越于自然；一边是他在"去存在"的方式中构建了一个个体结构。简言之，人在成就自我的同时也与他周围的世界共创相生。

生活诗学借鉴海德格尔整体之在的生存论建构以及罗姆巴赫的"生活结构"观念，认为整体生活的三个维度是：生命—日常生活—存在。这三者之间是三位一体的关系，三个维度共同建构整体生活，而其中的每一维度又暗含其他两个维度。[3] 海德格尔那里的生命与实存都是此在（人）的独特生存维度，与其他生命无关。生活诗学则将一切存在都纳入到整体生活之中。此处的生命维度不独指人的生命，更是大自然中的一切生命，甚至是被移情的生命。此处的存在也不独指人的整体能在的实存，也包括存在之一般。既然"人是存在的看护者"[4]，人就理应与存在之一般有联系，而不仅仅只关心自己的整体能在。此外，生活诗学始终把日常生活作为此在一切活动的起点和归宿，而非海德格尔那样只是把日常生活作为一个过渡的跳板。

---

[1] ［德］罗姆巴赫：《作为生活结构的世界》，王俊译，上海：上海书店出版社 2009 年版，第 185 页。

[2] ［德］罗姆巴赫：《作为生活结构的世界》，王俊译，上海：上海书店出版社 2009 年版，第 39 页。

[3] 张公善：《生活诗学：后理论时代的新美学形态》，合肥：中国科学技术大学出版社 2013 年版，第 80 页。

[4] ［德］海德格尔：《关于人道主义的书信》，载《海德格尔选集》，上海：上海三联书店 1996 年版，第 374 页。

第四章　诗的整体性元素

毫无疑问，海德格尔拓宽拓深了我们对诗的理解，但他轻视了现实生活的意义。正如罗蒂所言："海德格尔是他那个时代（在自然科学之外）最伟大的理论想象心灵；他达到了他所追求的雄伟……但海德格尔对普通大众而言，却毫无用途。"[1] 海德格尔的思想没有大众的生活之维，这一点与柏拉图殊途同归："同柏拉图向下看不同，海德格尔向后看。但两人都是希望远离、涤净他们所正看到的东西。"[2] 生活诗学要做的就是，还给诗一个包含存在维度的整体生活，即三位一体的"生命—生活—存在"，同时，恢复古往今来诗与音乐的亲缘关系。

诗与生活

诗学理论史上，无数的人谈及诗与生活的关系，但大多数人只是片面地理解生活的内涵，很少关注生活本身，即生活之为生活的东西，套用海德格尔的语法，即 Life-being（生活之在）。他们绝大多数关心的是日常生活或是日常生活在内心的体验，也就是具体的情境或情绪。歌德说道：

> 现实生活必须既提供诗的机缘，又提供诗的材料。一个特殊具体的情境通过诗人的处理，就变成带有普遍性和诗意的东西……不要说现实生活没有诗意。诗人的本领，正在于他有足够的智慧，能从惯见的平凡事物中见出引人入胜的一个侧面。必须由现实生活提供诗的动机，这就是要表现的要点，也就是诗的真正核心；但是据此来熔铸成一个优美的、生气灌注

---

[1]　［美］罗蒂：《偶然、反讽与团结》，北京：商务印书馆 2003 年版，第 166 页。

[2]　Richard Rorty. *Essays on Heidegger and others* , New York: Cambridge University Press, 1991, p.70.

的整体，这就是诗人的事了。[1]

这段话可以作为经典诗歌理论的缩影。诗源于生活、表现生活，生活充满诗意，但需要诗人在特殊中见普遍，平凡中现神奇。此处的生活主要指诗人眼前的生活，社会物质生活。

与车尔尼雪夫斯基宣扬"美就是生活"不同，别林斯基认定"诗就是生活"，"诗就是生活的表现，或者说得更好一点，诗就是生活本身"[2]，"诗不只是在书文里面：它也存在于生活的呼吸中，无论这生活在哪儿——在大自然、在历史或在人的私生活上面——呈现"，"哪里有生活，哪里就有诗"。[3]别林斯基对生活的理解前后期各有所侧重，早年他强调按生活的全部真实来再现生活，"我们所要求的不是生活的理想而是生活本身，按照它本来的样子。它坏也罢，好也罢，我们不愿把它美化，因为我们认为在诗的表现里，生活无论好坏，都同样的美，因为它是真实的，哪里有真实，哪里也就有诗"[4]。但到晚年他也重视诗歌对"可能的现实"的再现，他说："诗在于创造性复制有可能的现实。"[5]

可以说，别林斯基一辈子都在诗再现"本来的"现实与诗表现"可能的"现实之间纠缠。亚里士多德在《诗学》中早就断言："按照可然律或必然律可能发生的事"优于照事物本来的样子模仿。[6]就是说，表现可能的生活优于再现本来的生活。马雅可夫斯基也表达了同样的信念："真正的诗歌应该走在生活的前面，哪怕一小时也好。"[7]其实，我们再现的现实都是经过删减的现实。贡布里希说过："画家倾向于看他要画的东西，而不是画他所看到的东西。"[8]不能不说，每一位艺术家再现的现实都只是现实的一种可能性。别林斯基的困惑可以这样解决：完整的生活只能呈现

---

[1] 北京师范大学中文系文艺理论教研室：《文学理论学习参考资料（上）》，沈阳：春风文艺出版社 1981 年版，第 156 页。

[2] 朱光潜：《西方美学史》，北京：人民文学出版社 1964 年版，第 552 页。

[3] 北京师范大学中文系文艺理论教研室：《文学理论学习参考资料（上）》，沈阳：春风文艺出版社 1981 年版，第 169 页。

[4] 朱光潜：《西方美学史》，北京：人民文学出版社 1964 年版，第 531 页。

[5] 北京师范大学中文系文艺理论教研室：《文学理论学习参考资料（上）》，沈阳：春风文艺出版社 1981 年版，第 168 页。

[6] 朱光潜：《西方美学史》，北京：人民文学出版社，1964 年版，第 74 页。

[7] 北京师范大学中文系文艺理论教研室：《文学理论学习参考资料（上）》，沈阳：春风文艺出版社 1981 年版，第 429 页。

[8] 周宪：《超越文学》，上海：上海三联书店 1997 年版，第 109 页。

于人的内心，"艺术要达到真正的再现只有通过表现这一途径，亦即借助感性的魔力传达某种感情，通过这种感情再现对象才能呈现出来"[1]。杜夫海纳在此表明：生活世界只有成为知觉中的审美对象，我们才能走进去，生活全貌才能呈现。

综上所述，诗中的生活，必然是诗人体验过的生活。正如帕克所说："诗歌……向我们提供生活的具体直观——复述附丽于现实事物和清晰观念之上的情绪"，"诗歌的题材是内心生活——心境、追求和人类的热烈活动"。[2] 而生活中的诗（意），就是一种可能性（亚里士多德、别林斯基）或新鲜性（平凡中现神奇）（歌德）。

此外，诗人瓦莱里给了我们另一种"诗意"的生活：

> 生活意味着每时每刻缺少什么东西……我们依靠不稳定为生，通过不稳定而生活，生活在不稳定之中：这就是敏感性的全部内容，它是有机体的生命中魔鬼般的活力。这种不可战胜的力量对我们中的每一个人都是全部，它与我们自己完全相一致，它推动我们，它对我们说话也在我们内心自言自语，它变成快乐、痛苦、需要、厌恶、希望、力量或软弱，它支配着价值，在不同的日子或时间里让我们成为天使或野兽，与这种力量相比还有什么更不寻常的东西可以去设想，还有什么更有"诗意"的东西要写成作品呢？[3]

对瓦莱里来说，生活的本质就是"不稳定"，其根基在于我们内在生命的渴求。生活好似瞬息万变的海洋，人就像海洋上的一叶扁舟。生活波浪起伏，而生命的触角也全息应和。外在生活与内在生命彼此相和，风起云涌，潮来潮往。在诗意的生活中，快乐与痛苦、需要与厌恶、希望与失望、力量与软弱、天使与野兽同时共在，永远充满着矛盾与冲突、可能与偶然，而这些正是生命的象征。

诗与生命

没有生命，就没有诗。生命是诗之胎盘，诗乃生命之歌。诗与生命的血缘关系，英国诗人柯勒律治给予了淋漓尽致的展现。柯勒律治区分了两种想象：第一想象

---

[1] [法]杜夫海纳：《审美经验现象学》，北京：文化艺术出版社 1996 年版，第 170 页。

[2] [美]帕克：《美学原理》，桂林：广西师范大学出版社 2001 年版，第 153 页、第 174 页。

[3] [法]瓦莱里：《文艺杂谈》，天津：百花文艺出版社 2002 年版，第 191 页。

（Primary Imagination）和第二想象（Secondary Imagination）。第一想象的任务是"固定"（fixing），第二想象也就是"诗意想象"（Poetic Imagination），它的任务则是"非固定"（unfixing），即"将固定的东西分解、熔化，使之朦胧"。第一想象将现实之物或人固定为头脑"思考的对象"，使本来鲜活的东西变成死气沉沉的东西。"诗意想象"打破了"感知者与被感知者之间的障碍"，让我们可以"深入看到事物中的生命"，诗意想象带着"深重的愉悦之力"（the deep power of joy）观照世界。这种愉悦就是"想象可以等待，可以观侯时机的状态"，就是"从固定和限定"中得到解放的活的状态。[1]

透过诗意想象看世界，便是把"自然"与囊括所有动植物的"同一生命"（One Life）结合在一起。"同一生命在我们之中／在我们之外／它成为所有行动的灵魂／它是音中之光／光中之音／它是所有思想的节奏／无处不在的愉悦。"在柯勒律治眼里，"万事万物皆有自己的生命，我们都是同一生命"。One Life 到底是什么？这种将人类的精神与万事万物，甚至一朵花一粒沙都连成一体的纽带究竟是什么？是"存在"本身。当诗人模仿的不是物之为物的东西，而是物中的精髓，他就给予我们一种华兹华斯所谓的"存在感"（Sentiment of Being）。"诗意想象的尊严"就在于此。[2]

诚然，柯勒律治的诗意想象理论远远不是纯粹的文艺理论，它也是其宗教哲学的有机部分。但是，其中有许多生活诗学值得重视和深入思考的原料，比如：将诗意想象与生命、存在沟通；诗意想象中人与万物同一于生命；诗意想象将人从死的物质世界解放出来，愉悦地进入鲜活的生命世界，等等。其中人与物同一，在西方历史上更显其救弊意义，因为它暗示了人不再是"万物的尺度"。西方思想界一贯重视人与物、人与人的相互对立，此所谓主客二分的思维模式。对此二元对立，现象学已高树融合大旗。胡塞尔的"生活世界"观念，作为"交互主体性的世界"，作为每个人"经验到的世界"，已不再有传统的主客二分。[3] 然而，现象学最终却沉沦于心灵，将现实还原为一种纯粹的意识。

---

[1]　Nathan A. Scott. *The Poetics of belief* , Chapel Hill and London: The University of North Carolina Press, 1985.p.29, p.32, p.34.

[2]　Nathan A. Scott. *The Poetics of belief*, Chapel Hill and London: The University of North Carolina Press, 1985.p.34, p.36.

[3]　[德] 胡塞尔：《生活世界现象学》，上海：上海译文出版社 2002 年版，第 153 页。

相对而言，人与物能够在现实中共存相亲，这是东方思想的精粹所在。刘勰在《文心雕龙·物色》的篇尾说道："赞曰：山沓水匝，树杂云合。目既往还，心亦吐纳。春日迟迟，秋风飒飒。情往似赠，兴来如答。"短短 32 字，形象生动地表达出中国古人与山水万物之间和谐共处的亲缘关系。

柯勒律治同一生命说的问题在于，他认为万物本身真的都具有生命，这生命就是存在，就是上帝。其实，诗意的生命世界更是一种精神性的生命，一种"登山则情满于山、观海则意溢于海"的移情，而不仅仅是物质性的实体生命。

诗与存在

泰戈尔说："真正的诗人，他们是先知，寻求以音乐的词汇来表现宇宙。"[1]的确，诗应表现宇宙存在，这一点海德格尔已经做了影响深远的论述，其核心论点就是："诗是存在的词语性创建。"[2]在海德格尔那里，存在是通过语言的中介进入诗的领域的，并以真理的身份现形。[3]

对海德格尔来说，诗人最显著的工作就是以一种清醒的注意，观照不同的经验现实。这种注意让经验现实的存在以其所是的方式显露出来，说得通俗点，就是呈现事物本来的样子。诗的世界就根植于生活经验的具体特性之中，而科学对世界的打量则是掠夺性的，它倾向于占有并掌控世界。诗人之使命在于，不让事物服从于理念的机器，而竭力重塑人的感知习惯。为此，真正的诗人其实是"关注"（paying heed）的专家，诗人对大地之物的密切关注具有使其"敞开"的效力。如此看来，诗人就加强了我们对周遭具体的现实存在的清醒意识，从而扩大我们的经验视野，由此感性恢复一种对现实世界之本体论深度及其广袤的警觉。诗呼请我们以一种"让在"（letting-be）的精神走近事物。[4]

综上所述，海德格尔所谓诗意世界要点有二：一是对大地万物自身存在的"关注"；二是"让在"的精神。这对于掠夺性的科学世界，具有深远的救弊意义。但问题是，我们不可能总是毫无功利地关注事物的纯粹存在。甚至可以说，生活中的

---

[1] [印] 泰戈尔：《人生的亲证》，北京：商务印书馆 1992 年版，第 90 页。

[2] [德] 海德格尔：《荷尔德林诗的阐释》，孙周兴译，北京：商务印书馆 2000 年版，第 46 页。

[3] 海德格尔关于诗与存在之关系的具体论述，参见本书第七章。

[4] Nathan A. Scott. *The Poetics of belief*, Chapel Hill and London: The University of North Carolina Press, 1985, pp.158-159, p.164.

事物往往都是一种功利存在，即对我们有益且可以利用的存在。海德格尔忘了事物具有多种多样的存在方式，玫瑰花可以纯然存在于山野荒原，也可以安然存在于爱人的胸前，也可以实然存在于卖花姑娘的篮子里，也可以幻然存在于缠绵悱恻的爱情故事中，等等。这些都是玫瑰花的存在方式，我们怎能只关注其中一种存在呢？科学主义的错误不在于利用事物，而在于没有尊重事物，无情地以人类的理性残害着事物的本性，总让它们以人类向往的方式存在，而非以它们自己的方式存在。康德不只一次说过："没有尊敬就不会产生真正的爱。"[1] 他针对的是人，我们觉得此说也适用于物。为了反对科学主义，海德格尔过犹不及，犯了从一个极端滑向另一个极端的错误。只以一种"让在"的精神与物相处还是不够的，"让在"仍然显露出人类中心主义的尾巴。人类现在理应"与物相亲共在"，而不仅仅是"让物存在"，人类应该培养一种对物的感情。一言以蔽之，人不仅要与他人交朋友，而且也要与事物交朋友！

英语中有句谚语："A friend in need is a friend indeed."（字面意义为：真朋友乃需要中的朋友）。只有与事物真正交朋友，我们才能赋予它们一种高贵的牺牲。这是什么意思呢？举个例子，我爱我种的玫瑰花，天天呵护，夜夜惦念，它已成为我生活中的一部分。当我想摘一朵献给心爱的姑娘表白爱情时，花也该是乐意的，因为朋友之间是互相给予的。然而身边无数的人根本不爱花，只知道利用花，内心没有一种对花的虔敬之心。对于他们，花只是一种抽象的情感符号而已。

让我们欣赏俄罗斯女诗人阿赫马杜林娜的一首诗《花》[2]，看看人类通常是如何对待人工培植的花的：

> 这些花生长在温室里
> 人们也给它们泥土和光线
> 却不是对它们产生怜惜之情
> 也不是对它们有长久的好感
> 它们被送给女人们做纪念
> 可往后的命运就它们自己也心疼

---

[1]　[德] 康德：《历史理性批判文集》，北京：商务印书馆 1990 年版，第 93 页。

[2]　[俄] 阿赫马杜林娜：《花》，载《世界文学》编辑部选编：《外国诗歌百年精华》，北京：人民文学出版社 2002 年版，第 194 页。

因为它们不像公园里的花

不能发散出香气撩人脸面

没有蜜蜂来采它的花蜜

没有人愿意把它留在唇边

它们永远不能猜到

那湿润的大地是何等的香甜

把花当作朋友，就应当让它像花一样生活，在大地上，沐浴阳光雨露，而不是在温室里，用非自然的方式复制生产成千上万朵"摇钱花"。即便是人工的花儿，我们也应该充满怜爱地对待它们，而不只是把它们当作一种表达符号。每每读此诗，我都深有感触，如果没有这些悲天悯人的诗人，在这个科学技术操纵的世界上，还有谁会将我们的眼睛移向被忽视的事物的存在？还有谁会启示我们要与物交朋友，而不是把物仅仅当作手中的工具？

诗与音乐

"诗歌的本质就是情绪思维，而不是形象。"[1] 诗可以没有绘画，但必须有音乐的节奏，因为节奏意味着生命的律动与情绪的波涌。英国批评家卡莱尔说："我们称诗为音乐性的思想，诗人就是以那种方式思想的人。"[2] 诗人柯勒律治说："灵魂中没有乐感的人永远不能成为一个天才的诗人。"马利坦也有一段话可作注解："存在两种截然不同的音乐（在称谓它们时，音乐一词仅有类推的意义）：存在于灵魂之中的直觉推动的音乐和词语的音乐——包含于词语中的想象的音乐——它们将走出灵魂，入于外部世界。"[3] 话虽玄乎，却不无道理。如此观之，诗的音乐便是灵魂深处的音乐与词语的音乐的和谐共鸣。

其实，早在古希腊柏拉图就在《会饮篇》中把诗与音乐嫁接起来，他说道：

诗这个词的意义是极其广泛的。无论什么东西从无到有中间所经过的

---

[1] [美] 帕克：《美学原理》，桂林：广西师范大学出版社 2001 年版，第 175 页。

[2] 徐岱：《美学新概念》，上海：学林出版社 2001 年版，第 163 页。

[3] [法] 马利坦：《艺术与诗中的创造性直觉》，北京：生活·读书·新知三联书店 1991 年版，第 217—219 页。

手续都是诗。所以一切技艺的制造都是诗，获得他们的一切手艺人都是诗人或制作家。可是你知道，我们并不把一切手艺人都叫作诗人，却给他们不同的名称；我们在全部创造领域（在艺术的一般意义上）之中，单把有关音乐和音律的部分提出来，把它叫作诗，而且从事与这种创作的人才叫作诗人。[1]

这段话让我们明白了诗在古希腊的不同意义，柏拉图所器重的"有关音乐和音律的"诗就是我们现在讨论的诗。

那么，为什么音乐与诗会有如此天然的姻缘？柏拉图的弟子亚里士多德从诗歌的起源给出了一种说法。亚里士多德认为诗源于两种人的天性：模仿、音调感和节奏感，"模仿出于我们的天性，而音乐感和节奏感……也是出于我们的天性，起初那些天生最富于这种资质的人，使它一步步发展，后来就由临时口占而作出了诗歌"[2]，又说："音乐，它最能加强我们的快感。"[3] 一言以蔽之，诗源于有音乐感和节奏感的模仿，诗的骨子里就有音乐的血缘。

虽然古希腊哲学家早已注意到诗与音乐的密切关系，但诗与音乐的诗学主题一直到 18 世纪才突现出来。这缘于音乐美学与表现论的兴起，而此前诗学主导的理论核心是关注诗与模仿的再现论。[4] 诗的音乐性在象征主义的通感批评那里可谓达到极致，他们强调音乐与语言的交感式批评，瓦莱里可作代表，他要求诗学与批评更加重视诗的音乐性思维和观念，[5] 他说："诗的世界"就是"音乐世界"。[6]

雪莱说："诗与快感是形影不离的：一切受到诗感染的心灵，都会敞开来接受那掺和在诗的快感中的智慧。"[7] 诗与音乐的天然相亲，同时意味着诗与快感的亲密接触。这在汉字里最能说明问题，古代音乐之"乐"与快乐的"乐"字是同一个字。《乐论》云："夫乐（yue）者乐（le）也，人情之所不免也。"为什么诗中的音乐能带来快感？最近德国生理学家发现，朗诵《伊利亚特》能协调心跳与呼吸，使它

---

[1]　[法] 马利坦：《艺术与诗中的创造性直觉》，北京：生活·读书·新知三联书店 1991 年版，第 76 页。

[2]　[古希腊] 亚里士多德：《诗学》，北京：人民文学出版社 1962 年版，第 12 页。

[3]　[古希腊] 亚里士多德：《诗学》，北京：人民文学出版社 1962 年版，第 105 页。

[4]　Gadamer. *The Relavance of the Beautiful*, Cambridge: Cambridge University Press, 1986, p.117.

[5]　张首映：《西方二十世纪文论史》，北京：北京大学出版社 1999 年版，第 66 页。

[6]　[法] 瓦莱里：《文艺杂谈》，天津：百花文艺出版社 2002 年版，第 289 页。

[7]　[英] 雪莱：《诗之辩护》，载章安祺编订：《缪灵珠美学译文集》（第三卷），北京：中国人民大学出版社 1998 年版，第 141 页。

们保持同步。研究表明，在朗诵诗歌时，心跳与呼吸频率同步的情况增加了，而自然呼吸时，这种同步并未发现。其他研究也发现，有节奏的朗诵对心血管大有裨益。2001年意大利内科专家也发现，用拉丁语朗诵圣母颂或专用古意大利语朗诵一篇地道的瑜珈真言，竟会自动地将呼吸降为每分钟约六次。[1] 由此，我们可以得出结论：诗的节奏契合了人的身体的运动节奏，因而人会感到舒服。

让我们亲身实践一下，读读法国诗人普雷韦尔的小诗《公园里》[2]：

> 一千年一万年
> 也难以
> 诉说尽
> 这瞬间的永恒
> 你吻了我
> 我吻了你
> 在冬日朦胧的清晨
> 清晨在蒙苏利公园
> 公园在巴黎
> 巴黎是地上一座城
> 地球是天上一颗星

每次读，我都情不自禁地要读上几遍。此诗节奏舒缓悠扬，一波三荡，心潮起伏，读罢畅然于胸。爱人相吻的一刹那，被谱成永恒的交响曲，时间为经，空间为纬，宇宙为背景，其间回荡的则是浓烈的爱情。这是两颗心的交流共鸣，这是生命乐章的回旋流淌！此诗本身就是音乐，它再现了诗人生命深处的旋律，展现了爱情的最本真的东西：瞬间的永恒。

然而，让诗歌拥有音乐节奏感并非易事。因为节奏并非总是一个调式，快慢之间有着无穷的变奏。拿人的身体来说，自然的节奏便是平时呼吸和心跳的节奏，但在激烈的运动以及精神紧张之时，身体的平常节奏就会乱。此外，生命体有着新生—发展—高潮—衰落—死亡—新生的轮回过程，这种发展模式也是节奏感的源泉，但

---

[1] 《钱江晚报》，2004年10月15日。

[2] [法]普雷韦尔：《公园里》，载《世界文学》编辑部选编：《外国诗歌百年精华》，北京：人民文学出版社2002年版，第91页。

却与身体的节奏感不同。由此，诗歌的节奏也是千变万化的。每行字数大致相同，且有稳定的隔行押韵，就可以带来持续的类似心跳的节奏感，中国古诗常常如此。诗行长短相间，复沓的表达，或者用标点把语流长短相间地分置，也可以带来节奏感。比如戴望舒的《雨巷》，被叶圣陶誉为"替新诗底音节开了一个新的纪元"。一般而言，古典诗歌的音乐感要比现代诗歌强。许多现代诗歌的节奏并非明显与生命体节奏一致，而更多的是一种思想或精神的节奏，甚至有意颠覆节奏，以呈现现代生活经常出现的混乱和碎片。有些诗讲究文字的排列形状而非仅仅节奏，比如柯林·泰沃都的诗歌《气球》，其诗行排列就如同一根线拉着一个气球。而一些后现代主义诗歌更是颠覆一切诗歌传统，更别说节奏了。

第五章　特朗斯特罗姆诗歌的整体性

2011 年诺贝尔文学奖获得者，瑞典诗人特朗斯特罗姆的诗歌以其数量少质量高而闻名于世。对于他而言，"诗是最浓缩的语言。它容纳了所有的感觉、记忆、直觉、知识……" [1] 可以说，他的诗歌不仅仅需要眼睛看，更是需要人调动全身心的感官去体悟，方能体验到其中的精髓。

特朗斯特罗姆诗歌最核心的观念便是一种整体观念。他的诗歌旨在表达一个整体，因而需要整体地去体验。整体性不仅仅体现在外在意象选择方面，更在其诗歌的内在意蕴中，而且内外浑然一体。正如授奖辞所云：特朗斯特罗姆诗歌中的出色意象"只是半个真相，另半个在于他的视野，对活生生日常生活的通透的体悟"，换句话说，"重要的不是这些单个意象，而是诗句所蕴含的整体视野"。[2]

特朗斯特罗姆没有专门的诗歌理论著作，在《特朗斯特罗姆诗歌全集》的译者序言中，可以看出整体性一直是他身体力行的诗歌观念，也是他的生活观念。他说："诗不是表达'瞬息情绪'就完了。更真实的世界是在瞬息消失后的那种持续性和整体性，对立物的结合。"不仅如此，诗还是"某种来自内心的东西，和梦情同手足。很难把内心不可分的东西分成哪些是智性，哪些不是。它们是诗歌试图表达的一个整体，而不是非此即彼"。[3]

虽然特朗斯特罗姆反感对其诗进行理性分析，但为了更好地理解他的整体观念，

---

[1]　[瑞典] 特朗斯特罗姆：《特朗斯特罗姆诗歌全集》，李笠译，成都：四川文艺出版社 2012 年版，序言第 10 页。

[2]　[瑞典] 特朗斯特罗姆：《特朗斯特罗姆诗歌全集》，李笠译，成都：四川文艺出版社 2012 年版，序言第 1 页。

[3]　[瑞典] 特朗斯特罗姆：《特朗斯特罗姆诗歌全集》，李笠译，成都：四川文艺出版社 2012 年版，序言第 11 页。

我还是尝试着从其诗歌的艺术手法和思想情感两方面来做一个解剖。前者侧重诗歌的表达层面，着重于意象的选择；后者关注诗歌意象背后所寄寓的深刻内涵，它是诗歌的灵魂。二者实不可分，分而析之，无非为了细说特朗斯特罗姆诗歌的伟大魅力。

艺术表现中的整体之道

特朗斯特罗姆诗歌中的意象选择有一个非常明显的原则，正如其广为人道的诗《联系》所揭示的那样，各种意象相互勾连，形成一个意象群，它们共同来表现一个整体世界。《致梭罗的五首诗》中的第三首也颇有代表性：

> 脚无意地踢一只蘑菇，阴云 / 在天际蔓延。树弯曲的根 / 像铜号吹奏曲子，叶子 / 慌乱地飞散。[1]

只是无意间踢到一只蘑菇，就带来一番"蝴蝶效应"，大自然万物之间，一呼百应，触一发而动全身，一切仿佛都息息相通。这是一个地地道道的童话世界，宇宙万物都在分享着生命的欢愉或痛苦。为此，一种将人也物化的手法以及一种拟人化的手法，相互结合在一起，共同构筑了一个色彩斑斓、奇幻无比的童话世界，甚至事情、思想、观念、语言、记忆等都具有了生命的特征。以下诗句可作注脚：

> 晚上我像一条熄了灯的船 / 躺着，与现实保持 / 适当的距离，船上的员工 / 在陆地上的公园里蜂拥。
> 我像一只抓钩在世界底部拖滑 / 抓住的都不是我要的。[2]（把人物化）

> 炎热躺在柏油路上，/ 路标搭耸眼皮。
> 回家的路上大地支起耳朵。/ 深渊用草茎聆听我们。
> 灌木中词在用新型的语言呢喃：/ 元音是蓝天，辅音是黑色树杈，它们在雪中漫谈。
> ……记忆用目光归随我。/……/ 它们如此的近，我听见 / 它们的呼吸，

---

[1]　[瑞典] 特朗斯特罗姆：《特朗斯特罗姆诗歌全集》，李笠译，成都：四川文艺出版社 2012 年版，第 11 页。

[2]　[瑞典] 特朗斯特罗姆：《特朗斯特罗姆诗歌全集》，李笠译，成都：四川文艺出版社 2012 年版，第 108 页、第 242 页。

尽管鸟声震耳欲聋。[1]（各种拟人化的表达）

　　将世界作为一个童话世界，可以追溯到特朗斯特罗姆童年时代的博物馆体验以及与之相关的对各种生物的浓厚兴趣。对此，他在自传里写道："我在巨大的神秘里活动着。我领略了大地是活的，有一个巨大的无边的爬行和飞翔的世界，可以完全不理睬我们而过着自己丰富的生活。"[2] 这段话透露出，特朗斯特罗姆童年时已经将大地看成一个活的生命世界，只不过他还没有深刻地认识到世界的整体性，把大地与人类生活还看成两个世界。

　　万物之间的亲缘关系，是中国古典诗歌的一种独有的审美方式。刘勰在《文心雕龙·物色》中有过精彩的描述："山沓水匝，树杂云合。目既往还，心亦吐纳。春日迟迟，秋风飒飒。情往似赠，兴来如答。"我看山水，山水也在看我，而且和我相互呼应。通常情况下，我们习惯于以人观物，而忽略了反其道而行之的以物观人。在特朗斯特罗姆笔下，我们能经常看到以物观人的表达方式：

　　　　漫游者走着，/ 群山用目光追踪他脚步。

　　　　我猛地想到大街在看我 / 它浑浊的目光让太阳化成 / 黑色宇宙里的一团灰线 / 但此刻我在闪烁！街在看我。[3]

　　群山和大街在普通人的眼里都是无生命的存在，但在上述诗句中却拥有了生命，人与周遭环境似乎有了心灵的对话。这也正是特朗斯特罗姆"世界是一体"思想观念的体现。[4]

　　特朗斯特罗姆除了将其笔下世界表现为一个整体童话世界之外，他最善于在诗中将种种对立统一起来，从而达到一种包孕种种对立性和复杂性的整体。阅读他的诗歌，久而久之，就会在心中形成一个思维惯性，那就是如果写新则必有旧，写生必有死，同理，动静、黑白、古今、天地、虚实等对立往往融合在其诗歌中，让人

---

　　[1]　[瑞典] 特朗斯特罗姆：《特朗斯特罗姆诗歌全集》，李笠译，成都：四川文艺出版社 2012 年版，第 108 页、第 122 页、第 80 页、第 227 页。

　　[2]　[瑞典] 特朗斯特罗姆：《特朗斯特罗姆诗歌全集》，李笠译，成都：四川文艺出版社 2012 年版，第 345 页。

　　[3]　[瑞典] 特朗斯特罗姆：《特朗斯特罗姆诗歌全集》，李笠译，成都：四川文艺出版社 2012 年版，第 31 页、第 193 页。

　　[4]　[瑞典] 特朗斯特罗姆：《特朗斯特罗姆诗歌全集》，李笠译，成都：四川文艺出版社 2012 年版，第 271 页。

在一种整体里感受到万事万物之间的对立统一性。用他自己的话来说就是："我的诗是聚点。它试图在被常规语言分隔的现实各领域之间建立一种突然的联系：风景中的大小细节汇集，不同的人文相遇，自然和工业交错等，就像对立物揭示彼此的联系一样。"[1] 特朗斯特罗姆这种独特的艺术表现手法，本身就表现了一种思想观念：世界是一个整体，而且是一个充满矛盾的整体。对立的双方都有存在的权利，他们相互依存，共同形成一个多姿多彩的世界。

此类诗歌不胜枚举，姑举三例：《牧歌》首句写"我继承了一座黑暗森林"，后半段却又写起"明亮的森林"。而且此诗中死者与活者，过去与现在都被融会贯通起来。[2]《某人死后》先写"死"造成的惊骇的种种表现，中间写新旧相依，透露一种苍凉感："滑雪穿行吊着去年叶子的树林。"最后过渡到写"生"之欢："感受心跳仍是一件爽快的事。"[3] 而在《孤独》中，两种对立的人生情境被并置在一起，就像电影中的平行剪辑一样：

> 我长时间在 / 冰冻的东哥特原野上行走。/ 半天不见人影。// 而在世界
> 其他地方 / 人在拥挤中 / 出生，活着，死去。[4]

此外，特朗斯特罗姆诗歌的整体之道还体现在一种"空间感"的营造上。对此，与他保持通信近三十年的美国诗人布莱有过精彩的评析：

> 特朗斯特默最精美的特点之一是它们传达的空间感。我相信，给人这种空间感的一个原因是每首诗中的四个或五个最重要的形象都来自于心理上广泛多样的资源。他的诗歌像是一个火车站，在那里，已经连续长距离行驶的火车会在同一房顶下停留片刻。一列火车在车厢下携带来俄罗斯的冰雪，而另一列火车载有来自利维朗的鲜花，能在车厢里保持它们的鲜活，

---

[1]　[瑞典]特朗斯特罗姆：《特朗斯特罗姆诗歌全集》，李笠译，成都：四川文艺出版社 2012 年版，序言第 9 页。

[2]　[瑞典]特朗斯特罗姆：《特朗斯特罗姆诗歌全集》，李笠译，成都：四川文艺出版社 2012 年版，第 278 页。

[3]　[瑞典]特朗斯特罗姆：《特朗斯特罗姆诗歌全集》，李笠译，成都：四川文艺出版社 2012 年版，第 124 页。

[4]　[瑞典]特朗斯特罗姆：《特朗斯特罗姆诗歌全集》，李笠译，成都：四川文艺出版社 2012 年版，第 120 页。

而火车的车顶上却有来自鲁尔区的烟灰。[1]

布莱"火车站"的隐喻深得特朗斯特罗姆赞赏，它形象生动地指出了他诗歌中包孕多种因素于一体的空间感。细细品味特朗斯特罗姆诗歌的空间感，会发现其表现手法在于：善于"微尘中见大千"，将局部之小氤氲成广漠之大，或将广漠宇宙凝聚于局部细物之中，而最为精彩的表现莫过于打通身心内外，将心灵世界也外在空间化了。更有甚者，他的空间感不是静态，而往往是流动的空间。下面这些都是特朗斯特罗姆个性化地营造空间感的诗句：

灯光外九月的夜漆黑一片。/眼睛习惯时地面才发亮。/大蜗牛在地上滑行。/蘑菇多如天上的星星。

和同时代人交谈我看到听到他们脸后的/江河/在流淌，流淌，顺愿或违愿地漂流。

桥把自己/慢慢/筑入天空。

这空虚的屋子是一架瞄准天空的巨型望远镜。

他终于躺下/变成了地平线。[2]（变小为大）

万物汇成一棵茂盛的树。/消失的城市在枝上闪烁。

冰风吹眼，星星在眼泪的/万花筒里跳舞，我/穿越跟着我的大街，大街/格陵兰岛的夏天在它水洼里闪烁。[3]（化大为小）

心像一页纸飘过冷漠的过道。

黑暗正烙着一条灵魂的银河。

穹窿在他们的体内无限地打开。[4]（内心空间化）

总之，无论是人心，还是事物，特朗斯特罗姆均以意象将它们串联，让一切都

[1] [瑞典]特朗斯特罗默、[美]布莱：《航空信》，万之译，南京：译林出版社2012年版，第159页。

[2] [瑞典]特朗斯特罗姆：《特朗斯特罗姆诗歌全集》，李笠译，成都：四川文艺出版社2012年版，第123页、第142页、第318页、第152页、第256页。

[3] [瑞典]特朗斯特罗姆：《特朗斯特罗姆诗歌全集》，李笠译，成都：四川文艺出版社2012年版，第30页，第193页。

[4] [瑞典]特朗斯特罗姆：《特朗斯特罗姆诗歌全集》，李笠译，成都：四川文艺出版社2012年版，第13页，第272页。

通透起来，让它们与周遭的时空，甚至与万事万物氤氲成一个气韵生动的整体，让人读来韵味隽永，却总也琢磨不透其中的意味。特朗斯特罗姆的诗歌可谓时空的交响（过去现在相互依存，天地四方相互融贯），更是精神的复调（灵魂被空间化，世界被精神化）。

思想内涵中的整体观念

如前所述，特朗斯特罗姆的意象选择非常明显地透露出对整体性的关注。如果再从更深层的思想意蕴来考察一番，我们会更加清晰地理解特朗斯特罗姆诗歌的整体观念。

首先，我们借助其诗歌来探索其整体观念产生的背景。通览其诗，我们随处可见特朗斯特罗姆对现代日常生活的深刻体验。现代社会，尤其是在专制时代，到处是壁垒森严，人被封闭于一个个狭小区域，与外面的生活世界隔绝，更不用说与宏观的宇宙视野联系了。对现代生活封闭隔绝的批判性反思，像星星一样闪烁在他的诗中。

在其第一本诗集《17 首诗》中，第一首《序曲》的开头两句，可以视为解读特朗斯特罗姆思想的一把钥匙：

> 醒，是梦中往外跳伞。/ 摆脱令人窒息的漩涡 / 漫游者向早晨绿色的地带降落。[1]

这个世界有太多的浑浑噩噩者，做着黄粱美梦，而清醒的第一步就是要从梦中跳出来，进而做一个高空的飞翔者。《序曲》中的漫游者形象在他后来的诗歌中不断出现。漫游者即梦醒者，在高空与深渊之间飞翔、逗留、聆听、沉思，试图唤醒沉睡的做梦者。作为漫游者，特朗斯特罗姆俯视着"令人窒息"的现代社会，强烈地意识到现代人的惯性生活的非诗意性：

> 沿着非诗的墙走。/Die Mauer。不眺望墙后。/ 墙想围住惯性城市，惯

---

[1] ［瑞典］特朗斯特罗姆：《特朗斯特罗姆诗歌全集》，李笠译，成都：四川文艺出版社 2012 年版，第 3 页。

性风景里/我们成人的生活。[1]

只要稍微审视一下现代人的日常生活，就会发现一个现象：人们仿佛不是在生活，而只是顺应生活的洪流。现代人就像火车，有特定的生活轨道，遵循严格的时刻表。日子在千篇一律中滑过，不断加快的生活节奏，致使日常生活拥有了强大的惯性，让其中的人备受其苦。法国作家埃克苏佩里在《小王子》（1943）中就曾描绘过这种生活。他借扳道工和小王子之口指出，地球人忙忙碌碌，拼命往快车里挤，却又不知道自己真正要追求什么。特朗斯特罗姆在诗歌中多次提到"墙"的意象，集中体现了一种与鲜活世界隔绝的专制，没有自由，毫无诗意。

生活的封闭与专制，不可避免地带来种种负面的心理效应及其疏解形式，常见的有：

1. 无聊、百无聊赖、心不在焉

在上班的时候/我们突然渴望起狂野的绿荫，/渴望只有电话线单薄的文明/才能穿过的荒野本身。[2]

荒野是开放的，充满可能与无限的空间，是自由的象征。而单调的工作让人无聊。卡夫卡可谓是对现代工作体制最杰出的批判者。特朗斯特罗姆在此没有像《变形记》中那样让人变成甲壳虫，而是通过一种心不在焉的幻想，或说是通过白日梦让压抑疏解开来。

2. 压　　抑

回家路上，我看见钻出草坪的黑墨蘑菇。/这是黑暗的地底/一个抽噎已久的求救者的手指。/我们是大地的。

我看见墙面，墙面，墙面。/有人在一扇高高的窗口/举着望远镜瞭望大海。[3]

---

[1]　[瑞典]特朗斯特罗姆：《特朗斯特罗姆诗歌全集》，李笠译，成都：四川文艺出版社2012年版，第109页。

[2]　[瑞典]特朗斯特罗姆：《特朗斯特罗姆诗歌全集》，李笠译，成都：四川文艺出版社2012年版，第122页。

[3]　[瑞典]特朗斯特罗姆：《特朗斯特罗姆诗歌全集》，李笠译，成都：四川文艺出版社2012年版，第159页、第5页。

在此，强大的压抑通过蘑菇和望远镜释放出来。

3. 无语、空白

他放下笔。/ 笔静静地躺在桌上。/ 笔静静地躺在空处。/ 他放下笔。

我的信写得如此枯涩。/ 而我不能写的 / 像一条老式的充气飞船膨胀，膨胀 / 最后滑行着穿过夜空消失。[1]

在此，无语的沉默和空白的设置都是对一种不自由环境的控诉！

可以想象，在令人室息的世界，漫游者是最为自由的人，尤其是那些置身荒野的人，他们超越尘世之外，放浪形骸，无拘无束。而与其相对应的则是苟活者、沉睡者、做梦者，甚至是怀疑者。请看下面诗句：

我们偷挤着宇宙的奶苟活。

白天的光落在一个沉睡者脸上。/ 他的梦变得更加活泼。/ 但没有醒。

圣像埋在地里，脸朝上。/ 大地被鞋践踏，/ 被车轮，被千万个脚步，/ 被千百万怀疑者沉重的脚步。[2]

苟活者消极处世得过且过，与沉睡者和做梦者一样，都意味着一种无力和无助。而怀疑者则毫无信仰，践踏神圣。他沉痛地揭露一个事实：现代社会以来，怀疑一切，宣布上帝已死，俨然成为主潮，许许多多的人成了信仰的乞丐。为此，他告诫人们："我们必须相信许多东西，生活才不至于突然堕入深渊！"[3]

其次，我们来看看特朗斯特罗姆如何在诗中拯救现代生活，他从两个相反的方向来实施其救赎之道。对此，授奖辞也指出其诗歌宇宙里存在的双向运动（既朝内也朝外）。[4] 但授奖辞没有指出双向运动的起因何在，也没有指出双向运动的具体内涵，更没有将它们作为特朗斯特罗姆整体观念的体现来看待。

[1] [瑞典] 特朗斯特罗姆：《特朗斯特罗姆诗歌全集》，李笠译，成都：四川文艺出版社 2012 年版，第 94 页、第 157 页。

[2] [瑞典] 特朗斯特罗姆：《特朗斯特罗姆诗歌全集》，李笠译，成都：四川文艺出版社 2012 年版，第 240 页、第 53 页、第 241 页。

[3] [瑞典] 特朗斯特罗姆：《特朗斯特罗姆诗歌全集》，李笠译，成都：四川文艺出版社 2012 年版，第 202 页。

[4] [瑞典] 特朗斯特罗姆：《特朗斯特罗姆诗歌全集》，李笠译，成都：四川文艺出版社 2012 年版，授奖辞第 2 页。

先看向外运动，特朗斯特罗姆着重抒写的是突破一切人为的禁锢、阻隔。首当其冲的就是要打破封闭之墙："穿墙是一件痛苦的事，人会因此得病。/ 但这是必要的。"因为墙外的世界是天空，是荒野，是虚空，是开放、可能、无限、自由："清澈的天空向墙斜靠。/ 像对虚空祈祷。/ 虚空把脸转向我们 / 低语：'我不是虚空，我是开放。'"[1]

由虚空、虚无，再到黑暗，甚至深渊，他都情有独钟，何以如此？因为它们都是一种敞开的存在，既可吞噬进入者，也可被进入者充实或点燃。它们抵抗一切封闭与束缚，它们本身就是可能与无限的象征。

除了实体的墙所引发的阻隔，还有另一种形式的墙，看不见摸不着，却常常阻碍我们走向开放、自由、鲜活的世界，这就是那些抽象的概念、那些过滤了生命的词、那些偶像、那些"百分之百"观念等，在特朗斯特罗姆看来都应当予以拆除：

> 我醒成不可动摇的"可能"，它抱着我 / 穿越飘摇的世界。/ 所有让世界抽象的做法注定会失败，/ 就像给风暴画像。
>
> 厌倦所有带来词的人，词而不是语言，/ 我走向雪覆盖的岛屿。/ 荒野没有词。/ 空白之页向四方展开！/ 我遇到雪上鹿蹄的痕迹。/ 语言而不是词。
>
> 我厌恶"百分之百"这个词。[2]

在特朗斯特罗姆眼里，词与语言相对立。词是干巴巴的抽象物，而语言则自由开放、形象生动。抽象是理论的致命弱点，理论借助一些概念或词建构而成，因而理论就是对生活世界的一种抽象，以牺牲生活复杂性、可能性、偶然性为代价。也许正因此，莫洛亚才指出："现代人士中了主义和抽象公式的毒，不知和真实的情操重复亲接。"[3] 至于偶像、"百分之百"等观念，也无不阻碍了开放的可能性空间，使得生存变得封闭逼仄。

再来看向内运动。特朗斯特罗姆写道："一个向内运动，更好地感受生命。"[4]

---

[1] [瑞典]特朗斯特罗姆：《特朗斯特罗姆诗歌全集》，李笠译，成都：四川文艺出版社2012年版，第271页。

[2] [瑞典]特朗斯特罗姆：《特朗斯特罗姆诗歌全集》，李笠译，成都：四川文艺出版社2012年版，第224页、第226页、第280页。

[3] [法]莫洛亚：《生活的智慧》，傅雷等译，西安：陕西师范大学出版社2003年版，第166页。

[4] [瑞典]特朗斯特罗姆：《特朗斯特罗姆诗歌全集》，李笠译，成都：四川文艺出版社2012年版，第128页。

他深入内心就是要把自己从自我中解放出来，进而融入一种更大的整体、普遍的人性、共同的存在：

> 当我看见自我 / 自我已经消失，一个洞出现，我像阿丽丝那样坠落
> 其间。[1]

过于关注自我，自我反而消失。

> 每个人都应该写自己的百科，它 / 在所有心灵里生长……
> 每个人都是一扇半开的门 / 通往一间共有的房间。[2]

每个人无可避免都有个性，然而个性又必须同人类的共性相联，才能获得整体感。

> 我你她他也像树杈一样伸展。/ 在心愿之外。/ 在都市之外。// 雨从乳白
> 色夏日的天空飘落。/ 我的感官仿佛与另一生命连在一起。[3]

所有的人都栖居在大地上，共享生命，所以每个人都与他者共同存在。用海德格尔的话来说就是："与他人在此拥有这同一个世界，以互为存在的方式相互照面，相互并存。"[4]

无论是向外运动，还是向内运动，在特朗斯特罗姆看来都是片面的，都是生活的一半，只有将这两个一半组合起来，才能获得一种整体生活。由此，我们看到特朗斯特罗姆诗歌经常有一种独特的"无往而不复"的，类似中国"圆道观"的模式。以《石头》为例，先写扔出石头的所见所闻，然后在石头的最高处开始回返内心：

> 直到它们沿着生存边界 / 抵达极限的高原，那里我们 / 所有作为 / 玻璃
> 般透明地跌向 / 仅只是我们 / 自身的深底。[5]

---

[1]　[瑞典] 特朗斯特罗姆：《特朗斯特罗姆诗歌全集》，李笠译，成都：四川文艺出版社 2012 年版，第 104 页。

[2]　[瑞典] 特朗斯特罗姆：《特朗斯特罗姆诗歌全集》，李笠译，成都：四川文艺出版社 2012 年版，第 224—225 页、第 96 页。

[3]　[瑞典] 特朗斯特罗姆：《特朗斯特罗姆诗歌全集》，李笠译，成都：四川文艺出版社 2012 年版，第 140 页。

[4]　[德] 海德格尔：《海德格尔选集》，孙周兴选编，上海：上海三联书店 1996 年版，第 13 页。

[5]　[瑞典] 特朗斯特罗姆：《特朗斯特罗姆诗歌全集》，李笠译，成都：四川文艺出版社 2012 年版，第 17 页。

石头飞出去抵达其空间最高点，然后返回的却是我们内心的深处。同样的，由外界返回内心的例子也出现在《罗曼式穹顶》中，诗一开始写罗曼式教堂穹顶："穹窿连着穹窿，无法一眼望尽"，然后借无面天使之口说出另一个无限延伸的内在穹窿："体内的穹窿在无限地打开"，[1] 这是从外界返回内心。而在《金翅目》中我们看到的则是从内心回到现实："我熟悉深处，那里人既是囚徒也是主宰，就像帕尔西弗。/ 我常常躺在僵直的草丛里 / 看大地笼罩我。/ 大地的穹窿 / 常常，那是生活的一半。"[2] 这些独特的往返表达方式，鲜明地体现了他的核心思想：追求一种动态的充满自由、可能与无限的整体生活。

总之，他颠覆了现代社会以来日益膨胀的"自我"，同时又批判了过于关注物质而轻视精神的现代生活。特朗斯特罗姆从来就不是一个诗歌的自我主义者，相反，他的自我总是汇入更大的自我之中，汇入到存在的整体背景之中，进而成为一种普遍的人性，一种共同存在。而且，特朗斯特罗姆也更加投入地潜入到自我的深处，那是无限、自由、开放的心灵世界。

对中国诗坛的启示

他山之石，可以攻玉。中国当今诗坛，有网络作为平台，繁花似锦，但其中也存在不少问题。特朗斯特罗姆至少在以下三方面对我们具有榜样作用。

首先，打破人为壁垒，走向贯通之道。有墙存在，就会封闭。要想使内外贯通一气，就得打破隔离之墙。特朗斯特罗姆这一观念典型地体现在其诗歌的兼容并包之上。我们很难把他归为哪一个诗歌流派，在他的诗歌中我们能同时找到古典主义（对贺拉斯诗学的吸收）、浪漫主义（对内心世界以及想象的关注）、现实主义（对日常生活的关注）、现代主义（对诸如法国超现实主义、象征主义等现代诗学的借鉴），甚至后现代主义（对可能性、偶然性的强调）。不仅如此，他的诗歌深受西方文化浸淫的同时，也饱蕴东方文化的精华，比如其诗歌中对"空"、"虚"等观念的喜爱，当是受到中国哲学和印度哲学的影响。而其身体力行创作并发表的六十五首俳句，

---

[1] ［瑞典］特朗斯特罗姆：《特朗斯特罗姆诗歌全集》，李笠译，成都：四川文艺出版社 2012 年版，第 272 页。

[2] ［瑞典］特朗斯特罗姆：《特朗斯特罗姆诗歌全集》，李笠译，成都：四川文艺出版社 2012 年版，第 281 页。

更是在向东方文明（日本）致敬。

返观中国诗坛，我们从来就不缺少佼佼者，但像特朗斯特罗姆这般虚怀入谷者严重缺乏。长期以来，诗人们已经习惯于给自己划圈子，并努力发出属于自己领地的各种宣言。从 20 世纪 80 年代轰轰烈烈的现代诗歌大展到现在，我们已经有许许多多的诗歌流派和思潮，但扪心自问，有多少流派能贯彻好自己的主张，又有几个走向了世界诗坛？特朗斯特罗姆虽然没有什么理论主张，但却以自己缓慢而精致的诗歌创作表达出杰出的思想，像他这样沉下心来写诗的人实在太少了。而我们却把大量精力浪费在口诛笔伐上。就拿最有代表性的知识分子写作与民间写作之间的论争来说，实在令人气馁。两个阵营中最有影响力的诗人（如王家新、于坚等）都曾从他那里获得营养或借鉴，这本身也足以说明，对立的两个群体其实并非水火不容。凡大家者，必兼容并蓄，厚积薄发，这便是特朗斯特罗姆给予诗人的最大启示。

其次，警惕政治宣传，倡导整体生活。特朗斯特罗姆的诗歌曾经招致不少批评。最有代表性的观点是认为他的诗歌姿态是"被动的"、"退缩的"，缺少"意识形态"，所以是"消耗完的文学"。这种批评的确触及特朗斯特罗姆诗歌的非主流意识形态性。他在 1985 年 3 月 10 日给布莱的信中坦言："我不喜欢'政治'时代的潮流，我也不喜欢现在的潮流。我想我可能反对各种各样的潮流。"但如果因此说他对政治或世界大事漠不关心，进而认为其诗歌没有政治性，那就大错特错了。通过他与布莱之间的通信，我们可以看出他对世界大事，尤其是美国政治尤为关注。但关注世界形势并不意味写诗也要政治化，他另有途径来折射政治。

在瑞典国内铺天盖地宣传主流意识形态的时代，特朗斯特罗姆以一种独特的方式进入到真正的现实中。在其诗歌中，所有的政治现实都被融入字里行间，甚至通过一种无语或空白表达出来。1968 年 2 月，在一封给布莱的信中，他谴责瑞典国内对政治性的误解："人要求政治性的诗歌，这不是指诗歌应该处理政治现实，而是诗歌，不论它是写什么，都要讲一套政治的陈词滥调。"可以说，特朗斯特罗姆所反对的是政治宣传。他的立场超越政治、超越民族主义，但一直坚持人情、人性、人道的立场，充满着对自由的热爱。这一点，典型地体现在《挽歌》、《活泼的快板》、《里斯本》、《给防线背后的朋友》等诗歌之中。

批判压抑人性的生活，唤醒沉睡的人、怀疑的人，倡导一种将外在与内在统一起来的整体生活，凡此种种，特朗斯特罗姆都对当今诗坛具有警醒意义。众所周知，中国诗歌历来深受主流意识形态的影响或制约，甚至沦为政治宣传的工具，成了政策的传声筒。这在民族存亡的战争时代，无可非议，但现如今，在中国日益现代化的过程中，在全球化如火如荼的大背景里，诗歌如果再局限于本国的政治现实，视野就显得太狭小了。中国诗坛理应放眼全球政治现实，使诗歌拥有世界性。况且，关注政治，并不意味着将诗歌政治化。我们完全可以像特朗斯特罗姆那样，在日常生活中发现一种自由开放的整体性的终极现实。

最后，克服自我中心，融入共同存在。特朗斯特罗姆的自我总是汇入更大的自我之中，进而成为一种普遍的共同存在。同时，他也更加投入地潜入到开放而自由的自我深处。放眼中国诗坛，除却那些紧跟现实的现实主义诗歌，描写自我世界情感风云的诗歌层出不穷，很多风花雪月的诗歌表达自由灵动，读来荡气回肠，但往往没有深刻的思想震撼，在此并不是说，诗歌不可以抒情，问题在于，许许多多的诗歌肆意抒写一种个人的小我情怀，或是一种放大的民族情怀，而严重缺乏悲天悯人的超越性的大情怀。大情怀需要诗人像特朗斯特罗姆那样超越个人利益，在个体存在中关注人类命运，从而体验一种普遍的共同存在。

愿特朗斯特罗姆的诗歌整体观念能够给中国诗坛带来一股新风！

第六章　窗道雄：呵护存在的歌者

一只蚂蚁

凝视一只蚂蚁
我常常想
轻轻说声道歉
对这小小的存在

生命属于任何生物
无论大还是小
不同仅仅在于
生命容器的尺寸
而我碰巧是如此荒唐
如此巨大的大

　　窗道雄，又名石田道雄，一个享誉世界的儿童诗歌（童谣）作家，1994 年国际安徒生奖获得者，在中国大陆，其作品至今还没有被集中翻译出版，只能从网上搜集到一些诗歌爱好者根据自己喜好翻译的零星篇目。"小书房"网站有窗道雄专辑介绍，所选诗歌多是从美智子皇后的英文译本中翻译而来。下文所引诗歌，除注明出处外，也都是笔者译自美智子的那两本英译本。[1]

　　纵然你对诗歌毫无了解，纵然你不喜欢儿童文学，只要稍稍浏览几首窗道雄的

---

[1]　Michio Mado . *Animals*, Margaret K. McElderry ,1992；Michio Mado .*The Magic Pocket*：*selected poems*, Margaret K. McElderry, 1998.

儿童诗，你绝对会满目天真，满口溢香，满心欢喜。他的诗歌是存在的歌谣，万事万物都被赋予了生命。其灵动的诗意、快乐的思想、趣味十足的童心，纵然你人高马大，也会在他的诗歌面前变得很低很低，只想把自己融入其中，享受美好的童真和智慧。

这首《一只蚂蚁》可以作为透视窗道雄儿童诗的窗口。通过它，我们可以发现诗人内心拥有的三个主导理念：毫无偏见地赞美生命，满怀忧伤地批判人类，形而上地感悟存在。很难想象，在儿童诗歌之中，会融入如此崇高而深入的思想。也许有人会说，这还是儿童诗吗？事实胜于雄辩，只要你读，你就会被他诗歌中的童趣打动和感染。小孩子也许只能读到其中的乐趣和好玩，而成人则能在谐趣之外读出其中的智慧。他成功地在儿童诗中将童趣与智慧融为一体，这就是为什么他的儿童诗歌老少咸宜的最大原因。

毫无偏见地赞美生命

窗道雄对于自然界万事万物，大到高山大河，小到蚂蚁蝴蝶，常常以一种静谧而智慧的旁观者出现。每首诗中，我们都能感觉到一位充满童心的人，以一双无限好奇的眼睛在细细打量人类早已熟视无睹的世界。请看其于 1952 年发表的这首广为流传的童谣——《小象》：

> "小象
> 小象，
> 你的鼻子可真长。"
> "当然长啦，
> 我妈妈鼻子也很长。"

> "小象
> 小象，
> 告诉我你喜欢谁。"
> "我喜欢妈咪，
> 我最最喜欢她。"

　　这首儿歌早已通过动画片《蜡笔小新》传遍了全世界，乍看平淡无奇，但再三回味，却让人欣喜。小象，刚刚来到世界，它肯定会遇到不同的生物，也许是同类，也许是其他动物，也许是各种各样的花草。当有谁说它鼻子长的时候，它也许不知道其中的含义，可能是调侃它拿它逗乐，也可能是夸奖它。如果联想到《木偶奇遇记》中皮诺曹因为说谎致使鼻子变长的故事时，说者很可能是在调侃它。但这只小象完全沉浸在新生的欢乐之中，它对自己鼻子长很骄傲，没有丝毫戒心，而且还想告诉其他人它妈妈鼻子也很长，生怕别人不知道似的。长相来自天生，却常常各具特色，甚至天生残缺也时有发生，不合常规的长相常常被讽刺挖苦，甚至会导致当事人自卑甚至自闭。可这只小象却为自己，也为妈妈的长鼻子，而感到无限荣耀。如此来读，备感童心之无邪纯真。此诗传递的另一层意思是天下最为温暖的母爱，虽然没有看到妈妈如何如何好，但从小象斩钉截铁饱含深情的话语里，读者分明能够体会到无限温馨的母爱。它让每一位读者内心都可以感受到柔软和温情。这首儿歌，似乎父爱缺席，可能是因为初生之象与母亲天然亲近的缘故。我们也可以设想，它的爸爸也许正在不远处，心满意足地观察它们的一举一动呢。

　　在窗道雄眼里，好像看不到阴暗和丑恶，一切都是那么明亮美好，充满谐趣和逗乐。打嗝、放屁，这类经常让人难堪的生理现象，却也被他写进诗歌。我们常用"屁大的事"来表达微不足道的事情，然而凡是存在的东西或现象，即便是屁，也都一样有意义。他的诗真正印证了黑格尔所谓的"存在即合理"，请看《了不起的屁》[1]：

　　　　屁　真了不起
　　　　出来的时候
　　　　都规规矩矩　打招呼
　　　　"你好"
　　　　"再见"……

　　　　用全世界
　　　　不管哪里　谁都
　　　　懂的语言……
　　　　了不起
　　　　真是　了不起

---

[1]　参见美空的新浪博客：http://blog.sina.com.cn/u/1733747484。

我们曾在塞林格的《麦田里的守望者》中看到写"屁"的情节，那是叛逆者眼里的屁。教堂里，一位靠开殡仪馆发了横财的人正在给学生们演讲，虚伪造作的他正说着自己多么了不起、多么出人头地，坐在前排的一个学生突然放了一个响屁。对不堪忍受假模假样说教的学生们来说，这个屁可谓大快人心！它是让人警醒的屁，是一声充满反讽的抗议。而在窗道雄的《了不起的屁》里，屁却温和多了，像一位绅士，更像是一位天真的儿童，根本不知道自己是不是不被人认可。诗人化腐朽为神奇，竟然在屁中寻找到诗意，把屁写成了全世界通行的语言。常人不值一提的屁，却被诗人啧啧赞叹，因为屁从不掩饰，光明磊落。同样是屁，塞林格和窗道雄的写法截然不同，虽然都让人发笑，但内涵大相径庭。前者意在嘲讽浮夸矫情，后者则旨在强调谦虚礼貌；前者是一枚炸弹，充满杀伤力，后者是一团和气，让人摒除难堪；前者把屁当作调侃的对象，后者则对屁如同朋友般亲近而友好。

大自然中的所有生物，都拥有生命。而那些没有生命的东西，也被窗道雄赋予了神奇的童趣和拟人化的创意。下面这首写下雨的诗，可作注脚：

下雨了
下呀
下呀
天空在洗它巨大的脸

雨停了
停啦
停啦
天空露出干净的脸

这首诗的独到之处在于将天空拟人化，描绘了下雨前后的天空的变化，从雨前灰蒙蒙到雨后的亮堂堂，别有情趣，很容易被用来在小朋友洗脸时诵读。人们常常把远古时期比作人类的童年，那么古人与儿童有何共性呢？人类远古时期，天地万物都是有生命的，而且往往都有神灵居于其中。对远古人类和古希腊神话颇有研究的意大利历史学家维柯认为，古人的思维是一种诗性思维，而诗与儿童天然接近。他说："诗的最崇高的工作就是赋予感觉和情欲于本无感觉的事物。儿童的特点就在把无生命的事物拿到手里，戏和它们交谈，仿佛它们就是些有生命的人。"[1]这意味着，孩童世界一切物品都具有生命，儿童可以和自己的玩具交朋友，甚至会和玩具闹矛盾。正是这种儿童视角，使得窗道雄的诗歌保存着最为本真的世界。它是童话的世界，是人类祖先理性未觉醒之时的世界，一个混沌的生机勃勃的世界。

我们在特朗斯特罗姆的诗歌中同样发现了这种童话王国。大自然万物之间，一呼百应，触一发而动全身，一切仿佛都息息相通。为此，一种将人也物化的手法以及一种拟人化的手法，相互结合在一起，共同构筑了特朗斯特罗姆色彩斑斓、奇幻无比的童话世界，甚至事情、思想、观念、语言、记忆等都具有了生命的特征。与特朗斯特罗姆较为锐利的批判性不同，窗道雄始终是温柔的。他毫无偏见地赞美生命，即便没有生命的存在，也被赋予生命而得到赞美。这也许就是庄子在《天下》篇所谓的"泛爱万物，天地一体"吧。[2]是什么让窗道雄拥有如此博爱的胸襟呢？答案是童心。在童心的世界里，一切都是美好的，然而他又无法不直面人类的各种丑恶。

满怀忧伤地批判人类

> 我常常想
> 轻轻说声道歉
> 对这小小的存在

诗人为什么有如此想法，想向一只蚂蚁道歉？它太弱小了，时时刻刻都会遭遇灭顶之灾，但它仍顽强地活着。不管是谁，都不能保证自己不在无意之间踩死一只蚂蚁，很可能是一只正在辛辛苦苦搬运食物的蚂蚁。这是何等令人伤感的生物！难道我们不应该向它们道歉吗？请求原谅自己曾经无心的过失。诗人道歉不仅仅是为了请求原谅，还因为作为身体巨大的生物，人类却不能保护弱小的生命。如此看来，人类之大就显得荒唐而渺小了：

> 而我碰巧是如此荒唐
> 如此巨大的大

---

[1] [意]维柯：《新科学》，朱光潜译，北京：人民文学出版社 2008 年版，第 97 页。

[2] 《老子·庄子》，傅云龙、陆钦校注，北京：华夏出版社 2000 年版，第 469 页。

在此，诗人内心充满深深的自责和羞愧。然而从古至今，人类都在膨胀一种"人定胜天"的观念。随着启蒙运动的发展，人类进步的车轮滚滚向前。一方面科技的触角已经进入太空、潜入深海；另一方面地球生态平衡遭遇严重破坏。人类再怎么强悍，但在地质灾害面前仍然弱不禁风。当帕斯卡说"人是一颗会思想的芦苇"时，是想用思想来为人类的弱小辩护。但大自然发怒时，人类的思想又何等无助！当窗道雄凝视一只蚂蚁，并想向它道歉的时候，他的内心无疑是在发出无声的呐喊：人类必须要认识到自己的荒唐与狂妄自大。

人类首先必须要认识到自己的残暴。人与人之间、宗教之间、国家之间、种族之间、不同政见之间因为分歧而导致的战争、屠杀、暗杀等，贯穿着整个人类历史。人类的残暴也表现在人与其他生物之间。在安徒生奖受奖辞中，窗道雄说道：

> 我永远对保护世间万物生存的大自然报以感激，它遵从万物各自的法则，不分高低贵贱。但事实上个体的生存，甚至国家的生存经常受到威胁；而人类生命以外的活生生的生命，每天都被大规模地灭绝。你们知道，那大规模的毁灭就是成年人所为。[1]

正是人类的残暴，使得动物们离人越来越远，越来越不相信人类。请看这首《动物们》：

> 何时开始　怎么回事
> 境况变成这样?
> 当我们看它们
> 它们却背对着我们
> 转而面朝其他方向
>
> 现在它们远远站着
> 就像彩虹远离我们

动物们为什么会如此不理我们呢？因为一种戒心已经在它们心中根深蒂固。忽然想起诗人于坚曾经写过的一首诗歌《避雨的鸟》：

---

[1] [德] 莱普曼等：《长满书的大树》，黑马译，武汉：湖北少年儿童出版社 2012 年版，第262—263 页。

一只鸟在我的阳台上避雨

青鸟　小小地跳着

一朵温柔的火焰

我打开窗子

希望它会飞进我的房间

说不清是什么念头

我撒些饭粒　还模仿着一种叫声

青鸟　看看我　又看看暴雨

雨越下越大　闪电湿淋淋地垂下

青鸟　突然飞去朝着暴风雨消失

一阵寒颤　似乎熄灭的不是那朵火焰

而是我的心灵

一只小鸟在雷雨之时飞到"我"的阳台，"我"希望它能进入房间躲雨，于是"我"做出各种引诱和友好的动作，可是最后小鸟还是不顾一切地飞向滂沱大雨之中，此诗传神地传达出鸟对人类的怀疑。人类何以如此不被动物们所信任？那是因为，人类善于伪装引诱，双手沾满了残杀动物、虐待动物的鲜血。诗人借一只青鸟撕开了人类虚伪残酷的嘴脸。青鸟也是作为信使，冒着生命危险向人类传递着动物们的抗议信息。窗道雄的这首《动物们》可谓异曲同工，诗人想必痛彻心扉，像彩虹一样美好的动物们，现在却只能可望而不可即。另外一首《让我们一起玩吧》，窗道雄同样表现了人类与动物之间的疏离。一位小孩对自己的妈妈说着心里的愿望：要是小象、小熊都能够到他家来，并且对他说，"让我们一起玩吧"，"那难道不是很好吗／妈咪？"小孩说的是心里话，但大人可能认为很荒谬。诗人在此可能隐藏着两层含义：一是暗示了儿童对成人的质疑：为什么我们不能和动物们一起玩呢？是谁造成的呢？二是曲折表达了诗人的向往：要是人类能够与动物们打成一片相亲相爱，那该多好啊！

人类的荒唐与狂妄自大，还体现在人类的知识和思想体系之中。众所周知，在人类文明的进程中，知识（书籍）曾经被认为是进步的阶梯，思想也被认为是最为强大的力量。可是，一些思想观念（如法西斯对犹太人的歧视）却往往被意识形态化，进而成为约束人的枷锁或残害人的屠刀。科学不断进步，知识日益更新，那些曾经被奉为圭臬的知识或思想体系，很可能在不久的将来被否定，甚至被抛弃。因而人类如果不把眼光从理论转向活生生的现实世界，或者理论如果不把现实生活作为出发点或归宿，那么人类就会陷入一种困境。当窗道雄在《斑马》中说他"呆在一只／他自己／做的笼子里"的时候，诗人想必也是在提醒整个人类：人类何尝不是把自己关在自己做的笼子里呢？人类曾经不是被各种各样的牢笼囚禁着吗？比如语言的、制度的、理论的、思想的牢笼等。请看这首《先有蛋吗》[1]：

> 先有蛋还是　先有鸡
> 与其论这个理不如明明白白说
> 先有的是蛋
> 先有的是鸡
>
> 是猫
> 是蚯蚓
> 是松树
> 是天
> 是地
> 是人类
>
> 物为先
> 物始终　是前辈
> 不管什么时候
> 相比起我们的理论

不能否认，人类历史也是一部各种理论相互争论和碰撞的历史。现在任何一门学科史，都是一部争论史。人类的进步，学术的繁荣，当然离不开争论，但从中我们也能发现理论的荒唐或专制。窗道雄这首诗，意在拿一个永恒的争论话题（先有蛋还是先有鸡）来调侃理论。与其无休无止地争论空洞的理论，不如把眼睛转向实在的世界，转向物。不要再高高在上了！人类所要做的可能是更加贴近地球，亲近万物。在另一首诗《人行天桥》中，诗人对高高在上的人类的反省更显巧妙。[2]

---

[1]　参见美空新浪博客：http://blog.sina.com.cn/u/1733747484。

[2]　参见北京大学中文论坛：http://www.pkucn.com/viewthread.php?tid=246534。

在那么高的地方

人来人往

"我可不能破坏

大家　费尽心机制造的

机器

肆意横行的规矩

尽可能地远离地球

躲避　绕行"

在高高的云里

人来人往

蹒跚而无力

此诗，看似对人行天桥称奇，实际上是在反思高高在上的人类。人行天桥被人类利用，进而助纣为虐。人类凭借造出来的机器，达到可以肆意横行的目的。虽然看起来人类高高在上，实际上却脆弱不堪，"蹒跚而无力"。诗人感到自己在骄傲自大的人类面前无能为力，只得像动物远离人类一样远离地球。由此看来，此诗隐晦地表达出诗人对同类的愤怒，却又很无助。

总体说来，窗道雄的诗歌通过儿童视角所看到的世界都是美好的，充满生的欢愉，可有时也会被成人解读出一些言外之意，即诗人对于人类荒唐又自大狂妄的批判。他旨在提醒人类：即便拥有深奥难懂的思想理论，即便拥有高端现代的科技发明，人类也没有什么了不起，更有甚者，人类还应该心怀愧疚。人类曾经把自己作为"万物之灵"、"万物的尺度"，然而历史证明人类并没有管理好地球。人类必须纠正"人类中心主义"的恶习，必须把"物为先"作为行动的纲领，必须把人类自己也当作"物"的一员，而不是"肆意横行"。如此这般的感悟，已经让我们接触到窗道雄儿童诗最为深刻的主题了。

形而上地感悟存在

生命属于任何生物

无论大还是小

不同仅仅在于
生命容器的尺寸

　　前文已经表明，窗道雄心中有一种毫无偏见的生命观，他把生命当作寄居在一个容器的存在形式。就生命本身来说，不论贵贱，无分尊卑，都一样值得赞美。这充分体现了施韦泽的"敬畏生命"观念，然而窗道雄比施韦泽更进一步，请看这首《美景》：

水流
静躺绵延

绿树
站立挺拔

远山坐起来
绵延
挺拔

这和平的静谧
便是我们的家
所有所有生灵的家

　　利欲熏心的人类，整日为各自的目的奔波，生活越来越忙乱不堪。对身边的美景，往往视而不见，心中有诗意，也不愿投入实践。太多太多的时间，被用到功名利禄中，被用到无关痛痒的闲聊，被用到文字的表达中去。世界越来越与我们疏远，身外之物越来越被当作功利的存在，被争抢攫取。窗道雄超拔于俗世众生，静静欣赏存在本身的美丽。非生命的存在，在这首诗中成了生命存在的家园。

　　然而，他并没有严格区分非生命和生命，他也没有把人类太当回事，甚至把人类列入"物"之群体中。这和庄子《齐物论》中"天地与我并生，而万物与我为一" [1] 相似。和庄子一样，窗道雄把人和天、地及万物相提并论，不同之处在于，庄子将它们统一于"道"。它们都是由"道"而生，即道家所谓"道生一，一生二，二生三，

---

[1] 《老子・庄子》，傅云龙、陆钦校注，北京：华夏出版社 2000 年版，第 106 页。

三生万物"[1]，而窗道雄则将它们统统归为"物"。

现代社会在很多方面都出现了马克思所谓的"异化"，人已经不是先前的人了，人与人之间、人与物之间、人与自然之间等关系都已全面异化。就人的异化来说，现代文学中尤其表现在人的"物化"上，也就是人变成某种物。卡夫卡的《变形记》可以作为解读现代人异化的一把钥匙，主人公一天早晨忽然发现自己变成了一只甲壳虫，很显然，这是对单调压抑的现代生活最为形象的揭露和批判。现代文学中人的"物化"最极端的例子，要数勒克莱齐奥在《诉讼笔录》所写的故事，世界的物质统一性，是主人公亚当走向自由与永恒的入口，他妄图将自己化为物质进入无时空、无生死的境界，此为一条生命的返原之路。从无机物质到生命再到人类的出现，此乃生命的进化历程。而亚当反其道而行之，从人类到动植物，再退回到鸿蒙的混沌世界，勒克莱齐奥把现代主义文学对现代文明异化的批判又向前推进了一步。人不仅仅异化成一种物体，更是异化成更为本源的东西——物质。一个是物体化，一个是物质化，虽然都可以称为"物化"，但却大相径庭。前者形象地表达出现代文明对人造成的扭曲变形，而后者则是对现代文明的一种极端弃绝。[2]

窗道雄也将人"物化"，他与卡夫卡和勒克莱齐奥上述所写的"物化"有什么不同呢？相同之处在于，都是对人类，尤其是现代人类的一种批判性反思。不同之处在于，卡夫卡和勒克莱齐奥笔下"物化"的人，已非人，而纯粹是物，他们借此控诉现代社会把人降格到物的地步；窗道雄反其道而行之，他认为物并非是低等的不如人的存在，恰恰相反，物是优先于人的存在。一言以蔽之，人首先是物，与其他的万事万物共同存在，同时人也像其他事物一样是拥有个性的物，即能思维的人，因而又不同于他物。

上述思想让窗道雄抵达一种更为本真的存在观：在这个地球上，万事万物既是平等的，又是独一无二的。某种意义上，上述存在观比海德格尔的还要高超。后者把一切存在化，也就是把存在作为世界的本体，作为最为基础的东西。万事万物从存在的角度来说，是一样的、平等的。由此，人类不应该自认为了不起，高于其他存在，而应与他物共同存在。但海德格尔又特别强调人类的存在，将其命名为"此在"，还是有"人类中心主义"的嫌疑。而且，在海德格尔哲学中，万事万物都会被融入到一个

---

[1]　《老子·庄子》，傅云龙、陆钦校注，北京：华夏出版社 2000 年版，第 43 页。

[2]　张公善：《洞见与盲视：勒克莱奇奥〈诉讼笔录〉简论》，载《外国文学》2009 年第 6 期，第118—122 页。

整体之中，那种我们无法通过理性把握和认识的存在整体之中，因而万事万物特有的个性就往往被牺牲了。窗道雄不同，他较为彻底地颠覆了"人类中心主义"，又保持了人类的特性。下面这首诗《我在这里》[1]可谓绝妙地表达了诗人对存在的感悟。

　　　　当我在这里
　　　　其他的不管什么，都不可能
　　　　遮蔽我
　　　　都不可能，也在这里

　　　　如果一头象在这里
　　　　那就只有那头象在
　　　　如果是一粒豆在这里
　　　　那就只有那粒豆在

　　　　啊，在这个地球上
　　　　一切存在都如此受到
　　　　自然的护佑
　　　　不管何物　　无论何处

　　　　正是这"存在"本身啊
　　　　最为美轮美奂

　　这首诗与《一只蚂蚁》异曲同工，全面而深刻地表达出窗道雄的内心世界。一方面，他强调每一种存在都有其独特性，不论是人类，还是有生命的"一头象"，抑或是没有生命的"一粒豆"，它们都有自己的独特性。当它们作为自己存在的时候，其他任何存在都不能取而代之，都不能遮住它们的美丽。窗道雄把人类和动物、无生命之物并列在一起，让人类与其他一切存在物共同存在。另一方面，所有不同的存在又都是平等的，它们都在分享"存在"的秘密和光辉。

　　这就不难理解，在窗道雄的儿童诗中，扑面而来的是各种存在发现自己存在的

_____

[1]　此诗的翻译参考了美空的新浪博客和赵建军的新浪博客，特致谢意。

欢愉和美好。比如在《熊》这首诗中，一只春天睡醒的熊，迷迷糊糊不知道自己是谁，当它来到河边看见了自己的漂亮脸蛋，高兴地说："哦，我是熊呀／那太好了。"这也是诗人所有作品最崇高的意义所在：让万事万物都能分享存在的美好和快乐，让万事万物都能作为自己而存在。一言以蔽之，窗道雄的诗歌便是呵护存在的歌谣，借以歌颂那些美好的存在，批判那些危害其他存在的存在，主要是批判荒唐而自大的人类。这此意义上，他又与海德格尔不谋而合，后者认为"人是存在的看护者"[1]。总之，人本来就是一物，人应以物为先，不要自以为了不起而凌驾于其他物之上，而应该与他物共同存在；人又是独特的物，是拥有童心的人，是存在的呵护者，让其他物存在，让它们作为其所是的物而存在。

---

[1]　[德]海德格尔：《关于人道主义的书信》，载《海德格尔选集》，上海：上海三联书店 1996 年版，第 374 页。

第七章　海德格尔与海子：从存在诗学到实体诗学

　　将海德格尔与海子并列比较，看似突兀，实则不然。通读二人相关文论之后，便会发现他们具有很强的可比性。毫无疑问的是，海子直接或间接地受到了海德格尔思想的影响。通过比较，我们还可以窥探处于不同文化传统中的两个人是如何在东西结合之中寻求出路的。

诗歌本体观

　　海德格尔哲学是对西方传统哲学的批判，将西方哲学拉回到本体论哲学的大道。他认为西方哲学越来越远离其古希腊哲学的根基——存在，而片面追逐实实在在的对象——存在者。此在（人）在世生存的本质就是操心，"操心总是操劳和操持"[1]。操持面对的是共同此在的他人，而操劳便是同一些上手的实在物打交道，导致忘在而沉沦。我们只能认识存在者，对于存在，却无法直接面对，因为存在是不可说、非对象性的。我们只有借助存在者才能感悟存在，存在是海德格尔整个哲学大厦的本体。考虑到海德格尔哲学是思与诗的交响，且其终极归宿是教导人类"诗意地栖居"，我们在此将海德格尔哲学视作广义上的存在诗学，而其对于诗的论述则可以称作狭义上的存在诗学。

　　在《寻找对实体的接触——直接面对实体》一文中，海子确定了"实体"作为其诗学的本体地位。他说，"诗，说到底，就是寻找对实体的接触"，"它（实体）

---

　　[1]　[德]海德格尔：《存在与时间》，陈嘉映、王庆节译，北京：生活·读书·新知三联书店1999年版，第 224 页。

是真正的诗的基石"。[1] 海子所谓实体，即一些具体的存在者，而且是较为基础的存在者。很显然，海子"直接面对实体"的主张，得益于现象学"回到事物本身"的口号。海子始终关注永恒与真实，为此他必须要对现象世界进行还原，并在现实世界中追寻那些最为原始的元素。海德格尔哲学也深受现象学影响，《存在与时间》可谓是一部"此在的现象学"。在他那里，遮蔽状态是"现象"的对立概念，"现象"即"就其自身显示自身者，公开者"，"凡是如存在者就其本身所显示的那样展示存在者，我们都称之为现象学"。[2] 某种意义上，海德格尔哲学就是使哲学回到哲学本身去，回到哲学的源头。正是在哲学的源头——古希腊，海德格尔重新发掘到其哲学的本体——存在。

在本体论的层次上，海子的实体，其地位与效应与海德格尔的存在相当，都是作为根基被提出，而且都具有凌驾诗人之上的地位。海德格尔认为"存在者的到来乃是基于存在的天命"，人不过是被存在本身"抛"入存在的真理之中，"人这样地生存着看护存在的真理"，"人是存在的看护者"。似乎人拥有主体自由，但实际上一切都是在存在的天命下完成的，即人必须"按照存在的天命看护存在的真理"[3]。这在海德格尔论诗时表现得非常明显，他认为，诗乃是存在之音，诗人只是倾听者，进而将存在传达出来。[4] 海子也有类似观点："诗不是诗人的陈述。更多的时候，诗是实体在倾诉。"以至于在诗中也可以听到"另外一种声音"，即"实体"的声音。[5]

在认识论的层次上，海德格尔之存在是不可说、不可知的，但他试图引导世人通过一些具体的存在者来通达存在。海德格尔最为关注的具体存在者便是"四元"——天、地、神、人，四元其实来自于他对荷尔德林的解读。在《荷尔德林的大地和天空》一文中，海德格尔引用了荷尔德林给朋友的一封信，其中就谈到"元素之伟力"："那

[1] 海子：《寻找对实体的接触——直接面对实体》，载《海子诗全集》，北京：作家出版社 2009年版，第 1017 页、第 1018 页。

[2] [德]海德格尔：《存在与时间》，陈嘉映、王庆节译，北京：生活•读书•新知三联书店 1999年版，第 34 页、第 41 页。

[3] [德]海德格尔：《关于人道主义的书信》，载《海德格尔选集》，上海：上海三联书店 1996 年版，第 374 页。

[4] 张公善：《批判与救赎》，合肥：安徽人民出版社 2006 年版，第 44 页。

[5] 海子：《寻找对实体的接触——直接面对实体》，载《海子诗全集》，北京：作家出版社 2009 年版，第 1018 页。

种巨大的元素，天国之火和人类的宁静，人类在自然中的生活，以及他们的局限性和满足感，持续不断地紧紧把我抓住……"他评论说："尽管在这封信中，大地和天空、神和人的整体统一性始终未曾道出，但我们已经更为清晰地看到了这一点：大地和天空以及它们的关系，属于一种更为丰富的关系。"海德格尔认为荷尔德林在其随后所写的诗歌《希腊》中，就完全洞见了"四元"的整体统一性。[1]

无独有偶，海子的诗学也涉及"元素"。他在《诗学：一份提纲》中有一段话与上述荷尔德林所论颇为神似："我写长诗总是迫不得已。出于某种巨大的元素对我的召唤，也是我有太多的话要说，这些元素和伟大材料的东西总会涨破我的诗歌外壳。"[2] 更有意味的是，海子也提到了海德格尔的那四个元素。他在《我热爱的诗人——荷尔德林》一文中认为，荷尔德林诗歌的一大特色就是风景、元素与生命的完美结合，还说荷尔德林的诗歌启示人们"做一个热爱人类秘密的诗人。这秘密既包括人兽之间的秘密，也包括人神、天地之间的秘密"[3]。海德格尔的"天、地、神、人"，在海子这里成了"人神、天地"。很显然，海子没有意识到海德格尔四元之间的整体统一性，而是侧重两两之间的对立。海子的文论中唯一一次提到海德格尔就是在这篇文章中，他说："哲学家海德格尔曾专门解说荷尔德林的诗歌。"[4] 单就这句话，我们还不能断定海德格尔对海子有什么影响，但有一点可以确定：正是因为对荷尔德林情有独钟，使得两人的思想具有一些共性，或者也可以反过来说，正是因为两人思想有些共性，他们才都对荷尔德林情有独钟。

海子的实体，既是"巨大物质实体"（客体），又是"主体"，"是谓语诞生前的主体状态，是主体的沉默的核心"。[5] 对应于"物质实体"，我们或许可以将作为主体的实体称为"精神实体"。不难看出，海子所谓实体的观念来自于西方传统。在西方哲学史上，巴门尼德最先把实体视作唯一不动的真实存在。亚里士多德则认为实体是物质的根本属性，是物质之为物质的本质。罗素认为后世从巴门尼德那里

---

[1] ［德］海德格尔：《荷尔德林诗的阐释》，孙周兴译，北京：商务印书馆 2000 年版，第 192 页、第 210 页。孙周兴翻译为"四方"，鉴于海德格尔受荷尔德林"巨大的元素"的影响，笔者觉得译为"四元"可能更为贴切。

[2] 海子：《诗学：一份提纲》，载《海子诗全集》，北京：作家出版社 2009 年版，第 1038 页。

[3] 海子：《我热爱的诗人——荷尔德林》，北京：作家出版社 2009 年版，第 1071—1072 页。

[4] 海子：《我热爱的诗人——荷尔德林》，北京：作家出版社 2009 年版，第 1068 页。

[5] 海子：《寻找对实体的接触——直接面对实体》，载《海子诗全集》，北京：作家出版社 2009 年版，第 1017 页。

继承的正是实体的不可毁灭性，即"实体是被人设想为是变化不同的谓语之永恒不变的主词"[1]。耐人寻味的是，海德格尔也谈到了"存在"与"实体"的关联："从存在的历史的意义着想，'实体'已经是本质这个词的隐蔽的译名，这个词是指称在场者的在场而多半同时由于谜一般的双关意义而是指在场者本身的。"[2] 言下之意，实体在巴门尼德那里原本是表示存在（在场）的，但却由于人们（如亚里士多德）将其看作事物的本质，因而也渐渐被用来表示存在者（在场者）了。而海子所做的，正是海德格尔所要反对的——海子将西方本来作为真实存在的实体主体化、精神化，也对象化了。

海子其实看重的就是实体的永恒不变性，海子想要做的就是发掘文化中的那些根本的物质实体——"巨大的元素"——然后将其锻造成精神实体。看似实体已经是物质与精神的合一、主体与客体的合一，更是天人合一。然而，可悲的是，海子在不同的实体之间却失去了平衡。在其早期的文论中，我们可以清楚地发现，他通过回溯到文化的源头，发现了土地、河流等元素，后来海子又渐渐转向天空、太阳等元素。图1所示便是海子内心充斥的一些二元对立元素。

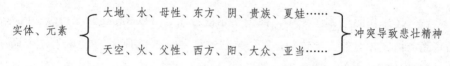

图1　海子内心充斥的二元对立元素

在海德格尔那里，"四元"和谐共舞，"任何一方都不是片面地自为地持立和运行的"[3]。在《物》一文中，他更为详细地阐释了"四元"和谐圆融的统一整体性，[4] 而海子却将上述两组实体（元素）对立起来。这种二元思维造成的激烈冲突，想必在海子的心灵世界翻江倒海，让其矛盾纠结，甚至不能自拔。在1987年11月15日，从海子为太阳地狱篇草拟的标题中，我们发现如下一些意味深长的标题："我独自一人穿越四大元素"、"早早结束生活"、"皈依存在"。[5] 毫无疑问，这些标题拉

---

[1]　[英]罗素：《西方哲学史（上）》，北京：商务印书馆1963年版，第83页。

[2]　[德]海德格尔：《关于人道主义的书信》，载《海德格尔选集》，上海：上海三联书店1996年版，第374页。

[3]　[德]海德格尔：《荷尔德林诗的阐释》，孙周兴译，北京：商务印书馆2000年版，第210页。

[4]　[德]海德格尔：《物》，载《海德格尔选集》，上海：上海三联书店1996年版，第1178—1181页。

[5]　海子：《诗学：一份提纲》，载《海子诗全集》，北京：作家出版社2009年版，第1064—1065页。

近了海子与海德格尔在思想上的距离，从中透露出的信息值得回味。海子依然保持着高蹈的贵族姿态，却又无法协调好心中的冲突。难道海子在此时就已经有了以结束生命来融入海德格尔所谓的"存在"的想法了吗？真相我们不得而知，但也不是没有可能。

总之，海德格尔与海子都借助于现象学的方法，探寻到了各自诗学的本体或根基。海德格尔的诗学本体是存在，而海子的诗学根基则是实体。海子诗学中的实体、元素、精神等概念相当于海德格尔的存在，在其各自诗学中都起着统领一切的作用。不同之处在于，实体、元素、精神都是对象性的，可以认识的，而存在则是非对象性的，是不可知、不可说的。海子的诗学仍然停留于探索诗歌秘密的认识论阶段，将视线聚焦到一些原始元素，有一种将实体对象化的认识冲动。如果存在诗学是根，实体诗学可谓之干。存在诗学是更为原始的本体论诗学，是元诗学，实体诗学则是派生的诗学。

诗歌本质观及诗人论

在《艺术作品的本源》中，海德格尔区分了诗（Dichtung）和诗歌（Poesie），后者指与散文相对的文学体裁，海德格尔的行文中一般不用"Poesie"这个词，海德格尔所谓诗有广义和狭义之分。作为诗意创造，广义之诗是一切艺术的本质；狭义之诗即作为语言作品的诗歌。[1] 海德格尔倾心的诗歌并非"适合于世界文学中的全部诗歌"的"一般而言的诗歌"，而是"那种别具一格的诗歌，其标志是，只有它才命运性地与我们相关涉，因为它诗意地表达出我们本身，诗意地表达出我们处身于其中的命运"。[2] 这种别具一格的诗歌，是"那些真正的伟大的诗"[3]，就像荷尔德林的诗那样"蕴含着诗的规定性而特地诗化了诗的本质"[4]。然而在现实中，人们往往将诗歌作为一种附庸风雅的手段，一种情感抒发的出口，或是一种意识形态的传声筒。对此，海德格尔给予了义正辞严的批评："诗不只是此在的一种附带装饰，不只是一种短暂的热情或一种激情和消遣。诗是历史的孕育基础，因而也不只是一

---

[1] ［德］海德格尔：《艺术作品的本源》，载《海德格尔选集》，上海：上海三联书店1996年版，第291—294页。

[2] ［德］海德格尔：《荷尔德林诗的阐释》，孙周兴译，北京：商务印书馆2000年版，第228页。

[3] ［德］海德格尔：《形而上学导论》，北京：商务印书馆1996年版，第27页。

[4] ［德］海德格尔：《荷尔德林诗的阐释》，孙周兴译，北京：商务印书馆2000年版，第36页。

种文化现象，更不是一个文化灵魂的单纯表达。"[1]

同海德格尔一样，海子也对诗进行了分类。他说："诗有两种：纯诗（小诗）和唯一的真诗（大诗），还有一些诗意状态。"[2] 海子所谓纯诗与真诗分别相当于海德格尔眼里的"一般而言的诗歌"和"别具一格的诗歌"。而其"诗意状态"与海德格尔所谓广义之诗的精神有些共性，都强调其中的"诗意"性质。海子对当时诗坛也颇有微词，认为"当前中国现代诗歌对意象的关注，损害甚至危及了她的语言要求"，"新的美学和新语言新诗的诞生不仅取决于感性的再造，还取决于意象和咏唱的合一。意象平民必须攀上咏唱贵族"。[3] 显然，海子不像海德格尔那样反感诗歌的情感宣泄功能，但他对诗歌的感性与抒情因素也有些矛盾，他热爱的诗人荷尔德林就被他称为"热爱风景的抒情诗人"[4]，可是当海子谈及"伟大的诗歌"时，他又贬抑感性和抒情。

海德格尔最喜欢的诗人是荷尔德林，认为他是"诗人的诗人"。他通过对荷尔德林诗歌的阐释，揭示了诗的几个本质特征。首先，诗的"本质性的本质"在于"诗是存在的词语性创建"。[5] 其次，诗之本质的双重规定是：诗不仅最清白又最危险。最清白是说诗乃是毫无功利的自由言说，无害又无用；最危险是因为诗乃语言的纯粹言说，而"语言是一切危险的危险"[6]。最后，诗之本质的内在自由法则在于：诗是诸神的暗示，又是民族之音的解释。无独有偶，荷尔德林也是海子热爱的诗人。那么，荷尔德林给予海子的诗歌观念又是什么呢？海子说："从荷尔德林我懂得，诗歌是一场烈火，而不是修辞练习。诗歌不是视觉，甚至不是语言，她是精神的安静而神秘的中心。"[7] 与海德格尔不同，海子看到的不是"存在"而是"精神"，不是"语言"而是"安静而神秘"。在海德格尔那里，"诗是历史的孕育基础"，它创建存在的历史，"也

---

[1]　[德] 海德格尔：《荷尔德林诗的阐释》，孙周兴译，北京：商务印书馆 2000 年版，第 46 页。

[2]　海子：《动作》，载《海子诗全集》，北京：作家出版社 2009 年版，第 1037 页。

[3]　海子：《日记》，载《海子诗全集》，北京：作家出版社 2009 年版，第 1028 页。

[4]　海子：《我热爱的诗人——荷尔德林》，载《海子诗全集》，北京：作家出版社 2009 年版，第 1072 页。

[5]　[德] 海德格尔：《荷尔德林诗的阐释》，孙周兴译，北京：商务印书馆 2000 年版，第 46 页。

[6]　[德] 海德格尔：《荷尔德林和诗的本质》，载《海德格尔选集》，上海：上海三联书店 1996 年版，第 313 页。

[7]　海子：《我热爱的诗人——荷尔德林》，载《海子诗全集》，北京：作家出版社 2009 年版，第 1071 页。

是历史性民族的元语言"。[1] 海子也关注民族与历史,他上溯河流的源头,深入民间主题,就是希望将文化的根基继承下来。但海子更希望创建一个新的诗歌历史的开端,"这一世纪和下一世纪的交替,在中国,必有一次伟大的诗歌行动和一首伟大的诗篇。这是我,一个中国当代诗人的梦想和愿望"[2]。总的说来,海德格尔借助语言来创建的是存在,海子凭借一种精神来创建的则是诗歌。

海子不像海德格尔那样将对诗歌本质的理解是建立于一个诗人(荷尔德林)的解读基础之上,而是以一种宏观的视角审视整个西方诗歌史,甚至是文明史,并提出如下的"伟大的诗歌"观念:"伟大的诗歌,不是感性的诗歌,也不是抒情的诗歌,不是原始材料的片断流动,而是主体人类在某一瞬间突入自身的宏伟——是主体人类在原始力量中的一次性诗歌行动。"[3] 何谓原始力量?海子在谈及亚当型巨匠(米开朗琪罗、但丁、莎士比亚、歌德)时做了一个说明,指出这些巨匠身上潜伏的巨大的原发性的原始力量便是"悲剧性的生涯和生存、天才和魔鬼、地狱深渊、疯狂的创造与毁灭、欲望与死亡、血、性与宿命,整个代表性民族的潜伏性"[4]。很显然,所谓的原始力量其实就是海子在上述巨匠作品中所提炼出来的一系列的"巨大的元素"。

对于海德格尔,"诗人们是半神",是大地之子,而"大地之子同时也是天空之子"。[5] 诗人处于诸神(天)与民族(地)之间,倾听诸神的暗示,然后再传达给历史性的民族。对于海子,那些历史上的巨匠们也被当作"圣徒"和"众神"。他要求诗人"必须有力量将自己从大众中救出来,从散文中救出来","必须有力量把自己从自我中救出来,因为人民的生存和天、地是歌唱的源泉,是唯一的真诗。'人民的心'是唯一的诗人"。[6]"天堂是众人的事业,而大地是王者的事业","做地上的王者——这也是我和一切诗人的事业"。[7] 在一首题为《诗歌皇帝》的汉俳中,海子写下了自己的崇高志趣:"当众人齐集河畔 高声歌唱生活 / 我定会孤独返回空

[1] [德]海德格尔:《荷尔德林诗的阐释》,孙周兴译,北京:商务印书馆2000年版,第46—47页。
[2] 海子:《诗学:一份提纲》,载《海子诗全集》,北京:作家出版社2009年版,第1048页。
[3] 海子:《诗学:一份提纲》,载《海子诗全集》,北京:作家出版社2009年版,第1048页。
[4] 海子:《诗学:一份提纲》,载《海子诗全集》,北京:作家出版社2009年版,第1043页。
[5] [德]海德格尔:《荷尔德林诗的阐释》,孙周兴译,北京:商务印书馆2000年版,第178—179页。
[6] 海子:《动作》,载《海子诗全集》,北京:作家出版社2009年版,第1037页。
[7] 海子:《诗学:一份提纲》,载《海子诗全集》,北京:作家出版社2009年版,第1057—1058页。

无一人的山峦。"[1] 对于海德格尔，"在贫困时代里作为诗人意味着：吟唱着去摸索远逝诸神之踪迹"[2]，敢于冒险来"为他的民族谋求真理"[3]。对于海子，"做一个诗人，你必须热爱人类的秘密，在神圣的黑夜中走遍大地，热爱人类的痛苦和幸福，忍受那些必须忍受的，歌唱那些应该歌唱的"[4]。可以看出，海子身上有着很强的主体意识，这是海德格尔所反感的。但海子又将主体意识与人民，甚至人类相融合，则又与海德格尔不谋而合。

　　难能可贵的是，海德格尔与海子都将诗人引向一种行动。海德格尔指出"人的实体就是生存"[5]，所以他并不关注个体生命的传达，而操心于民族和人类的栖居。他认为诗人为民众树立神性的尺度，以便其能"诗意地栖居大地"。虽没有海德格尔的神性尺度，但海子也赋予生存以秘密或灵性因素。海子认为人类生活不是"生存"的全部，"生存"还包括与人类生活相平行、相契合、相暗合、相暗示的"别的生灵别的灵性的生活——甚至没有灵性但有物理有实体有法律的生活。所以说，生存是全部的生活：现实的生活和秘密的生活"，而"秘密的生活是诗歌和诗学的主要暗道和隐晦的烛光"。[6] 可惜，海子并没有将诗学引向生存，相反他内心怀有诗歌王的梦想，又有英雄主义的信念（"在一个衰竭实利的时代，我要为英雄主义作证。"[7]），加之他对天才的倾慕（"天才是生命的最辉煌的现象之一。"[8]）。凡此种种，使得海子逐渐从一种伟大的一次性的"诗歌行动"，堕为一种一次性的"生命行动"——自杀，这又与二者情有独钟的诗人荷尔德林密切相关。

　　海德格尔与荷尔德林的相遇可谓一曲思与诗的交响曲，他说："我的思想和荷尔德林的诗歌处于一种非此不可的关系中。"[9] 他几乎所有关于诗的思想都来源于荷

---

[1]　海子：《诗歌皇帝》，载《海子诗全集》，北京：作家出版社 2009 年版，第 408 页。

[2]　[德] 海德格尔：《诗人何为》，载《海德格尔选集》，上海：上海三联书店 1996 年版，第 410 页。

[3]　[德] 海德格尔：《荷尔德林诗的阐释》，孙周兴译，北京：商务印书馆 2000 年版，第 52—53 页。

[4]　海子：《我热爱的诗人——荷尔德林》，载《海子诗全集》，北京：作家出版社 2009 年版，第 1071 页。

[5]　[德] 海德格尔：《关于人道主义的书信》，载《海德格尔选集》，上海：上海三联书店 1996 年版，第 373 页。

[6]　海子：《诗学：一份提纲》，载《海子诗全集》，北京：作家出版社 2009 年版，第 1062 页。

[7]　海子：《动作》，载《海子诗全集》，北京：作家出版社 2009 年版，第 1035 页。

[8]　海子：《诗学：一份提纲》，载《海子诗全集》，北京：作家出版社 2009 年版，第 1048 页。

[9]　[德] 海德格尔：《只有一个上帝能救渡我们》，载《海德格尔选集》，上海：上海三联书店 1996 年版，第 1313 页。

尔德林及其诗歌。而海子与荷尔德林的相遇，如今看来也许是一次致命的邂逅。海子于自杀前约四个半月时写的《我热爱的诗人——荷尔德林》，透露了他的心灵轨迹。通过阅读荷尔德林，海子忽然意识到"景色中的灵魂，是风景中大生命的呼吸"，再进一步，从景色进入元素，"在景色中热爱元素的呼吸和言语，要尊重元素和他的秘密"。[1] "风景进入了大自然，自我进入了生命"，荷尔德林启示海子"把风景和元素完美地结合成大自然，并将自然和生命融入诗歌——转瞬即逝的歌声和一场大火，从此永生"。[2] 由此，海子从热衷于在诗歌中呈现生命，走向了赋予生命以更大的使命，或者说，海子从文本的生命诗人，走向了行动的生命诗人。也许正是与荷尔德林的邂逅，使得海子开始构思着如何以生命写诗。其自杀前所写的诗歌《春天，十个海子》最为典型地揭示了海子的上述感悟。

　　春天，十个海子全部复活 / 在光明的景色中 / 嘲笑这一个野蛮而悲伤的海子 / 你这么长久地沉睡究竟为了什么？
　　在春天，野蛮而悲伤的海子 / 就剩下这一个，最后一个 / 这是一个黑夜的孩子，沉浸于冬天，倾心死亡 / 不能自拔，热爱着空虚而寒冷的乡村。[3]

海子面对令人绝望的现实，沉浸于死后的美妙幻想。让一个"野蛮而悲伤的海子"成为"十个海子"，让生命融入于大自然当中，从而获得永恒，永远活在美丽的乡村。毫无疑问，此诗透露出一种行将自杀的信息，死亡也被海子赋予了审美的意义。

诗与艺术之关系论

在海德格尔眼里，"一切艺术本质上都是诗"[4]。由此，海德格尔论诗，也是对艺术的论述，其所谓诗人也是艺术家的原型。他对艺术作品的评论并不多见，除了

---

[1] 海子：《我热爱的诗人——荷尔德林》，载《海子诗全集》，北京：作家出版社2009年版，第1070页。

[2] 海子：《我热爱的诗人——荷尔德林》，载《海子诗全集》，北京：作家出版社2009年版，第1072页。

[3] 海子：《春天，十个海子》，载《海子诗全集》，北京：作家出版社2009年版，第540页。

[4] [德]海德格尔：《艺术作品的本源》，载《海德格尔选集》，上海：上海三联书店1996年版，第292页。

荷尔德林的诗外，还论及歌德、[1] 里尔克、[2] 格奥尔格等人的诗，[3] 荣格尔的小说，[4] 作曲家科劳泽的作品，[5] 此外还有对梵高的著名油画《农鞋》和希腊神庙的精彩阐释，[6] 等等。另外，他还专门写有论及雕塑的文章。[7] 总之，从艺术种类来说，海德格尔的艺术论包含诗歌、绘画、雕塑、建筑、小说、音乐等，但主要是诗歌评论，而且主要针对德国诗人。

在海子的诗学文章中，虽然都在谈论诗歌，也涉及多种艺术门类，包括诗歌、绘画、雕塑、建筑、小说、散文等，甚至涉及非艺术的哲学。从中可见，海子心中的诗人也不仅仅是写诗的人（但丁、莎士比亚、歌德、荷尔德林等），还包括那些他认为具有诗性的各种艺术家（小说家陀思妥耶夫斯基、卡夫卡、乔伊斯等，散文家梭罗，画家梵高、塞尚等）和思想家们（尼采、维特根斯坦、弗洛伊德、达尔文等）。从艺术种类来说，海子和海德格尔几乎一样，也都以论诗为主，但海子论及的艺术家要多得多。海子把一些思想家当作诗人，看似与海德格尔有别，但实际上他很可能是受到海德格尔的影响。因为海德格尔把思与诗相提并论，甚至相互等同。他说过："一切凝神之思就是诗，而一切诗就是思。"[8] 可见，海德格尔心中也把思想家当作诗人来看待。海子高于海德格尔的地方在于：他是从一个宏观的整体视角来审视全人类艺术，而且能充分汲取其中精华，并融入到自己的诗歌创作之中，既有理论又有丰富的实践。

通过上述比较可见，二人都将诗与艺术相提并论，那么在其各自的诗学中，诗与艺术何以能相通呢？在海德格尔那里，诗与艺术之间的中介便是语言，"语言是

---

[1] [德] 海德格尔：《形而上学导论》，载《海德格尔选集》，上海：上海三联书店 1996 年版，第 527 页。

[2] [德] 海德格尔：《诗人何为？》，载《海德格尔选集》，上海：上海三联书店 1996 年版，第 407 页。

[3] [德] 海德格尔：《语言的本质》，载《海德格尔选集》，上海：上海三联书店 1996 年版，第 1064 页。

[4] [德] 海德格尔：《面向存在的问题》，载《海德格尔选集》，上海：上海三联书店 1996 年版，第 607 页。

[5] [德] 海德格尔：《泰然任之》，载《海德格尔选集》，上海：上海三联书店 1996 年版，第 1230 页。

[6] [德] 海德格尔：《艺术作品的本源》，载《海德格尔选集》，上海：上海三联书店 1996 年版，第 253 页、第 262 页。

[7] [德] 海德格尔：《艺术与空间》，载《海德格尔选集》，上海：上海三联书店 1996 年版，第 481 页。

[8] [德] 海德格尔：《走向语言之途》，载《海德格尔选集》，上海：上海三联书店 1996 年版，第 1148 页。

存在的家"[1]。语言通过命名把存在者带向词语从而显现出来，由此，语言使存在者作为存在者进入敞开领域之中。敞开即存在者之无蔽，无蔽即真理。[2]而广泛意义上的诗即真理之创建，因此，"语言本身就是根本意义上的诗"。而作为语言作品的狭义诗（诗歌），是诗的最原始、最根本的表现形式。至于建筑、绘画等艺术，为什么其本质也是诗呢？虽然不像诗歌那样以语言为媒介，但是它们"总是已经，而且始终仅只发生在道说和命名的敞开领域之中"，所以也"始终是真理把自身建立于作品中的本己道路和方式"。一言以蔽之，不管是诗还是艺术，都建基于语言命名所带来的"存在者之澄明"[3]。

海子将不同种类的艺术归于诗之名下，其依据又何在呢？是精神，贯穿各种元素的精神。海子看重艺术中所灌注的精神，认为那些诗歌王子，如雪莱、叶赛宁、荷尔德林、韩波等，"他们悲剧性的抗争和抒情本身就是人类存在最为壮丽的诗篇。他们悲剧性的存在是诗中之诗"[4]。在此，诗已经不是普通的一种体裁了，而是一种诗意的存在："悲剧性的抗争和抒情"、"悲剧性的存在"。而在谈及但丁、歌德、莎士比亚的伟大诗歌之外，海子还指出一种"更高一级的创造性诗歌"，"这是一种诗歌总集性质的东西——与其称之为伟大的诗歌，不如称之为伟大的人类精神……他们作为一些精神的内容（而不是材料）甚至高出于他们的艺术成就之上"。[5]属于这一类的诗有金字塔、敦煌佛教艺术、《圣经·旧约》、"两大印度史诗"和《奥义书》、"两大荷马史诗"、《古兰经》以及一些波斯的长诗汇集。而海子在最后一篇诗学文章《我热爱的诗人——荷尔德林》中，明确指出诗歌乃是"精神的安静而神秘的中心"[6]。海子对于各种艺术中灌注的精神的关注，很显然受到歌德美学思想的影响。歌德说过："艺术要通过一种完整体向世界说话，但这种完整体不是他在自然中所能找到的，

[1]　[德]海德格尔：《关于人道主义的书信》，载《海德格尔选集》，上海：上海三联书店1996年版，第358页。

[2]　[德]海德格尔：《艺术作品的本源》，载《海德格尔选集》，上海：上海三联书店1996年版，第271页。

[3]　[德]海德格尔：《艺术作品的本源》，载《海德格尔选集》，上海：上海三联书店1996年版，第295页。

[4]　海子：《诗学：一份提纲》，载《海子诗全集》，北京：作家出版社2009年版，第1046页。

[5]　海子：《诗学：一份提纲》，载《海子诗全集》，北京：作家出版社2009年版，第1051页。

[6]　海子：《我热爱的诗人——荷尔德林》，载《海子诗全集》，北京：作家出版社2009年版，第1071页。

而是他自己的心智的果实，或者说，是一种丰产的神圣的精神灌注生气的结果。"[1]
不过海子看重的是一种悲壮精神，在其诗学中也经常可见对那些失败的英雄的赞美。

海德格尔取道古希腊，从古希腊哲学中，发掘出哲学的本体。他的艺术阐释学，都是旨在阐释其中所呈现的存在，并且都在作品中解读出世界与大地的整体统一性。海德格尔对现代艺术颇为不满，认为它是一种异化的艺术。在其本体论诗学中，"艺术就是真理的生成和发生"[2]。可是在现代社会，"艺术成了体验的对象，艺术因此被视为人类生命的表达"[3]。不仅艺术远离了存在，人类的生活也远离了本真。现代人的栖居不再是诗意栖居，因为"狂热度量和计算的一种奇怪的过度"，导致现代人的"栖居无能于采取尺度"，因而无法诗意栖居。[4]结果便是"无家可归状态变成了世界命运"[5]。海德格尔将诗与艺术相联，将作为一种体裁的诗歌的诗性因素提升到所有艺术的本质，用意何在？这就牵涉海德格尔诗学的终极目标了。海德格尔赋予诗以双重使命，拯救异化的现代艺术和拯救异化的现代生活，甚至是拯救地球的命运，让人类诗意地栖居大地。诗意地栖居，就是人性地栖居。而"人的生活"就是一种"栖居生活"，它将纯真与善良融于一身。[6]

而海子对所处时代的种种弊端也了然于胸，认为那是一个"衰竭实利的时代"[7]，一个"贫乏的时代——主体贫乏的时代"，由于丧失了土地，"现代的漂泊无依的灵魂"只能将"肤浅的欲望"作为替代品。[8]与海德格尔一样，海子也看到了现代人的功利与无根。与海德格尔不同的是，海子将主体贫乏看作时代病。相反，海德格尔却把"世

---

[1]　[德]歌德：《歌德谈话录》，爱克曼辑录，朱光潜译，北京：人民文学出版社1978年版，第137页。

[2]　[德]海德格尔：《艺术作品的本源》，载《海德格尔选集》，上海：上海三联书店1996年版，第292页。

[3]　[德]海德格尔：《世界图象的时代》，载《海德格尔选集》，上海：上海三联书店1996年版，第885页。

[4]　[德]海德格尔：《人诗意地栖居》，载《海德格尔选集》，上海：上海三联书店1996年版，第479页。

[5]　[德]海德格尔：《关于人道主义的书信》，载《海德格尔选集》，上海：上海三联书店1996年版，第383页。

[6]　[德]海德格尔：《人诗意地栖居》，载《海德格尔选集》，上海：上海三联书店1996年版，第480页。

[7]　海子：《动作》，载《海子诗全集》，北京：作家出版社2009年版，第1035页。

[8]　海子：《诗学：一份提纲》，载《海子诗全集》，北京：作家出版社2009年版，第1038页。

界成为图象和人成为主体"看作决定"现代之本质"的两大进程。[1] 海子一心想的是拯救中国的诗歌，其诗学终极可在下述一段话中看出："我的诗歌理想是在中国成就一种伟大的集体的诗……我只想融合中国的行动，成就一种民族和人类的结合，诗和真理合一的大诗。"[2] 此处透露出海子吸纳全人类艺术精髓，融贯中国民族传统，进而创造一种大诗的动机，海子将此作为自己的崇高使命。可是如果为了诗歌而诗歌，那么创作的诗歌再伟大又有何意义呢？

在海德格尔那里，诗意栖居的人就是诗人，他栖居就是在作诗。他说："作诗建造着栖居之本质。作诗与栖居非但不相互排斥。毋宁说，作诗与栖居相互要求着共属一体。"[3] 海子其实也有将存在诗化的观念，比如前文所述他认为悲剧性的存在是诗中之诗，认为人民的生存和天、地是唯一的真诗，等等。可惜的是，海子固守"诗歌行动"观念，即行动总是以诗歌为旨归，海德格尔则恰恰相反，诗歌以行动为旨归。

综上所述，虽然海子在诗歌方面的视野比海德格尔要宽阔，但他耿耿于怀一种伟大诗歌的创作。虽然海子在诗学中表现出浓厚的生命诗学观念，提出要"直接关注生命存在本身"，"呈现生命"，[4] "要热爱生命，要感谢生命"等，[5] 但却笃信天才短命，又试图赋予生命本身非同寻常的使命。

海子不是不明白活着的美好，其早期诗歌《活在珍贵的人间》就表现了生命的美丽和幸福。[6]

> 活在这珍贵的人间
> 太阳强烈
> 水波温柔
> 一层层白云覆盖着
> 我

---

[1] [德]海德格尔：《世界图象的时代》，载《海德格尔选集》，上海：上海三联书店1996年版，第902页。

[2] 海子：《海子诗全集》，北京：作家出版社2009年版，扉页。

[3] [德]海德格尔：《人诗意地栖居》，载《海德格尔选集》，上海：上海三联书店1996年版，第478页。

[4] 海子：《诗学：一份提纲》，载《海子诗全集》，北京：作家出版社2009年版，第1048页。

[5] 海子：《我热爱的诗人——荷尔德林》，载《海子诗全集》，北京：作家出版社2009年版，第1070页。

[6] 海子：《活在珍贵的人间》，载《海子诗全集》，北京：作家出版社2009年版，第61页。

踩在青草上
感到自己是彻底干净的黑土块

活在这珍贵的人间
泥土高溅
扑打面颊
活在这珍贵的人间
人类和植物一样幸福
爱情和雨水一样幸福

全诗有两段，却重复了三次"活在这珍贵的人间"，可以想见，当时的海子是多么迷恋人间。何以如此呢？首段写人间之美好，天地人相互呼应，一切都是那么的自在轻盈、纯粹质朴。这也许就是生命的本真状态吧，珍贵即在于此。次段写人间之幸福，重复使用"活在这珍贵的人间"和"一样幸福"，传达出诗人内心渐渐强烈的对人世间的美好情感。生活虽然艰辛，但因为本色自然，更因为爱情滋润，所以生活依然令人无限留恋和向往。令人痛心的是，海子最终以牺牲生命成就一种他所向往的诗歌伟业，不能不说是对其生命诗学观念的背叛。海子的失败告诫我们：要始终坚定不移地将呵护生命当作艺术的首要责任。相比而言，海德格尔的诗学却始终引导人从艺术文本走向生活世界，进而诗意地栖居在大地上。在此意义上，海德格尔的诗学既是存在诗学，也是一种引领生活的生活诗学。

通过海子与海德格尔的诗学观比较，我们可以从中得出一些文化学的反思。

二人都力图融合东西文化，但道路不同。海德格尔深处二元思维盛行的西方文明，深知其产生的弊端，因而渴望回到古希腊，回到天人合一的整体状态。他所建立起来的基本本体论，很大程度上消弭了二元思维的冲突状态。在海德格尔的思想中我们也能看到对立，但他都能将其消融在一种整体中。他复兴的本体论哲学及其所开拓的本体论诗学视野，给传统认识论哲学和诗学带来了一股强烈的风暴。本体论诗学着眼于存在的创建，而不仅仅是为了认识诗。在海德格尔看来，认识只是存在的一种形态而已，我们应该关注的是存在本身。今天，To be or not to be（存在还是不存在），越来越成为人类和地球的问题。全球的生态危机对许多物种来说，已经到了生死攸关的地步。批判不和谐的生存模式，倡导诗意的栖居生活，海德格尔这一终极诗学主旨必将引发越来越多有识之士的共鸣。

海子对中华文明一开始就有一种后来他也曾批判过的自恋倾向，从其早期成名作《亚洲铜》中可见一斑。[1] 在此诗中海子把生活视野锁定在唯一的地方："亚洲铜，亚洲铜 / 祖父死在这里，父亲死在这里，我也会死在这里。"他不仅对华夏黄土地敝帚自珍，将自己封闭起来，更有甚者，他还有着浓郁的自恋倾向。这是通过不同文明的对比暗示出来的："亚洲铜，亚洲铜 / 爱怀疑和爱飞翔的是鸟，淹没一切的是海水 / 你的主人却是青草，住在自己细小的腰上，守住野花的手掌和秘密。"《亚洲铜》表达了海子的一种使命感，其极力书写黄土地之好，旨在希望后人能传承华夏文明。但博古通今、博览群书的海子越来越看重西方文明，而且也深受西方二元思维模式的影响，他的世界一直处于对立冲突之中，不能自拔。

虽然说每种文明皆有其营养，但必须融会贯通才行，消化不良势必导致分裂冲突，危害自身。海德格尔的高明之处在于，他将所有源于对象性的存在者的冲突，全都消融到非对象性的、总是在场的存在之中，这使得海德格尔的诗学呈现出一种圆融之美。而海子虽然也看到实体的统摄效应，但又将其具象化，使其分裂出一个个元素，但他又不能很好地将这些元素融为一体，因此相对而言，海子的诗学就显得较为粗糙，处处有冲突。多种文明因素在海子心中造成的冲突所带来的心态变形，想必也对其最终自杀负有一些责任吧。身处越来越全球化的世界里，各种文明之间的对话也势在必行。如何站在各自文化的立场，放眼全球，吸纳多种文明因素，海德格尔和海子给了我们前车之鉴。

---

[1] 海子：《亚洲铜》，载《海子诗全集》，北京：作家出版社 2009 年版，第 3 页。

第八章 郭沫若《凤凰涅槃》：意识形态的乌托邦

　　《凤凰涅槃》以其对旧世界的否定及对新世界的讴歌激励过无数人，尤其在革命时期。时过境迁，今天再来欣赏这首浪漫主义的抒情长诗，依然会被其中浓烈的感情所深深吸引。激情过后是平静的回味，掩卷遐思：凤凰何以自焚？凤凰到底象征着什么？更生后的世界凭什么那么完美？……许许多多的问题又引领我们一遍遍地反复吟诵这首长诗。笔者越来越意识到在浪漫情怀的帷幕后面，此诗隐藏着一些非常值得深入反思的东西。下面笔者以凤凰涅槃事件为中心，按时间先后来具体谈谈三个问题：涅槃之前"盲目的悲观"，涅槃本身的消极性以及涅槃之后"虚幻的狂欢"。

盲目的悲观

　　此诗初稿发表于 1920 年 1 月 30—31 日上海的《时事新报·学灯》上。1920 年人类刚刚经历了残酷而血腥的第一次世界大战。当时的中国四分五裂，被列强瓜分得体无完肤，广大人民生活在水深火热之中。在此背景下，《凤凰涅槃》中流露出悲观情绪可以理解，但把悲观过分放大，以至于将宇宙与人生等同于悲观，就实属不该了。姑且不论世界范围内真善美的文明香火仍然在持续燃烧，单就当时的中国而言，1919 年爆发的"五四运动"，可以说光芒四射，彪炳千古。

　　诗一开头的《序曲》就奠定了一个悲伤的基调，凤和凰在除夕之日飞到丹穴山，它们死期将近，要在此山收集香木，然后自焚。一群凡鸟飞来看热闹，凤凰不停地哀鸣着，飞来飞去衔着香木，在它们的眼里：

> 山右有枯槁了的梧桐，／山左有消歇了的醴泉，／山前有浩茫茫的大海，／
> 山后有阴莽莽的平原，／山上是寒风凛冽的冰天。

对山全方位的描写，意在营造一种找不到出路的悲凉氛围，给人阴暗与沉重之感。同时，山也是诗人心中当时旧中国的象征，毫无生机活力，到处弥漫着死亡的气息。

接下来诗歌写的是凤凰临死前的绝唱。先看《凤歌》，可用两个字来概括：残酷。他不明白宇宙何以如此，问天问地又问海，均无回应，于是便开始诅咒这个"阴秽的世界"：

> 你脓血污秽着的屠场呀！ / 你悲哀充塞着的囚牢呀！ / 你群鬼叫号着的坟墓呀！ / 你群魔跳梁着的地狱呀！ / 你到底为什么存在?

如果《凤歌》是对宇宙存在的追问，那么《凰歌》则是对红尘之中的"浮生"，即个体生命存在的反思。凰觉得"我们这缥缈的浮生"就好像是"大海里的孤舟"、"黑夜里的酣梦"。她看破红尘似地慨叹生活的无意义："有什么意思？ / 有什么意思？"曾经美好的东西都不复存在，"只剩些悲哀，烦恼，寂寥，衰败"。总之，《凰歌》对个体存在反思的结果便是绝望。

从《序曲》到《凤歌》和《凰歌》，我们看不到一丝光明，一切都令人悲伤和绝望。这是当时许多知识分子的普遍心态，他们身处黑暗之中，愤懑、彷徨，却又找不到前进的道路。令人遗憾的是，这些暗淡带来的不是反抗，而是一种极端消极的后果：凤凰不愿再在残酷而令人绝望的世界苟活了，他们就要自焚。

置光明于不顾，片面夸大世界的苦难，此乃典型的悲观主义，它在思想史上的集大成者当属叔本华。他认为世界的本质就是"生命意志"，而人则任由"生命意志"摆布。人生就是一个钟摆，在痛苦与无聊之间摆动。悲观主义封堵了人对世界的改造之门，致使人成为消极的生活者。《凤凰涅槃》虽然没有叔本华那样对世界的本源有着清醒的认识，但对尘世的残酷与苦难的定性却非常相似，与佛教世界观不谋而合。如果说《凤凰涅槃》意在宣扬佛教教义，也许言过其实，但其中的确弥漫着一种佛教氛围。姑且不说"涅槃"这样一个佛教术语，单就此诗对宇宙的观照也与佛教"凡所有相，皆是虚妄"的观念暗相吻合。[1]

的确，从终极意义上说，人生就是一场悲剧，因为人都是宇宙中有限的存在，都会走向死亡。但我们可以发展一种积极的悲观主义，承认人生终极悲剧性，然后在有限的生命中积极奋斗，争取让生命之花最大限度地开放。相反，如果让自己沉

---

[1] 慧能：《六祖坛经》，南京：江苏古籍出版社 2002 年版，第 238 页。

沦于悲剧意识之中，如同深受叔本华影响的晚清国学大师王国维一样，无法摆脱"人生过处唯存悔"的信念，最终往往走向自杀的深渊。所以，我们应该坚信莱斯利·保罗的如下观点："悲剧的意义在于，接受命运，然后起来行动。"[1]

也许有人会说，诗人有权对世界的黑暗进行夸张的描述，他们在创作文学作品时，完全可以夸张虚构。但如果诗人的灰暗描写导致对此岸世界的弃绝，那么在艺术的伦理法庭上，则不能不对之进行一番审判。

> 艺术家应该教我们大胆地热爱生活，生活能够在悲苦呻吟与切齿痛恨的诅咒声中举旗前进，生活能够拥抱过去，能够热情洋溢地赞颂未来，能够从人的理智同社会和自然的盲目力量的斗争中找到自己的位置，并为自己的这个位置衷心祝福，兴高采烈地接过自己的剑与十字架。[2]

如果艺术之悲激不起打破悲的力量，而是让人继续在悲中沉陷，以至于对生活彻底绝望，那么此悲就不是积极的悲，而是一种盲目的消极的悲。艺术之悲理应呼唤人们直面哪怕是最沉重的现实，然后设法去改变。艺术之悲的归宿不是痛苦地自绝于世，而是重建此生的欢乐。虽然在此诗最后，我们也发现了"欢乐"，但那欢乐不是实实在在地创造出来的，而是如梦幻一般突然降临人世的。

正如白天和黑夜相伴而生，世界从来也都是光明与黑暗同在。伟大的诗人们总是潜入黑夜之中，找寻光明的火种，并将其植入世人心中。这首诗中，郭沫若完全被黑暗吞没，让凤凰自绝于世，从而让读者毫无斗志，不能不说是一种盲视。

消极的涅槃

此诗对凤凰涅槃过程的描写非常之少，只有两小节共39行，所占篇幅不到全篇的五分之一，而正面描写涅槃的《凤凰同歌》只有如下9行：

啊啊！
火光熊熊了。

---

[1]　张公善：《批判与救赎》，合肥：安徽人民出版社2006年版，第164页。

[2]　[前苏联]卢纳察尔斯基：《艺术及其最新形式》，郭家申译，天津：百花文艺出版社1998年版，第138页。

　　香气蓬蓬了。

　　时期已到了。

　　死期已到了。

　　身外的一切！

　　身内的一切！

　　一切的一切！

　　请了！请了！

　　如此重要的一个事件，诗人写得如此之简，倒是真的映射了佛家所谓涅槃的瞬间解脱之道。在《凤凰同歌》中，我们看不到涅槃之时凤凰直面世界的勇气，看到的只是去意已决倾心死亡，他们以为一死可以百了。

　　可悲的是，如此高洁的凤凰涅槃，并没有得到同类的理解。在《群鸟歌》中，群鸟很显然是当时社会不同阶层的象征。他们都自得其乐，麻木不仁，纷纷幸灾乐祸地庆贺与责问：

　　哈哈，凤凰！凤凰！／你们枉为这禽中的灵长！／你们死了吗？你们

死了吗？

　　美的毁灭唤不起民众的觉醒，真让人透心凉。从艺术接受的角度，它可以激起读者内心的一些愤慨，为凤凰鸣不平。痛定思痛，对凤凰自己来说，涅槃是一种不愿同流合污的殉道行为；而从禽中灵长的地位来说，涅槃又是一种软弱与不负责任！这透露出当时的郭沫若虽然知道要焚毁黑暗的旧世界，但又不知道如何去做。一种没有出路的强大心灵压力，使得凤凰将矛头对准自己。不过，相比较而言，同时代的鲁迅较为清醒，他深深地意识到了民众的愚昧，因而首先想着去唤醒他们，《呐喊》的意图不过如此。

　　中国自古有"龙凤呈祥"之说，凤凰作为中华民族的吉祥物之一，无疑在此象征着中国。所谓凤凰涅槃，很显然是郭沫若对未来的一种期待。何谓涅槃？涅槃意译作灭、寂灭、灭度等，是佛教修行的最终目的和最高境界，一般指破除烦恼、无明后所得的精神境界，一种不生不灭、超越生死、永恒安乐的境界。佛祖如来认为三界九地众生，各有"涅槃妙心"，借以能够"自悟"、"大解脱"，从而消除一切烦恼。[1]涅槃理应是一种超脱现实苦难的手段，但却成为了佛家弟子修行的终极目

---

[1]　慧能：《金刚经解义》，载《六祖坛经》，南京：江苏古籍出版社2002年版，第236页。

标。"涅槃即绝对，根本不是任何行为的结果。"[1]可以说，佛教的虚幻性即在此：涅槃只是一种想象中的圆满境界。但涅槃教义却又能给我们一些启示：首先是人人都有"超度"苦难的可能，因而不能小看自己的潜力；其次是涅槃必须借助于精神上对世界有一种超越性的"悟"。因此，我们可以将涅槃看作从困顿与束缚走向解放与自由的一个桥梁，进而发展出一种积极的涅槃，它实际就是一次精神的重生，但目的是让人以更加积极的姿态去拥抱生活。如此看来，涅槃不只是目的，而更应是手段。一次涅槃，就意味着一次精神的充电，带给行动以新的力量之源。

涅槃应该是真正意义上的精神涅槃，而非佛教所谓的"圆寂"。亚里士多德说，生命在于运动。其实，人的精神的本质也在于运动。诺贝尔文学奖获得者、法国哲学家柏格森说过："精神是过去与当前针对未来的综合体；在这个综合体当中，精神浓缩了这个材料的各个瞬间，以便应用它们，并且借助行动表现其自身，而这些行动则是精神与身体相结合的最终目的。"[2]然而在《凤凰涅槃》中，涅槃是消极的，不仅在于导致涅槃的原因是凤凰对宇宙和人生的消极态度，更在于涅槃对群鸟来说丝毫没有带来积极的行动。在凤凰涅槃之后，群鸟一如既往，生活照旧，世界也一如从前。至于凤凰自身涅槃后获得的圆寂状态的消极性，后文再述。

问题的关键何在？如果要烧毁的话，该烧的不仅是那地狱般的世界，还应该是凤凰对这个世界的绝望。古罗马哲学家塞涅卡说："勇士活着能够鄙视命运，死时也同样能够鄙视命运。"[3]单凭肉体的毁灭难得精神的重生！再说，真正的精神从来都不会轻视肉体，因为"虚假的精神是肉体的否定，真正的精神则是肉体的再生、拯救"[4]。对于身处黑暗之中的凤凰来说，最主要的不是肉体的涅槃，更应是精神的涅槃。他们应该更加清醒地意识到，那个夜一般的世界不会因为他们的死去而有丝毫改变，重要的是积攒力量反抗，而非退缩，是忍辱负重直面残酷，而非绝望，是撕心裂肺呐喊，而非哀鸣。一旦如此，世界才会真的有所改变。

"文革"期间，巴金曾一度相信所谓的自我改造，别人喊"打倒巴金"的时候，他也跟着喊"打倒巴金"。他相信只有打碎旧我，才能重生新我。此时此刻，他说

[1]　[法]普帕尔：《宗教》，管震湖译，北京：商务印书馆2005年版，第79页。

[2]　[法]柏格森：《材料与记忆》，肖聿译，北京：华夏出版社1999年版。第201页。

[3]　[古罗马]塞涅卡：《面包里的幸福人生》，赵又春、张建军译，西安：陕西师范大学出版社2003年版，第246页。

[4]　[俄]索洛维约夫：《爱的意义》，董友、杨朗译，北京：生活·读书·新知三联书店1996年版。第78页。

自己是"死心塌地的精神奴隶"。后来他逐渐从"奴在心者"转到"奴在身者"，不再相信通过苦行的自我改造。在黑暗中，他一步一步艰难地摸索着，竭力去弄清是非，最终看清了自己，成为了自己的主人。[1]他开始用自己的头脑思考，写自己想写的文章，并为建设"文革"博物馆而奔走呼号。在《随想录》中，巴金淋漓尽致地剖析了自己的心路历程。精神的涅槃就如同是破茧而出的飞蛾，虽然是由蚕之身躯变的，但其精神面貌截然不同，它没有束缚，自由自在，拥有了阳光，也拥有了广阔的世界。

消极的涅槃片面地强调破坏，往往带来严重的负面影响。其一，将毁灭的矛头对准外在的世界。这是一股激进主义的革命潮流，它割裂了历史的连续性，给人类留下了惨重的血的教训。比如"五四新文化运动"中对待古文的态度，就有些矫枉过正。现在再回头看看当时对林纾的批判，显然有些极端。林纾并不反对白话，他自己还写过一些白话诗。提倡白话并不意味着一定要废除古文，林纾想不通的就是新文化对古文斩尽杀绝的姿态。[2]任何新生事物都应该是从旧事物中萌生，都不可能绝对的"新"。其二，将批判的斧头对准自我。这典型体现在知识分子的改造运动中，以为改造自我独善其身就可以万事大吉。结果往往事与愿违，问题依然存在，烦恼不断来袭。说到底，知识分子的历史使命是改造世界，而不仅仅是改造一己之我。

《凤凰涅槃》显示出来的是一种消极的"涅槃情结"——核心就是"毁灭／再生"和"再毁灭／再再生"，兑换成曾经的政治流行语就是"改造／新生"、"不断改造／不断新生"。对此，苍耳曾经将其与高尔基的海燕形象联系起来，并且结合郭沫若的自身经历，给以充分的反思与审视，可惜没有更进一步对涅槃的复杂性和问题所在展开挖掘。[3]我们必须把内在精神的涅槃与外在世界的改造结合起来，否则，没有一种精神的更生，纵然烧毁整个世界也无济于事。由此看来，《凤凰涅槃》可以作为打破旧世界的号角，但却难以充当重建家园的宣言。

真正的涅槃必须克服消极涅槃的种种弊端，将精神的涅槃作为核心，坚守一种刚健的生活信仰：在黑暗中找寻光明，于荒谬中塑造意义。这就是顾城那首短诗《一代人》的永恒魅力之所在——"黑夜给了我黑色的眼睛／我却用它寻找光明。"

---

[1] 巴金：《随想录》，北京：作家出版社 2005 年版，第 192—195 页。

[2] 杨联芬：《林纾与新文化》，http://www.guoxue.com/mrys/ls.htm。

[3] 苍耳：《海燕与凤凰》，www.poemlife.com: 9001/ReviewerColumn/ canger/article.asp?vArticleId= 4594&ColumnSection= - 17k - 补。

虚幻的狂欢

从生到死，再到更生，《凤凰涅槃》展示的是生死变奏曲，而非关于生与死的艺术辩证法。辩证的否定是一种扬弃，而非彻底的抛弃。但在此诗中，死是对生的彻底的毁灭，最终的更生又如同天堂一般，绝非凡人所在。在《凤凰更生歌》中，郭沫若极尽浪漫主义之能事，短而有力的句式，一唱三叹的复沓，将凤凰新生后的世界之美好渲染得无以复加。相应于佛教的"涅槃"，可以将此新生世界称为"极乐世界"。

19 世纪英国思想家阿诺德在其名著《文化与政府》一书中指出，文化最大的热衷就是热衷于"甜蜜与光明"，而艺术作为文化的精华之一更应该传播甜蜜与光明。甜蜜与光明并非虚幻的乌托邦，并非赫胥黎笔下所谓的"美丽新世界"。《凤凰涅槃》的虚幻表现在新世界与涅槃之间的巨大空白，读者不知道新世界究竟如何产生。就是说，新世界不是重建出来的，而是突然横空出世，其中的奥秘全在涅槃之中。将通往彼岸世界的入口定位于死之中，仿佛一切的一切，都维系于涅槃，这无疑是一种精神的鸦片，致使人们忽略生的创造性改变。不能不说这是一种让人走向毁灭的"死的艺术"。"善待生命，这是审美实践的第一法则"[1]，优秀的艺术都是生命的赞歌，用尼采的话来说："艺术本质上是对生命的肯定和祝福，将生命神性化。"[2]

《凤凰涅槃》的虚幻还表现在新世界本身。郭沫若先用三个词来描绘更生的新世界："芬芳"、"和谐"、"悠久"。最后一段结尾干脆用一个词"欢唱"来描述："欢唱在欢唱！/欢唱在欢唱！/只有欢唱！/只有欢唱！"在新生的世界，"我们便是他，/他们便是我。/我中也有你。/你中也有我。/我便是你。/你便是我"。一切的一，芬芳、和谐、悠久、欢唱，一的一切，芬芳、和谐、悠久、欢唱。这是怎样的世界啊！万物一体，天人合一。然而这样的世界又是多么的恐怖——没有了个体的人，此即佛教涅槃后的"圆寂"境界：自我与梵合一。这种"无我"是佛教教义特有的观念。[3]这种"无我"的世界再好，还有什么意义呢？艺术如果让个体的人消失，让一种虚幻的极乐世界凸现，那就是一种赤裸的宗教了。艺术与宗教的

---

[1]　徐岱：《艺术新概念》，杭州：浙江大学出版社 2006 年版，第 392 页

[2]　[德] 尼采：《权力意志》，北京：中央编译出版社 2000 年版，第 385 页。

[3]　[法] 普帕尔：《宗教》，管震湖译，北京：商务印书馆 2005 年版，第 76 页。

本质性分离就在于，"后者让社会吞没个体，前者让个体支撑社会"[1]。

对一种极乐世界的张扬从来都是意识形态和乌托邦的特长，更是宗教的专有领地。它们尽管各有目的，但有一点是共同的：它们都将人们的眼光聚焦到彼岸世界的欢乐，从而让人忘却此岸世界的艰辛与抗争。艺术究竟是宣扬彼岸还是此生？艺术与宗教的最大分歧就在于，艺术是将人推向火热的生活，而宗教则将人引向虚幻的天国。用雅科伏列夫的话来说就是："宗教竭力想创造出一个彼世生存的幻想模式，而艺术则让人回归尘世，回归到现实问题的世界，回归到体验和认识人的生活意义的世界。"[2]

以此观之，《凤凰涅槃》的宗教性便显山露水了。从地狱到天堂，从盲目的悲观到膨胀的乐观，从激进的自焚到空洞的狂欢，郭沫若完全没有摆脱宗教的神话，相反却以艺术的形式无意之中张扬了一种佛教情怀。任何一个热爱生活与艺术的人都不能不慎重反思，因为这是一个美丽的陷阱，一旦沉陷进去，我们便丧失坦然面对生活黑暗的勇气。

---

[1] 徐岱：《基础诗学》，杭州：浙江大学出版社 2005 年版，第 347 页。

[2] 徐岱：《基础诗学》，杭州：浙江大学出版社 2005 年版，第 332 页。

第九章　徐志摩《再别康桥》：中国特色　新诗经典

提起徐志摩的《再别康桥》，恐怕无人不晓。可是很多人读了就读了，最多知道了什么是"新月派"，什么是"康桥情结"，什么是闻一多提倡的诗歌"三美"等。其实，此诗并非如此简单，它包蕴丰富，韵味无穷。

中国特色的诗歌特征

这首诗体现了中国特色的诗歌特征，具体地讲，就是：时空的回旋往复，意境的突出，物我合一的审美方式等。

1. 时空的回旋往复

中国诗歌往往非常讲究前后呼应和首末衔接，从而达到一种回旋往复的效果。何以如此？《周易》说："无往不复，天地际也。"《老子》第十六章也说："致虚极，守静笃。万物并作，吾以观其复。夫物芸芸，各复归其根。"其中蕴含的核心思想就是"圆道观"，圆道观在八卦图中表现得淋漓尽致。圆道即循环之道，圆道观认为宇宙和万物永恒地循着周而复始的环周运动，一切自然现象和社会人事的发生、发展、消亡，都在环周运动中进行。一个人只有在无欲无求的虚静状态，才能领悟到宇宙的变化规律。芸芸众生，万事万物，无论外在如何变化，最后都归于道。圆道观是中国传统文化最根本的观念之一，成为中国古人牢固的思维习惯。

古代很多诗文都有时空回旋往复的特征，王羲之的《兰亭集序》中有这样几句："仰观宇宙之大，俯察品类之盛"，"后之视今，亦犹今之视昔……后之览者，亦将有感于斯文"。俯仰观照的空间相接，古往今来的时间回应，都鲜明地体现了圆道观的影响。王维有句诗也很能说明问题："行到水穷处，坐看云起时。"仿佛是山穷水尽的绝路，可是诗人又看到希望的云朵飘来。王维的《鹿寨》也有类似回旋：

"空山不见人，但闻人语响。返景入深林，复照青苔上。"李商隐的《夜雨寄北》恐怕更得时空跳跃之韵味："君问归期未有期，巴山夜雨涨秋池。何当共剪西窗烛，却话巴山夜雨时。"《再别康桥》也体现了上述中国特色：首末两节同样的韵脚，同样的舒缓的节奏，甚至同样的句式（"轻轻的我走了／正如我轻轻的来"，"悄悄的我走了，／正如我悄悄的来"）；第四、五、六三节中的叠字词的运用（梦－寻梦／星辉－星辉／放歌－放歌／沉默－沉默），都起到很好的回应效果。此外还有一种隐蔽的时空照应，那就是诗歌意境中流露出的今昔感怀。

2. 意境的突出

中国艺术讲求意境，讲究气韵生动。意境乃气韵生动之境，气韵生动是意境之魂。现在按照意境的三大特征来分别举例： [1]

其一，情景结合。王国维在《人间词话》中说："一切景语皆情语，一切情语皆景语。" 情景何以能交融？因为情景之中皆有宇宙元气，皆有神气神韵。明谢榛在《四溟诗话》中说："景乃诗之媒，情乃诗之胚，合而为诗。以数言而统万物，元气浑成，其浩无涯矣。"清王夫之《姜斋诗话》云："情、景名为二，而实不可离。神于诗者，妙合无垠。"情景交融是作者之神与景物之神异质同构而产生的共鸣。具体到徐志摩的诗，"那河畔的金柳，是夕阳中的新娘"，"软泥上的青荇，油油的在水底招摇"，既写景，又暗含情。下文讨论意象时，再来详谈。

其二，虚实相生。气韵生动论的哲学基础是华夏元气论，而元气的根本运动特性就是虚实相生。张载在《正蒙·太和》中说："气之为物，散入无形，适得吾体；聚为有象，不失吾常。太虚不能无气，气不能不聚而为万物，万物不能不散而为太虚。"气韵生动之法即是虚实相生。清笪重光的《画筌》说："空本难图，实景清而空景现；神无可绘，真景逼而神境生……虚实相生，无画处皆成妙境。"徐复观认为此处"妙境"即"气韵之境"，颇为在理。清恽格在《南田画跋》中也曾说过："气韵自然，虚实相生。"

徐志摩这首诗最明显的一处虚实相生在第四节："那榆荫下的一潭，／不是清泉，是天上虹；／揉碎在复藻间，沉淀着彩虹似的梦。"从实在的榆荫下的潭水，中间通过虹的波光，最后转换成虚幻的梦境。后文笔者将提到这深深的潭水以及彩虹似

---

[1] 以下所论意境三大特征及其所引古文出处，参见张公善：《"气韵生动"论新释》，载《巢湖学院学报》2003 年第 6 期。

的梦，都是蕴含着当年诗人在此读书时的深情厚爱。此诗还有一种隐蔽的虚实相生，那就是现实（实）中总关涉到过去的情怀（虚）以及写康桥的美景（实）总会蕴藉着当初此地的感慨（虚）和面对马上回到祖国大陆的无奈（虚）。这在诗中两个感叹号的诗句中得到极其完满的体现："在康河的柔波里，／我甘心做一条水草！""夏虫也为我沉默，／沉默是今晚的康桥！"这一点，在下文分析意象时有进一步解释。

其三，韵味无穷。虚实相生的意境，在千变万化的情景交融中蕴涵人生真谛和宇宙之道，必然韵味无穷。上文其实已经显示了此诗的丰盈韵味，这里再举两例：一，徐志摩为什么说"我甘心做一条水草"？这是本诗最能表达诗人故地重游之感慨的一句。康桥曾是那么美好，可现实是如此"穷、窘、枯、干"，以至于他不想回到祖国生活，只想留在康桥，哪怕让他做一条水草。再进一步理解，这些年"世事茫茫自难料"，曾经倾心相爱的林徽因却走进了别人的红地毯。辛苦争取的与陆小曼的爱情又得不到理解，甚至遭遇流言蜚语。人事沧桑增加了诗人的悲悯之心，也许他忽然顿悟，觉得"做一条水草"其实蕴含着人生智慧，那就是不必苦心经营，不必过分在意，爱恨随缘，一切自然，哀时哭，乐时舞，就像水底的小草一样在美妙的柔波里，自由自在，这是一种对宇宙人生的洞察与彻悟。二，徐志摩在末句为什么说"不带走一片云彩"？很多人说这显露出他的潇洒，这是一种比较流行的解释，不能说没有道理，但笔者始终认为潇洒得有潇洒的资本。写这首诗之前几年，徐志摩与陆小曼结婚后的生活封闭又拮据，他一直很郁闷，一种不自由的束缚感无时不在，这时的他应该是潇洒不起来的。可以说，康桥是徐志摩一生空前绝后的经验，充满着所谓"康桥情结"的"爱"、"自由"、"美"。它那么完美，以至于他不愿让局促灰暗的现实玷污它，他要让它永生永世留存在记忆中，所以才有"不带走一片云彩"的想法。再进一步理解，也许此时的他，的确像上面猜想的已顿悟人生，正如《红楼梦》中所言："赤条条来，赤条条去，留下个苍茫大地真干净。"对万事万物不再痴迷羁恋的感悟使得诗人忽然变得超脱。如果说这是潇洒的话，那也不同于常人所说，而是一种平淡对待人事风云变幻的终极潇洒。

3. 物我合一的审美方式

刘勰的《文心雕龙·物色》云："山沓水匝，树杂云合；目既往返，心亦吐纳。春日迟迟，秋风飒飒；情往似赠，兴来如答。"短短 32 字形象生动地表达出中国古人与山水万物之间和谐共处的亲缘关系。中国古人眼中的自然，不是像西方古人眼里的自然那样是作为外在的研究对象，而是作为一种与人本身一样有着喜怒哀乐的存在。中国古人往往能够与自然融为一体，自然可以映照诗人的性格和情感，诗人也往往或借景抒情宣泄心事，或感悟大道和光同尘。请看李白《独坐敬亭山》："众鸟高飞尽，孤云独去闲。相看两不厌，只有敬亭山。"一开始诗人还有着孤高自傲的情绪，不屑与高飞的众鸟为伍，只想做孤独的闲云，自由自在。可是诗人渐渐地达到一种虚静状态，不再羁绊于纷繁世事，不再有什么宏图大志。诗人感悟到一种永恒，即与自然融为一体。

《再别康桥》也让人领略到上述物我合一的审美观照方式。康桥已经不是纯粹的自然居所，而是"沉淀着彩虹似的梦"。康桥中的景物顾盼生姿，与诗人进行着暗暗的心灵交流。第二、三节最能体现这点，单单是"在康河的柔波里，／我甘心做一条水草！"就足以映照诗人的心思，让我们回味无穷。

意象与节奏的韵味

这首诗也体现了内容与形式的完美统一。此诗意象看似信手拈来，毫无心机，其实大有学问，曲折地寄寓了诗人的情思。我们不妨举例说明：

1. 水

水作为此诗的中心意象，也是背景意象，意味着时光之飞逝以及忧愁之漫长。《论语》云："子在川上曰：'逝者如斯夫'。"写的就是孔子看到水流之后感叹时光的流逝。而借水寄予愁情恨意，在建安时代诗人徐幹的《室思》中就有这样的诗句："思君如流水，何有穷已时。"南唐李煜《虞美人》中的"问君能有几多愁？恰似一江春水向东流"更是把水与愁的关联写到极致。愁和恨本是无形的情感，把它比作滔滔江水，令人可感可知，把词人幽禁、国破家亡的一腔愁恨抒发出来。李白诗中也有"抽刀断水水更流，举杯消愁愁更愁"的感慨。宋代李之仪的《卜算子》："君住长江头，我住长江尾。日日思君不见君，共饮长江水。此水几时休？此恨何时已？只愿君心似我心，定不负相思意。"全词围绕着长江水，表达男女相爱的思念和分离的怨愁。全词处处是情，层层递进而又回环往复，短短数句却感情起伏。看来，水真是写离情别绪、时光流逝的绝好媒体。徐志摩以水为中心意象，极其婉转地传达出他对康桥的深情厚谊，对时光流逝的哀伤悲叹。

2. 金 柳

柳者，留也。送别与柳树的联系，有着深厚的文化底蕴。古人的送别诗会常常提起柳树。王维的《送元二使之安西》："渭城朝雨浥轻尘，客舍青青柳色新；劝君更尽一杯酒，西出阳关无故人。"折柳送别是古人风尚，亲朋分手、故人远行、情人离别，都不约而同地折柳相赠，互道珍重。此时此际，它是情感的慰藉，是生命的关怀，是思恋的象征。刘禹锡写道："长安陌上无穷树，惟有垂杨管别离。"柳树成了游子们、恋人们寄托相思的有情物。初唐四杰之一的卢照邻写道："攀折柳将寄，军中书信稀。"张九龄也有诗云："纤纤折杨柳，持此寄情人。"柳树也成了引发人们相思的诱因，这在王昌龄的《闺怨》中表达得比较明显："闺中少妇不知愁，春日凝妆上翠楼。忽见陌头杨柳色，悔教夫婿觅封侯。"

徐志摩在康桥读书时结识了林徽因，加速了他与原配张幼仪的离异。当1922年3月徐志摩和张幼仪在柏林离婚后，徐志摩心目中的新娘必定是林徽因。与林徽因在一起的岁月，那是多么值得回味啊！"那河畔的金柳，是夕阳中的新娘"，这句诗可以看作徐志摩的一个梦想。金柳意象表达了诗人的如下心思：一方面是想留在康桥，不愿回国，第三节甘作水草可以作证；另一方面，徐志摩也痛惜失去林徽因。多年之后，回到当初相遇的康桥，当初的美人现已罗敷有夫（1925年林徽因嫁给了梁思成）。他触景生情，不甘心地在诗句中留住了曾经的梦想——娶林徽因。

3. 青　荇

什么是荇？宋朱熹的《诗集传》说："根生水底，茎如钗股，上青下白，叶紫赤，圆径寸余，浮在水面。"青荇意象的选择，增加了上面我们对金柳的想象性解读。古诗中写青荇最有名的就是《诗经·关雎》：

> 关关雎鸠，在河之洲。窈窕淑女，君子好逑。参差荇菜，左右流之。
> 窈窕淑女，寤寐求之。求之不得，寤寐思服。悠哉悠哉，辗转反侧。参差
> 荇菜，左右采之。窈窕淑女，琴瑟友之。参差荇菜，左右芼之。窈窕淑女，
> 钟鼓乐之。

无论对这首诗有着怎样的解读，有一点是肯定的，那就是一个男子对一个姑娘的爱恋。青荇意象可以这样解读：其一，表达了诗人此时的生活境遇，像漂浮的荇菜一样，没有根底；其二，"招摇"的青荇引领诗人回到过去，发出"我甘心做一条水草"的心声。结合《诗经》的《关雎》，此时此刻，诗人可能也想像《诗经·关雎》里描写的那样，作为美人手中的荇菜。毫无疑问，青荇意象唱出了徐志摩对往日恋情的挽歌！

4. 榆 荫

为什么会写到榆荫？也许康桥确有榆树。但笔者更相信，诗人是从桑榆与日落的关联而想出来的。成语不是有"失之东隅，收之桑榆"吗？东隅，指日出处，即早晨，比喻初始。桑榆，指日落处，即夜晚，比喻最终。这个成语原指在某处先有所失，在另一处终有所得，后来比喻在某一面有所失败，但在另一面有所成就。1925 年徐志摩"失去了"林徽因（其实并没有失去，他们始终是好朋友，可以说林徽因是徐志摩终生的精神伴侣），经过一番周折收获了陆小曼的爱情。可是现实不容乐观，愤怒的老父把他们禁锢在老家，只给极微薄的生活费，用徐志摩自己的话来说就是陷入了"穷、窘、枯、干"的生活境地。婚后不自由的贫穷生活，更加让诗人回味康桥的爱恋。榆荫意象意味着现实生活的黯淡和曾经梦想的亮丽。

诗歌除了意象这个形式元素外，尚有体现音乐性的节奏或曰韵律。在节奏上，这首诗是如何体现内容（情感）与形式（节奏）的统一的？以水为中心的背景意象，水的一波三荡对应了诗人内心情感的起伏不断。

第一节诗人心情较平静，节奏舒缓。第二、三节明显感觉诗人情感渐起，"在我的心头荡漾"中的"荡漾"以及"油油的在水底招摇"中的"招摇"，都透漏出诗人的心灵的不平静。第三节末句："在康河的柔波里，我甘心做一条水草！"更可以看出这点。甘愿为草，也不想离开！全诗总共只有两个感叹号，这是第一个。第四节说出了全诗的诗眼——"梦"，康桥就是曾经的梦的天堂。今天到此，能寻到往日梦境吗？想到此，诗人心潮澎湃，所以第四节到第五节，节奏加快，这种加快是通过上下句叠词的运用达到的：梦－寻梦／星辉－星辉／放歌－放歌／沉默－沉默。第六节末句："夏虫也为我沉默，沉默是今晚的康桥！"诗人再次用了一个感叹号！背着沉重的现实之壳，诗人怎么也无法走进往日那种充满爱、自由和美的梦境了，此时无声胜有声！情绪宣泄之后，是孤苦与无奈，于是接下来的最后一节，诗人又再次舒缓地低吟起来："悄悄地我走了，正如我悄悄地来……"从以上粗略的分析中，可以看出，此诗形式节奏与诗人内心情感起伏有着彼此呼应的关系。这种节奏可谓之"生命的节奏"（Rhythm of Life）。

综上所述，《再别康桥》是现实与理想碰撞结成的记忆的琥珀，是理想破灭后的哀伤绝唱。康桥是诗人的美梦，他希望永远完美地存于记忆中。但总的说来，此诗美感有余而力度不足，这着实让人有些遗憾。不仅如此，此诗也可谓典型的中国特色的新诗。留学的徐志摩在此诗中并没有像戴望舒等现代派诗人那样汲取现代意象，相反，却坚守传统的中国诗歌意象，而且毫无雕琢痕迹。如果说白话文与传统意象的统一，代表了中国新诗的早期风貌。那么，中国传统和西方现代意识的统一，则是中国新诗现代化的必经之途。用孙玉石的话来说就是："寻找西方现代诗歌和中国古典诗歌艺术的融合点。这是中国现代诗歌在现代性的意义上走向民族化的一个关键。"[1] 象征派虽然借鉴西方现代派的意象，但却没有很好地结合中国传统，因而有些晦涩曲高和寡。相对而言，现代派诗歌因为较好地融贯中西，可作为中国现代诗的早期代表，而新月派诗歌因为善于汲取中国传统格律和意象，表达流畅自然，可作为白话新诗的成熟形态。20 世纪 40 年代，九叶派诗人可谓诗歌现代化最集中有力的探索者，他们所提出的"现实、象征、玄学"的诗学范畴标志着"中国现代主义诗歌美学原则的追求与构建的趋于成熟"[2]。但诗歌的现代化与社会的现代化密切相连。因此，真正意义上的中国现代诗歌可能属于改革开放后越来越现代化的时代。

---

[1]　孙玉石：《中国现代主义诗潮史论》，北京：北京大学出版社 1999 年版，第 138 页。

[2]　孙玉石：《中国现代主义诗潮史论》，北京：北京大学出版社 1999 年版，第 292 页。

第十章　朱湘：诗魂梦魄人之躯

　　品读诗人笔下的梦是一件非常有意思的事情，因为诗与梦之间天生就有亲缘关系。作为"造诗机器"，"梦是一种无意识的诗"。[1] 也可以说诗是一种有意识的梦，因为诗与梦之间有不少共性，它们"表达的意思都模棱两可"[2]，而且二者都往往具有象征性的意象以及叙述时空的跳跃感等。

　　中国现代诗人朱湘，不仅在诗中留下了梦的影子，而且难得的是他在《海外寄霓君》之中也记录了不少具体的梦境。解析朱湘笔下之梦，是一条通往其心灵世界的捷径。朱湘全集尚未问世，以下对其笔下之梦的搜集肯定有一鳞半爪之嫌，但并不妨碍我们管中窥豹，一探他短暂生命中那些内心深处的思想和情感。

朱湘诗中之"梦"

　　纵览朱湘诗歌作品，有三首写梦的诗非常值得分析：写于1925年5月19日的《答梦》[3]，同年12月21日的《月游》[4]以及1926年4月12日的《梦》[5]。

　　《答梦》写于朱湘与刘采云结婚不久，凝聚了他早期的一段情感历程。朱湘与刘采云属于指腹为婚，他对这桩婚姻深恶痛绝拒不接受。可以想见，当大哥带着刘采云从湖南来到北京与其见面时，朱湘是何等的厌恶。世事难料，1924年，朱湘即将毕业时，因反对早餐点名制度而被清华大学开除。在朋友的建议下，朱湘来到上海，

---

[1] ［美］史蒂文斯：《人类梦史》，杨晋译，海口：海南出版社2006，第159页。

[2] ［美］史蒂文斯：《人类梦史》，杨晋译，海口：海南出版社2006，第159页。

[3] 中国现代文学馆：《废园：朱湘代表作》，北京：华夏出版社2011，第23—24页。

[4] 中国现代文学馆：《废园：朱湘代表作》，北京：华夏出版社2011，第59—62页。

[5] 中国现代文学馆：《废园：朱湘代表作》，北京：华夏出版社2011，第109—110页。

再次见到此时在某纱厂当洗衣工的刘采云，他内心波澜起伏。他开始同情起这个对他有情有义的女人，逐渐与之相爱。朱湘结婚的日期在 1924 年春末或夏初。[1] 在二嫂薛琪瑛介绍下，朱湘婚后来到建邺大学教书，可放暑假后，朱湘就离开了南京来到上海。1924 年冬天，朱湘由陈望道介绍到上海大学教书。所以，1925 年 5 月朱湘写作《答梦》时，生活还算比较稳定，而且又因为他很快就要做爸爸了，所以那时的他对未来充满向往。

《答梦》共三节，每节都是以问句"我为什么还不能放下"开始，透露出朱湘当初心中的纠结。三节都是对上述问题的回答，层层递进。首节指出"你的情好像一粒明星"，给漂流海中的"我"以希望、力量和方向。次节说"你"留下的爱情在"我"的梦中"顽童一样搬演起戏文"，让"我"体会到爱情的甜蜜，因而"我真愿长久在梦中，／好同你长久的相逢！"标题《答梦》，难道仅仅是回应本节中的梦境吗？既然是答梦，就应该是回答梦的。如此看来，每节开头的问题很有可能是他梦中浮现的问题。

朱湘与刘采云初相识之后，他在梦中也许一再遭遇到"娶"还是"弃"的问题。对此推测，末节可作注脚。"我们没有撒手的辰光"这句诗说明：即便我们不在一起，但在"我"的梦里，我们却总在一起，并没有"撒手"（意即没有放开手、松手）。而且相识以来，在理智与情感冲突中，朱湘最终在情感上接受了刘采云。"波圈越摇曳越大"是指他心海的涟漪越来越大。"虽然堤岸能加以阻防"意味理智拒绝和阻挠他和刘采云来往，但是他渐渐发现"情随着时光增加热度"。结局可想而知，此诗末尾三句可谓是他的爱情宣言："当流浪人度过了黄沙：／爱情呀，你替我回话，／我怎么能把她放下？""流浪人"便是诗人自己，"黄沙"很显然指沙漠，象征着诗人历经人情淡漠世态炎凉后，才发现爱情的可贵，反问作答更显情感浓烈。人称代词由前面两节中的"你"转变成"她"，也表明他是在向世人宣告自己的爱情，同时第三人称固有的距离感也似乎表明，诗人是经过冷静的观照与反思才做出的决定。

《答梦》的字里行间有种微妙的意蕴，让人读着读着又觉得还有其他内涵。这主要源于此诗充分利用了词语的歧义性。标题"答梦"就包含多义：是回答梦中的问题"我为什么还不能放下"呢，还是对梦中情景的一种应答？是回答写此诗之前做的一个梦呢，还是回答曾经的梦？"放下"也有多义：放下她不管，把她放在心里，

---

[1]　余世磊：《朱湘年谱》，朱湘研究会编印 2011 年版，第 70 页。

对她放心不下。此外，每节开头问句中都有一个"还"字，也颇有意味，它暗示一种时间性和重复性，让人联想当初在清华大学朱湘内心就处于矛盾境地，婚姻何去何从的问题也肯定一再烦扰着他，想必刘采云也不断在他的梦中浮现。如此观之，与刘采云结合是孤独无依的朱渴望温暖的结果，也可能是他顺应梦境的结果。令人遗憾的是，他此后就没有认真倾听梦的提醒和暗示了！

　　1925年"五卅运动"后，上海大学被强行封闭。6月16日端午节那天，其子小沅出生。6月下旬，朱湘将霓君母子送往长沙，他应彭基相之邀到北京适存中学任教。因为适存中学没有房子，朱湘和饶梦侃、孙大雨及杨世恩共同租住在一个公寓里。由于性格原因，四人之间的关系并不和谐。写作《月游》时，朱湘孤身一人在北京谋生，妻子带着六个多月大的小沅远在长沙。《月游》是一首叙事诗，记录了一个梦境："我"骑着流星来到月宫，朝觐嫦娥，返回途中翻车而惊醒。朱湘何以写下如此梦境？一种解释是朱湘借此梦来表达对当下生活不太满意；另一种解释是他真的做过这样一个梦。不管诗中的梦是做过的还是虚拟的，都不妨碍我们对此诗进行象征性解读。

　　朱湘是一位孤高之人，嫦娥想必是其心中的女皇，是理想的象征，正如戴望舒心中那位丁香一样的姑娘。空中飞翔符合他对自由的渴望。梦中登月，当属一次灵魂梦游，一次精神朝圣之旅。"我"所带的礼物也极其丰富："海里所藏"、"山中所拿"、"地上所搜"，这说明"我"为了登月，也是费尽心思。月宫可谓理想圣殿，而凡间则充满苦难。"我"经过的"雪山"、"冰川"、"云壑"和"瀑布"，这些意象都给人以洪大感和压迫感，让人体悟到世态炎凉与世事洪流。纵然凡间让人遭受挫折，但他仍在内心守望月宫。请看末段："我的车翻了！／滑进了瀑流中间！／我忽然惊醒，／月光恰落在窗前。"翻车瀑流可谓朱湘对自己过去生活的象征性表达，他本来就读于清华大学，没想到被开除，遭遇到人生第一个重大"翻车"事件。而窗前的"月光"，是来自理想的光芒，依然照耀着孤独的诗人。

　　《月游》中的象征还有更多其他内涵。从某种意义上，此诗还可以作为一个预言梦，它预示着朱湘此后的生活遭遇。诗中"我"与嫦娥之间的问答颇有意味，当"我"问嫦娥为什么"避太阳"？嫦娥答道："太阳是金乌，／九只里惟它独存，／它背着后羿，／在我的后面紧跟。"太阳象征着大众追逐的宝物，后羿以善射闻名，紧紧追随嫦娥，预示朱湘此后不愿同流合污，因为卓尔不群，常遭人冷箭中伤。"我"问嫦娥月亮圆缺的原因，则预示着日后朱湘与霓君隔海相望盼团圆的辛酸。至于嫦娥给

"我"的赠品，则更有意味："她赠我月季，/ 花比美人还娇艳；/ 她赠我月饼，/ 霜作皮冰糖作馅。"月季即月月红，贱花也，可能象征刘采云，意味她虽然不是心中所向往的高贵之花，但也还楚楚可爱；月饼乃团圆的象征；霜与冰糖则暗示朱湘与霓君的团圆之日是由苦日子包裹着的，甜蜜中渗透着冰凉。此外，嫦娥还送给"我""象牙雕的车，/ 车前是一对绵羊"。象牙车，高贵稀有之物，象征生命；一对绵羊，令人怜爱之物，象征朱湘日后的一对儿女。而此诗末尾的坠落翻车事件，也说明此诗不仅是飞翔之梦，也是一个坠落之梦。如果说飞翔之梦揭示摆脱束缚、向往自由的欲望，那么坠落则预示着"社会地位的丧失"、"丧失控制"。[1] 而在此处，笔者觉得它预示着朱湘生命的覆灭。

1926 年 2 月，朱湘与饶梦侃和孙大雨的关系越来越紧张，经刘梦苇介绍，朱湘在北河沿租了一个公寓。在朱湘、闻一多等人的策划下，同年 4 月 1 日《晨报副刊·诗镌》创刊。正是在这块阵地上，展开了中国现代文学史颇有影响的新诗运动。

写作《梦》时，朱湘想必对新诗运动踌躇满志，但此诗却凝聚着诗人多年来人世辛酸的感慨，此诗共五节，每一节倒数第二句都是"梦罢"，有种竭力怂恿读者去做梦的架势，整首诗仿佛就是说明"梦罢"的原因。首节写人生如梦般"虚空"："你瞧富贵繁华入了荒冢"，所以还不如去做梦，"作到了好梦呀味也深浓"。次节写人生"酸辛"，美色都经不住风霜，也不如去做梦，"梦境的花呀没有严冬"。接下来两节分别写夜晚和白天都要做梦："月光里的梦呀趣味无穷"、"日光里的梦呀其乐融融"。末节写人做梦一直到死，"坟墓里的梦呀无尽无终"。此诗读罢，让人感到现实再美也不如梦境，对于朱湘来说，似在情理之中，22 岁的他的确尝尽了人间的无常与酸辛：3 岁母亲去世，11 岁父亲去世，然后辗转南京、上海、北京求学，又遭遇清华大学除名，后又重返清华大学等。他用来比喻人生的梦，很显然是噩梦，而他想做的梦却永远都是美梦。这种心态在他于 1925 年 2 月 2 日写的《葬我》一诗中被明确地表达："葬我在马樱花下，/ 永作着芬芳的梦。"[2]

将现实人生与梦对立起来，以梦来对抗现实的幻变与苦难，这是朱湘的致命弱点。殊不知，梦比现实更加无常，而且也会有许许多多的噩梦。他后来到美国留学时就曾致信好友罗念生，袒露做噩梦的感受："恶疾之噩梦我也作过，醒过来之后，

---

[1] [美] 史蒂文斯：《人类梦史》，杨晋译，海口：海南出版社 2006 年版，第 272—273 页。

[2] 中国现代文学馆：《废园：朱湘代表作》，北京：华夏出版社 2011 年版，第 27 页。

虽然知道了是虚，但那黑夜我到现在想起来，还觉得不舒服。"[1] 由此看来，他在此诗中将现实看得不如梦境，而且鼓励人们做梦，实在是"痴人说梦"。

此诗流露出朱湘对人世彻底的悲观情怀。其实，无论好梦还是噩梦，根源都在现实土壤。研究证明："快乐梦的模式是建立在相互的帮助和重新树立自信心基础之上的，而痛苦梦的模式则以相互猜疑和相互提防为基础的。"[2] 努力拼搏，积极向上，心态平和，往往就会好梦如歌；相反，如果沉沦封闭，焦虑不堪，噩梦也终将不请自来。说到底，以梦来对抗现实，不过是在现实面前无助无力的表现罢了。

《海外寄霓君》中的梦

除诗歌外，在现已发表的朱湘文集中，我们能零星看到一些"梦"的影子。在1927年6月《小说月报》上发表的《蒋士铨传》中，朱湘记录了蒋士铨稀奇古怪的梦，梦境竟然与现实完全符合。朱湘对此做了简要的评论，认为蒋士铨之梦"只是一些被热烈的想象所酿成的特殊心理作用罢了"[3]。朱湘如此评论，想必是以自己做梦的经历为依据的，朱湘自己的梦在《海外寄霓君》中频频出现，从中我们也可窥见他做梦时的"特殊心理"。

《海外寄霓君》共有五处写到梦，分别在第五封、第六十六封、第六十七封、第七十八封以及第九十八封信中。其中第五封信（1928年3月4日）和第九十八封信（1929年6月30日）写的是梦到霓君。第五封信写于刚分别不久：

> 梦到你，哭醒了。醒过来之后，大哭了一场。不过不能高声痛快的哭一场，只能抽抽噎噎的，让眼泪直流到枕衣上，鼻涕梗在鼻孔里面。[4]

朱湘之所以哭，一是因为霓君一个人带着两个孩子生活，他却远在天边爱莫能助，一种无助自责以及怜爱相思之情油然而生，从而不能自己；二是因为自己当下生活不如意，觉得非常委屈，却又有家难回无处倾诉，一种自怜又忧愤之情使得他醒后又伤悲不已。此情此景，可从该信如下话中感觉出来：

---

[1] 朱湘：《孤高的真情：朱湘书信集》，陈子善编，上海：上海人民出版社2007年版，第263页。

[2] [美] 史蒂文斯：《人类梦史》，杨晋译，海口：海南出版社2006年版，第258页。

[3] 朱湘：《朱湘文集》，北京：线装书局2009年版，第101页。

[4] 朱湘：《孤高的真情：朱湘书信集》，陈子善编，上海：上海人民出版社2007年版，第12页。

我如今简直像住在监牢里面，没有一个人说一句知心的话……想像工人一样享一点家庭的福都不能够，这时多么可怜多么可恨。[1]

相比较此信的悲悲戚戚，第九十八封信中的梦则给他带来无限的快乐和遐想：

昨天接到你的信，晚上作了一个梦，梦到同你亲嘴，心里痒麻麻的。妹妹，你那叫我的声音真是麻心。[2]

上述两封信都是梦见霓君，一是出国不久，一是回国前夕，一个悲，一个喜。短短几行，透露出朱湘对霓君的深情厚谊，真可谓是"两地相思一线通，离情只诉梦魂中"[3]。另外三封信中的梦，则更全面地折射出他留美期间的生活及其心灵世界，非常值得解析。第六十六封信（1929年1月6日）中朱湘写道：

我昨晚作了一个希奇古怪的梦，梦到我同四个僵尸打架，半夜醒来，虽然不像小时候那样害怕，总不免不舒服很久。我这一季多念一样功课，总是四样，两样法文最费时候；其次一样英文也要念很多书；还有一样德文，难虽不难，不过我同教习有仇，我不得不仔细防备他。所以我真是忙得不得了……[4]

很显然，朱湘对此僵尸梦有着自己的解析，那就是"四个僵尸"象征着四样功课。朱湘留美期间读书的确非常辛苦，从本信中我们知道他为了预备功课忙得焦头烂额，而且还往往备受歧视。生性好强的他认为在外国"更是要好强些"，所以有时候竟然为上课"整礼拜都要预备"。在紧张忙碌且焦虑的状态下，他做上述噩梦也在情理之中。然而，一旦把此梦放到写信时的大背景中，便会有一番更为全面的解析。

在此信中可以发现他当时遭遇四种不顺心的境遇。一开始是希望霓君不要相信别人的"谣言"而使自己难过，夫妻之间理应无话不说，"省得我东猜西测，十分闷气"，这是夫妻互相猜疑导致的不快；接下来告诉霓君明年不能回国，因为"我

---

[1] 朱湘：《孤高的真情：朱湘书信集》，陈子善编，上海：上海人民出版社2007年版，第12页。

[2] 朱湘：《孤高的真情：朱湘书信集》，陈子善编，上海：上海人民出版社2007年版，第146页。

[3] 朱湘：《孤高的真情：朱湘书信集》，陈子善编，上海：上海人民出版社2007年版，第59页。

[4] 朱湘：《孤高的真情：朱湘书信集》，陈子善编，上海：上海人民出版社2007年版，第106—107页。

托朋友找事也不曾找到"，这是找事不成造成的失落郁闷；又说及这三个月因为经济拮据都不曾寄钱，因而感到"又惭愧又伤心"；最后才谈及上述之梦以及读书之苦。可见，朱湘写此信时内心有四种力量在撕扯着他。纵观他写给霓君的信，也能发现几乎每封信都涉及寄钱、找事、安慰霓君以及苦读。所以他上述之梦其实就是他当下生活的映射。僵尸外表扭曲变形，面目狰狞，四个僵尸便是象征着撕扯朱湘的四种力量，使他心灵不得安宁。同四个僵尸打架意味着他已经处于非常纷乱的境遇，可惜他没有意识到自己心理处于分裂边缘。而且他动辄说与某教习有仇，说国内结仇太多等，是否也透露其心理已经出现一些病态反应呢？我们不得而知，但完全可以如此联想。梁实秋曾在《悼朱湘先生》中说过他的"神经错乱"对其死亡负有大部分责任的话。[1]

就在上述这封信写完，朱湘睡觉后不久，又做了一个梦。他在第六十七封信（1929年1月11日）中具体记录了这个颇有诗意的梦：

> 梦见到一座大房子中间去。一个池子，中间开着荷花，四边是走廊。我坐在厅子当中，听见知了尽着叫个不住，好像是大声痛哭一样。我醒转过来，还只半夜，真是说不出的伤心。

对于此梦，朱湘在信中给出了自己的解析：

> 我白天尽想，为什么作了这么一个梦？后来恍然大悟，是因为头一天晚上写完那封信给你以后，我吃了最后几个桂圆，从桂圆就想到莲子，就想到荷花。所以作了这么一个思家梦。我还有好多回在梦中和你相见……[2]

相比较僵尸梦，朱湘把这个梦解析为思家梦，显得有些牵强。其实完全可以把此梦作为一首不分行的诗歌来解读。梦中出现的"大房子"是他当时的一个渴望。霓君带着一对儿女在故乡屡屡搬家，给他的心理造成不少忧伤。就在上封信中他曾说及霓君搬家之事："搬家既然很不方便，你看着办好了。我从前听说你住房靠近尼庵，听打钟打鼓，听出病来，我反来要伤心。"[3] 不难想象，他非常渴望自己拥有一座大房子，让妻儿安居其中，从而免受搬迁之苦。至于"荷花"，则是他自己的

---

[1] 朱湘：《孤高的真情：朱湘书信集》，陈子善编，上海：上海人民出版社2007年版，序第2页。

[2] 朱湘：《孤高的真情：朱湘书信集》，陈子善编，上海：上海人民出版社2007年版，第108页。

[3] 朱湘：《孤高的真情：朱湘书信集》，陈子善编，上海：上海人民出版社2007年版，第106页。

象征。荷花以及莲子、藕丝等意象，在其诗中经常出现，比如《情歌》、《葬我》、《今宵》、《采莲曲》等。朱湘受古典诗歌影响至深，对荷花情有独钟也在意料之中，但更大原因应该是他的品性与荷花之间的相似之处，即出淤泥而不染。四面走廊把他围在当中，象征其生活的封闭性。而梦中知了的叫声如痛哭，则透露出他内心的焦虑烦躁不安以及无助和委屈。

如果我们借用弗洛伊德的解梦理论来分析，则更有一番意味。弗洛伊德的心理学建筑在对人类本能欲望的基础之上，他认为"梦是欲望的满足"[1]。在其名著《梦的解析》中，他揭示了许多梦的意象，往往都与性有关。比如他认为"梦中的房屋一般代表女人"，而那些"盒子、箱子、柜子、小橱、烘炉以及中空物体、船、各种器皿，象征着子宫"[2]。按此理论，朱湘上述梦境就是一个性梦了。大房子暗指女人，池子、荷花以及走廊暗指女性性器官，而知了的叫声如哭声则暗指情欲得不到满足的极端狂躁。此说看似荒谬，其实联系中外文化传统中的"荷花"与"知了"的意象，也不无道理。荷花状若女阴，莲蓬产籽可喻女性生产，以莲喻女在中国可谓一种悠久的文化传统，汉乐府民歌《江南》中鱼与莲戏就常常被解读为男女之间的性爱游戏。而知了（蝉）在古希腊传说中也与一个凄美的爱情有关，大意是说一个痴情男子因爱而不得，历经种种苦难，最后变为一只知了，在美人的指间唱着忧伤的情歌。由此观之，此梦映射了朱湘内心潜在的压抑的欲望，他与霓君两两相望已经有一年半时间（从 1927 年 8 月赴美到 1929 年 1 月），情感欲望得不到疏解，从而在梦中表达出来，完全合情合理。

朱湘想念霓君盼团圆的心思，在两个月后的第七十八封信（1929 年 3 月 17 日）中以另外一种形式登场了。梦中他到一家喝喜酒，一个盲女带着一个小女孩闯进来，唱着自己的悲惨往事。说是逃反时与丈夫失散，从此到处流浪，以说唱为生，寻找自己的丈夫。而这一次，就在她唱罢自己的苦难史时，忽然来客中有人放声大哭，走上前去将其抱在怀中，大呼女人小名"秋娘"。梦到此，朱湘"当时又伤心，又替他们快活，一下哭醒了"[3]。

这是一个典型的团圆之梦，看罢读者也备觉伤感。朱湘离家已经有一年半多了，

---

[1] [奥] 弗洛伊德：《梦的解析》，周艳红、胡惠君译，上海：上海三联书店 2008 年版，第 65 页。

[2] [奥] 弗洛伊德：《梦的解析》，周艳红、胡惠君译，上海：上海三联书店 2008 年版，第 187 页。

[3] 朱湘：《孤高的真情：朱湘书信集》，陈子善编，上海：上海人民出版社 2007 年版，第 127—128 页。

他因为脾气不好，换了一次学堂，弄得学业延长，眼下还要再等一年。朱湘在信中谴责了学堂的枯燥与机械，说"上课就像一架机器"，尤其受不了教习的专横，但还是要忍气吞声，安慰自己"好在只有一年了，千忍万忍也过得去"。离家太久，归期延长，忍气吞声，这就是上述团圆梦的背景。相比较前述荷花梦的诗化，此梦则可谓是一篇小小说了，独特之处还在于，此梦中朱湘不是主角而只是一个旁观者，团圆的不是他，而是一个女子与失散多年的丈夫的重聚，此梦折射了朱湘对霓君的刻骨相思。古诗中常有这种不写自己而写所思之人的手法，李商隐的《夜雨寄内》可谓典型。

综上所述，朱湘留美期间的生活与心理状况，诸如读书之苦、思家之切、烦躁不安、焦虑、无助、自责、自怜，却又禀性高洁，不愿委曲求全，宁为玉碎不为瓦全，凡此种种，全都在他的梦境之中透露出来。

朱湘之"梦"的启示

朱湘是一个将梦与诗融为一体的人，不仅用诗做梦，更以梦的形式作诗。可他毕竟是一个处于各种关系中的人，这就注定了他的悲剧命运。梦纯粹以自我为中心，而社会中的自我却是一个巨大网络中的一个结，集合着各种各样的社会关系。一个生活在梦中的人，注定永远长不大。我们不能以正常人的眼光看待他，而只应将其当作长不大的"儿童"，给予关爱和呵护。他虽然淘气甚至让人不快，但他回馈给我们的却是难得的童心。遗憾的是，社会不会因为你不通人情世故就一味地迁就你。社会是一个大熔炉，会把人炼成金，也会把人烧成灰。所以，对于朱湘这样的人，应该将做梦与做人协调起来；对于社会，应该保护这样的顽童式艺术家。这是朱湘之"梦"给予当今世界的第一个启示。

在朱湘短暂一生中，他确立了梦的本体地位。这既表现在他对文学本质的认识上，也表现在他对梦与生活之关系的省察中。他是一个为浪漫文学辩护的人，在一篇题为《古典与浪漫》的文章中，他认为对于浪漫文学，"幻梦于它是真实，并非幻梦"。还说古代的幻梦，许多现今都已经实现。[1] 他在另外一篇题为《异域文学》的文章中明确指出："文学是人类的幻梦的寄托所；实现幻梦，它便是人类的进化的目标。"[2]

---

[1] 朱湘：《朱湘文集》，北京：线装书局 2009 年版，第 273 页。
[2] 朱湘：《朱湘文集》，北京：线装书局 2009 年版，第 283 页。

不仅如此，他还渴望把浪漫带入现实。他在诗中就曾呼唤"给我一个浪漫事"，好阻挡"戕害生机"的现实。[1] 甚至，正如其诗《梦》所表现的，他将现实比作虚空之梦，进而以自我为中心的芬芳之梦来对抗现实。这无非是逃避现实的另一种表现，无异于那些遁入空门或远离尘嚣之人。在其生命的最后时光，没有工作的他仍然沉浸在自己的小天地里，不愿融入世俗世界，固执地维护着自己的清高和孤傲。从他个人角度，似乎无可指责，他有这样的权利。但如果考虑到他已经有家有口，就显得太自私了。

梦是一种出世的力量，可是沉浸于个人之梦，而无视现实生活，尤其是日常生活的操劳以及与周围关系的协调，就必然陷入自我的陷阱。朱湘其实要确立的不该是梦的本体性，而应是日常生活的本体性，即将日常生活作为基础。对于任何人，日常性都是立身处世的基础，"我们都植根于日常性"，它是"我们必不可少的停泊地，没有它，我们就一无所有，没有归处"。[2] 但日常生活的世俗功利以及繁琐、单调乏味，又会让人难以长久承受。正是这点，朱湘之梦成了他超脱日常的有效武器，因为梦是对日常生活的超越，梦是伸向未来以及未知世界的触角。如此看来，朱湘之"梦"带给我们的另外一个启示便是：拥有梦想，也要立足日常。

如果从文化社会学的角度来审视，朱湘是一位深刻体验到现代性的诗人，而梦是现代性体验的一种表现。所谓现代性，用巴朗蒂耶的话来说就是"运动加上不确定性"[3]。而所谓现代性体验就是人类进入现代社会以来，面对时空变动不居、偶然性、生存压力以及情感淡漠等所遭遇到的种种内心感受，诸如孤独、无聊、焦虑、绝望、压抑以及与之密切相关的漂泊感、空虚感、无根感等。在现代社会，梦越来越成为现代人疏解内心压抑的一个渠道，也越来越因为可以提供走向未来的信息而广受重视。按照荣格的说法，"梦的功能是解除阻塞，给出生活的方向。这些阻塞就是我们今天遇到的问题，例如失去生活的意义、郁闷和无聊"[4]。朱湘一生饱受颠沛流离之苦：动荡的生活、出乎意料的变化、无时不在的生存压力。可以说，他一直都在漂泊流浪，一直都在寻找梦想的家园。通过他的梦，现代人所遭遇到的心理体验

[1] 中国现代文学馆：《废园：朱湘代表作》，北京：华夏出版社2011年版，第148页。
[2] ［英］库比特：《生活，生活：一种正在来临的生活宗教》，王志成、朱彩虹译，北京：宗教文化出版社2004年版，第69页。
[3] ［法］瓦岱：《文学与现代性》，田庆生译，北京：北京大学出版社2001年版，第18页。
[4] ［瑞士］卡斯特：《梦：潜意识的神秘语言》，王青燕、俞丹译，北京：国际文化出版公司2008年版，第36页。

纷纷登台亮相。

朱湘虽然对梦情有独钟，但他笔下的梦也仅仅是其现代性体验的无意识表达而已。他并没有由此深入反思自己的日常生活，也忽视了梦境所昭示的可能引导未来生活的信息。相反，他只做较为表面的分析，而且往往都是对生活的抱怨，或是对故乡的思念。朱湘的悲剧让我们明白：处于现代社会的人们，要不断砥砺自己的心理承受能力，要直面生活中出现的任何偶然性，不要过于抱怨，更不能总是觉得与人有仇。如果我们能做到《谁动了我的奶酪》一书曾经告诫我们的那样，处变不惊，安于变化，并能创造新的变化，那么心理也许就不会过于焦虑和压抑。所以，当梦境充满纷争、眼泪、暴力、坠落等时，我们就应好好反省一下自己，调整心态，善于解析梦境透露出来的预言和象征，从而协调好现实生活中的各种关系，乃朱湘之梦给予我们的又一启示。在楼房越做越高、人心越来越被挤压的现代社会，"梦和析梦会赋予我们生活意义的体验，而体验生活的意义是人类的基本需求"[1]。

---

[1] ［瑞士］卡斯特：《梦：潜意识的神秘语言》，王青燕、俞丹译，北京：国际文化出版公司2008年版，第6页。

第十一章　现代派诗歌中的"梦"：现代性的象征意象

在中国现代文学史上，现代派诗歌特指 20 世纪二三十年代，以戴望舒为首的一个新诗流派，与新感觉派小说家携手，构筑了一道中国现代文学的早期风景线，初步展示了中国现代社会的独特风貌，其个性十足的现代性体验也丰富了中国现代文学的思想内涵。在阅读现代派诗歌的过程中，我们发现，不同诗人在其诗歌中都曾频繁使用"梦"。蓝棣之编选的《现代派诗选》可谓现代派诗歌的权威选本，影响深远，所选现代派诗人共计 31 人，写到梦的有 25 人，占 80.6%，共选诗歌 250 首，其中写到梦的有 76 首，占 30.4%。古今中外的文学作品并不缺乏对梦的描述，但像中国现代派诗人如此频繁地写"梦"，是偶然现象，还是有着不同寻常的深层意义？下面我们从三个方面来透视现代派诗歌中的"梦"，借此揭示其所蕴含的丰富现代意味以及"梦"之后丰富的社会背景及心理因素。

事与愿违守望梦

理想是人对未来的一种构思，和谐而美好，是精神世界的高塔。而现实就是我们日日夜夜身处其中的生活世界，它是坚硬的，复杂而多变。现实总是让理想碰壁，理想与现实的矛盾说到底是精神与物质的冲突，理想越高远，冲突越强烈。可是人又不能没有理想，即便是乌托邦也有鼓舞人心的效应。理想可谓人的一种本能需要，正是理想让生活拥有了伸向未来的触角，正是理想温暖了在现实中备受打击伤痕累累的心。

现代社会前所未有地充满多变性、不稳定性、偶然性，从而使得理想与现实的冲突变得前所未有的激烈。现代派诗歌将冲突形象地描述出来，读来令人心酸不已，同时又为诗人们坚守理想而感动。我们选择戴望舒的《雨巷》、番草的《梦》、禾金的《一意象》以及刘振典的《梦之花》来分析一下。

戴望舒的《雨巷》[1]本身就是理想（对革命的期望）和现实（四·一二反革命政变）冲突的结晶。诗中丁香一样的姑娘象征着诗人心中的一种理想，诗人赋予这位姑娘以梦的特征："……她飘过／像梦一般地，／像梦一般地凄婉迷茫。//像梦中飘过／一枝丁香地，／我身旁飘过这个女郎……"诗人连用三个"像梦"来强调这位丁香一样的姑娘所具有的轻柔曼妙、哀伤愁怨和稍纵即逝的特征。接下来诗人便写到像梦般的姑娘终究敌不过现实的风雨："在雨的哀曲里，／消了她的颜色，／散了她的芬芳，／消散了，甚至她的／太息般的眼光，／丁香般的惆怅。"是啊，人生无处不风雨！每个人的一生，都会有一段段的"雨巷"，当你身处其中，会觉得没有光明、没有声音、没有欢乐，一切都死水般的沉寂。每每此时，不要沉沦下去，不要因为理想的受挫就偃旗息鼓，应该一如既往在希望中前行，怀抱新的理想积极生活。正如戴望舒在末段中写的那样，在"姑娘"被现实风吹雨打得面目全非之后，仍然呼唤着一个姑娘的到来："撑着油纸伞，独自／彷徨在悠长，悠长／又寂寥的雨巷，／我希望飘过／一个丁香一样地／结着愁怨的姑娘。"孤独的现代人，跋涉在漫漫长路，不断受挫，容颜衰老，可理想依旧，爱心不变，苦苦守望着自己的梦……这就是"雨巷"的最高意义——人生的悲剧性与理想性的象征。

如果《雨巷》还只是赋予理想一种与梦的相似性，梦还不是主要的意象。那么在番草的《梦》[2]中，梦则成为诗的主导意象，它作为理想的代名词，与现实截然不同。《梦》共四节，前两节竭力写梦之美好：梦是"沉郁灵魂的升华"、"幻想开出了的花"、"自由的国度"、"受难者的家，甜蜜的家"。在梦中有"幸福的虹，爱情的霞"，还有"风一般的音乐，云一般的图画"。最后指出梦是对现实的一种补偿和安慰："在现实的秋里有梦幻的春，／在现实的冬里会有梦幻的夏。"后两节陡然一转，写现实生活的丑陋及沉重，诗中出现了一个人物"他"，纵然"疾病与饥饿使他的肉体消瘦，／但却使他的幻梦更加丰隆"。不仅如此，面对生活中踢过来的"黑色的靴"，他也并不自怨自艾，相反却能直面现实，因而"他并不悲哀"。这个"他"与《雨巷》中的"我"何其相似啊！在沉重而灰暗的现实生活面前，仍然负重前行，守望着心

[1] 蓝棣之：《现代派诗选》，北京：人民文学出版社 1986 年版，第 48—49 页。

[2] 蓝棣之：《现代派诗选》，北京：人民文学出版社 1986 年版，第 81 页。

中的那份梦想。

禾金的《一意象》[1]与番草的《梦》结构相似，也是四节，也是两节写梦想，两节写现实。不同之处在于《梦》先写梦之美，后写现实之丑；《一意象》正相反，先写现实的荒芜破败不堪，后写一个壮烈豪迈的"宿梦"。不同之处还在于，《一意象》没有《梦》中的那般忍辱负重之感，而是多了自觉的行动：那"教烈火从翼下腾起"的狂风里的神鸟，暗示要如凤凰涅槃般历经苦难而获得新生；而那"为绝壁挂起万丈的银销帐，/且向谷下倾撒千斛珍珠"，则暗示身处危难之中也要为人间传播真善美的崇高情怀。

刘振典的《梦之花》[2]同样抒写了现实与理想的冲突，同样表达了梦想的不可缺少。"梦之花"很显然即理想之花，胸中的"常绿树"象征永远长在心中的理想，"四季的花也落了又开"暗示对理想的守望不会因为"经冬"的冲击而改变。乍一看《梦之花》似乎没有抒写现实的坚硬与沉重，但仔细咀嚼便能体味出其中的苦涩与无奈——"不愁艺花缺少温存，/我有眼光如星辰；/不愁养花没有时雨，/我有眼泪似露水。"眼光如星辰，含义多重，一是意味着眼光一直在守望理想；二是写守望之苦，无日无夜地盼着理想开花。至于眼泪似露水，很显然暗示现实的辛酸。不仅如此，让人痛心的是，如此苦苦守望、精心培育的理想之花却常常夭折，即便有结果也往往被人摘走。这层含义是通过两个问句透露给我们的："于是我将开几朵奇幻的花？/且谁要来收了它的果实去？"何以至此？因为现实中充斥着"爱闹的蜂蝶"和"喧哗的鸟雀"。正是现实中不干实事却整天闹哄哄、叽叽喳喳的人，扰乱了执着者的美梦，窃取了美梦。

理想与现实的格格不入，通过上述四首诗的简要分析，已令人印象深刻。在上述诗人的其他诗篇中以及在其他现代派诗人的诗中，也时有抒写，限于篇幅，不再赘述。现代派诗歌上述二元对立式的抒情模式反映出那个时代一种普遍的生存状态。某种意义上，这些现代派诗人都是饱受现实风雨摧残的心灵创伤者，同时，他们又是永远的精神守望者，此乃波德莱尔所谓审美现代性的两个方面：在（现实的）变幻性中守望着（理想的）永恒性。[3]对此，瓦岱也曾提醒我们："如波德莱尔曾经要

---

[1]　蓝棣之：《现代派诗选》，北京：人民文学出版社1986年版，第103页。
[2]　蓝棣之：《现代派诗选》，北京：人民文学出版社1986年版，第229页。
[3]　[美]卡林内斯库：《现代性的五副面孔》，顾爱彬、李瑞华译，北京：商务印书馆2002年版，第55页。

求的那样，应该试着把现代性（它在不断地变化并将我们带向没有确定方向的地方）与永恒性（它使我们与所有的时代保持联系）放在一起来考虑。"[1]

长路漫漫苦追梦

现代人永远踏在朝圣之路上，他们心中的圣地便是梦想大厦，他们日日夜夜都渴望将心中的理想变成现实。为此，他们不怕风雨雷电，不畏荆棘满地，甚至甘愿冒着生命危险。在此意义上，"路漫漫其修远兮，吾将上下而求索"的屈原可谓现代人的原型。

在戴望舒的《乐园鸟》[2]中，现代人以乐园鸟的形象出现了，此诗表达的是无家可归、艰辛、寂寞，甚至绝望的人生之旅。比较而言，在诗人另一首诗《寻梦者》[3]中，现代人作为寻梦者更显坚韧有力，他们甘于孤独，却毫不妥协。《寻梦者》可分为三个层次，开头三节写寻找真正理想的艰辛，诗人认为虽然梦想是可以开出花来的，但首先得找到这个梦想。"在青色的大海里，/在青色的大海的底里，/深藏着金色的贝一枚。""金色的贝"象征理想，"青色的大海"象征生活，"深藏"意味难找，寻梦者必须要"攀九年的冰山"，"航九年的旱海"，才能遇到它。没有梦想的人是空心人、是彷徨者、是浑浑噩噩者。但很多人并没有意识到，真正的梦想并不是随便就有的，而需要在时空的穿越中去发现，它是你心甘情愿投入毕生精力去实践的事业。梦想本身也要努力寻找，此乃诗人给予读者的第一个启示。接下来三节写实现梦想的艰辛，真正的梦想来之不易，"会使你的心沉醉"。但要想让梦想开花，还必须付出艰辛的劳动，必须要把梦想之贝放"在海水里养九年"，"在天水里养九年"。此处，"养"就是培育葆养，就是让心中永远坚守理想，不会因为挫折而放弃。"海水"、"天水"意味上下求索，"九年"指时间之漫长。很显然，诗人在此暗示屈原《离骚》中的上下求索的追求者形象。诗人让梦之花在寻梦者"鬓发斑斑"、"眼睛朦胧"的时候开花，暗示出梦想的实现极其困难，往往耗尽人的一生心血，此乃诗人给读者的第二个启示。末二节更进一步，写新梦想的出现。梦想开花是一件令人兴奋的事情，寻梦者在怀里、在枕上把玩着理想的果实——"桃色的珠"，无限欢

---

[1] ［法］瓦岱：《文学与现代性》，田庆生译，北京：北京大学出版社 2001 年版，第 113 页。
[2] 蓝棣之：《现代派诗选》，北京：人民文学出版社 1986 年版，第 73—74 页。
[3] 蓝棣之：《现代派诗选》，北京：人民文学出版社 1986 年版，第 71—72 页。

喜，可慢慢的，"一个梦静静地升上来了"。这是一个新的梦，这新的梦可谓是前一个梦开出的花儿。寻梦者永远在寻找梦想的路上，即便青春不再，也在所不辞，此乃诗人给予我们的第三个启示。

　　玲君的《二月的 Nocturne》[1] 将戴望舒上述两首诗的意蕴融为一体，而且更强调现代人作为跋涉者的形象。全诗共六节，每节两行，节奏上给人一种循环往复的感觉，比较契合诗题"Nocturne"（夜曲、梦幻曲）。首节即开始刻画乐园鸟："渲染以错综幻觉的织缀，／乐园鸟翼下伏贴着的春要苏醒了。"其中暗示乐园鸟背负无数的幻想，在春天开始了一年的寻梦之旅，从寒冷的北极海面开始，从春到冬，永不停止。此诗写得较为隐晦，但关键字眼还是可以透露出上述信息。比如第三节中的"飓风"、"原始人的舞乐"应当暗指夏季，因为飓风多在夏季，而原始人的舞乐充满生命力、野性与热辣，也当与夏季相应。第四节中的"野火"、"黄金之林"应是指涉秋季，照此逻辑，末节中的"铅色的长空"应是冬天。此诗中现代人作为跋涉者的形象最为典型地体现在如下两句："梦在沙漠中航行"、"东方骆驼队已经掠过铅色的长空了"。"沙漠"与艾略特的"荒原"一样象征着现代社会，"骆驼队"是沙漠之舟，可谓现代人的总体象征，他们驮着梦想跋涉在风沙弥漫的世界里。

　　比较而言，李白凤的《梦》[2] 则更为曲折隐晦地表达了现代人寻梦的艰苦卓绝。全诗只有 7 行：

> 五百小梦的悲欢离合
> 一个大梦又团圆了
> 乃有理想的小号兵
> 吹不响一串高度的点名号——
> 暗室若有透明的珍珠。
> 我将为你用五百首好诗
> 穿起一年的眼泪……

　　"五百小梦"象征现代人寻梦途中所持有的各种各样的小小愿望，"一个大梦"则象征寻梦者找到的真正理想。首二句说所有小愿望的实现与破灭都是源于一个大

---

[1]　蓝棣之：《现代派诗选》，北京：人民文学出版社 1986 年版，第 202 页。
[2]　蓝棣之：《现代派诗选》，北京：人民文学出版社 1986 年版，第 149 页。

梦想。"吹不响"意即梦想的缺席，"一串高度"暗指梦想有大有小。次二句说许许多多的梦想都随风而逝，或因不现实，或因不再感兴趣，或是其他种种原因。末三句诗人试图用诗来祭奠那些用眼泪串起来的寻梦岁月，"五百首好诗"与首句"五百小梦"相呼应，意味寻梦途中坎坷之繁多与厚重。

海德格尔认为，在现代社会"无家可归状态变成了世界命运"[1]。这话其实并不全面。因为变动不居的现代社会使得身处其中的人们更加追求内心的家园，更加追求一种周作人在《故乡的野菜》里所透露出来的"四海为家"的生活方式，即"凡我住过的地方都是故乡"。正如美国哲学家伯曼所云，在"一切坚固的东西都烟消云散了"的现代社会，人们"试图掌握现代世界并把它改造为自己的家"。[2] 如此看来，流变的现代社会，人们既真切地感受到无家可归的漂泊感，同时又永远踏在回家的路上，这个家就是现代人的精神圣殿，就是现代人的梦想。在此意义上，上述诗歌体现出独有的现代性体验——为了实现梦想，为了抵达精神家园，他们往往肝脑涂地在所不惜。

人世无常哀叹梦

虽然无常性以及与之密切相联的偶然性、不确定性在整个人类社会都屡见不鲜，但在现代社会却更加突出。因为"作为一个总是处于迅速变化状态的世界的公民，我们总是身处现代性之中"，"现代性就是运动加上不确定性"。[3] 伯曼说得更为具体：

> 所谓现代性，就是发现我们自己身处一种环境之中，这种环境允许我们去历险，去获得权力、快乐和成长，去改变我们自己和世界，但与此同时它又威胁我们拥有的一切，摧毁我们所知的一切，摧毁我们表现出来的一切……它将我们所有的人都倒进了一个不断崩溃与更新、斗争与冲突、模棱两可与痛苦的大漩涡。所谓现代性，也就是成为一个世界的一部分，

---

[1] ［德］海德格尔：《关于人道主义的书信》，载《海德格尔选集》，上海：上海三联书店1996年版，第383页。

[2] ［美］伯曼：《一切坚固的东西都烟消云散了——现代性体验》，徐大建、张辑译，北京：商务印书馆2003年版，第3页。

[3] ［法］瓦岱：《文学与现代性》，田庆生译，北京：北京大学出版社2001年版，第116—118页。

在这个世界中，用马克思的话来说，"一切坚固的东西都烟消云散了"。[1]

因此，没有哪个时代像现代社会一样让如此多的人发出"人生如梦"的感慨了。在现代派诗歌中，诗人们频繁地借助"梦"来诗化上述无常性。

纪弦的《乌鸦》[2] 短小精悍，抒发一种梦想破灭之悲，全诗如下：

> 乌鸦来了，
> 唱黑色之歌；
> 投我的悲哀在地上，
> 碎如落叶。
>
> 片片落叶上，
> 驮着窒息的梦；
> 疲惫烦重的心，
> 乃乘鸦背以远飏。

众所周知，乌鸦象征着死亡与衰败，所以首节借乌鸦意象一下便画出内心的悲哀。为什么悲哀呢？次节道出了原因，破碎的心源于破碎的梦，"疲惫烦重"意味不断受到打击，这样的心更加渴望飞翔，所以末句既有逃避之意，也似乎暗含一种新的追求：将梦想寄托到更远更高的地方。

吕亮耕的《独唱》[3] 则将梦想的热情与无常层次分明地结合在一起。首节即象征化表达了梦给予人的战斗热情："梦：载我到荒漠去，/ 千吨的风沙 / 吹嘘着催征的铙曲。"这是对梦想的一种祈愿：现实是如此的沉重又荒芜，让梦想来激活沉闷的日子吧。次两节借助骆驼意象展现为理想奔波的跋涉者的壮烈生活。末节忽然让读者体味到一种刻骨的悲凉："当我瞥到 Sphinx 的立姿时 / 猛忆起一个'人'的悲哀 / 梦：碎成一串全灭的蛛网！"人如蛛网中的小虫，是多么弱小啊，所有梦想到头来都会全部破灭，所有悲壮都成为一种惨痛的回忆。回首再看看全诗，忽然发现首末两句，遥相呼应，相同的句型结构，相反的思想内涵。如果说"荒漠"象征着现代社会，

---

[1]　[美]伯曼：《一切坚固的东西都烟消云散了——现代性体验》，徐大建、张辑译，北京：商务印书馆 2003 年版，第 3 页。

[2]　蓝棣之：《现代派诗选》，北京：人民文学出版社 1986 年版，第 232 页。

[3]　蓝棣之：《现代派诗选》，北京：人民文学出版社 1986 年版，第 242 页。

那么诗人如此表达，无非在暗示：在现代社会，除了梦想，还有什么能托起沉重的肉身呢？可是即便拥有梦想，人生最终也破碎不堪，一种悲怆旋即产生，让人感慨万千！

把上述梦想的难圆写得最有诗意、最令人忧伤的，可能要数孙毓棠的《踏着沙沙的落叶》[1]，全诗起承转合，像一曲忧伤的行板。一开始，诗人独自穿行于秋天黄昏的疏林之中，踏着沙沙的落叶，以动写静，更见寂寥凄凉。接着，落叶幻成破碎的梦："沙沙地踏着，／踏着，是自己的梦，／枯干的。又一年秋风／吹过了，自己的梦。""年年在白的云上描／自己的梦，总描不团圆。／描不整，描不完全。"梦想的难圆，无助无力的哀叹，令人心酸。紧接着，是秋风对世界的无情剥蚀，诗人发出"只好等明年吧"的感慨，在纷纷的落叶与枯黄的野草里，一个新的梦想生长又破败的轮回即将再次开始。最后回应开端，将孤独与悲凉延伸向黄昏深处。纵观全诗，一个梦想不断破灭的现代人，彷徨在无尽的时间荒野里，激情被无情的秋风剿灭得无可奈何，无处倾诉的孤独，年华老去的感伤，在不知不觉中击中读者的神经，让人唏嘘不已。

我们可以将陈时的《标本》[2]看作对现代社会无常性的一个总结。它是一曲被制成标本的鸟类兽类的挽歌，同时也是一曲无梦的现代人的悲歌："它们是在凝视着蓝天吗？／它们还有繁多的幻想的梦吗？"所有"优美的灵魂"，如今已没有了"美好的声音"。《标本》传达人世的无常：无情的现实让所有曾经拥有自由梦想的现代人，最终惨遭失败，堕为无梦的标本，陈列在封闭的生活博物馆，毫无生机活力。

在中国诗歌中屡屡可见"梦"字，但现代派诗歌却拥有更为丰富而复杂的"梦"的体验。当时《现代》杂志主编施蛰存认为《现代》中的诗是"纯然的现代诗，它们是现代人在现代生活中所感受的现代的情绪"[3]。蓝棣之将"现代的情绪"解释成"一些感伤、抑郁、迷乱、哀怨、神经过敏、纤细柔弱的情绪，甚至还带有幻灭和虚无"[4]。按照前文所述，这些现代情绪其实就是人类进入现代社会以来典型的现代性体验。在上述诗歌之"梦"的解读中，几乎遭遇到所有这些现代情绪。因此，"梦"可谓现代派诗歌中现代性体验的一种象征意象，或者说，在现代派诗歌中，梦是现

[1] 蓝棣之：《现代派诗选》，北京：人民文学出版社1986年版，第310页。

[2] 蓝棣之：《现代派诗选》，北京：人民文学出版社1986年版，第310页。

[3] 施蛰存：《又关于本刊中的诗》，载邹建军选编：《20世纪中国文学史文论精华：新诗卷》，石家庄：河北教育出版社2000年版，第128页。

[4] 蓝棣之：《现代派诗选》，北京：人民文学出版社1986年版，前言第20—21页。

代性体验的一种表现。

　　如果放到世界文化史中，便更清晰地明白：梦何以成为透视现代性的一个窗口。对梦的最早记载可追溯到古巴比伦，解梦析梦在古代也较为流行，但对梦进行科学而全面深刻的解读，则在 20 世纪初。最主要的贡献是弗洛伊德 1900 年出版的划时代巨著《梦的解析》，促使人类开始关注人的潜意识，形成一个独特的精神分析学派，而对梦的分析研究则是他们的常规工作。如果把眼光放远些，梦的解析还有更深层的文化原因。人类从工业革命便开始进入"机器时代"，物质文化以加速度发展，人类越来越堕入物质围城之中，备受挤压，精神越来越遭受前所未有的萎缩。强大的社会压力重重地落在现代人身上，致使他们身心都遭到前所未有的摧残，于是马克思所谓的"异化"便出现了。人生意义的问题也越来越突出，1908 年诺贝尔文学奖获得者奥义肯的人生哲学也应运而生。现代文学中也出现越来越多的畸形人、变态人以及各种性格扭曲者。"梦是心灵的安全阀"[1]，"没有梦的宣泄，人可能要发疯"[2]。也正是现代生活的单调、压抑使得现代人的梦境稀奇古怪、光怪陆离，于是以梦的解析为核心的精神分析也逐渐如日中天。而第一次世界大战带来的心灵创伤更加强化了这种趋势。可见，在精神分析学那里，梦已经成为作为现代生活的象征意象。

　　现代派诗歌发表的重镇——《现代》杂志，也是中国新感觉派作家的家园。而新感觉派小说，尤其是施蛰存的小说，深受弗洛伊德学说的影响，对人的潜意识、隐意识的开掘成就卓著。现代派诗人不可能不受到《现代》杂志浓郁的弗洛伊德学说的影响。此外，中国现代派诗人深受西方现代诗歌思潮的影响，主要有法国后期象征派诗歌、美国的意象派诗歌运动以及以艾略特为代表的欧美大陆现代主义诗歌潮流，"这三个属于广泛意义上的现代主义诗歌潮流，都主要是经过 30 年代现代派诗人之手，介绍到中国诗坛的，并对这个诗人群系的创作产生了较大的影响"[3]。虽然我们还没有系统研究上述现代派诗歌中的"梦"是否有其西方现代派诗歌的渊源，但是，以梦的象征意象抒发现代人所遭遇到的各种现代性体验，也在情理之中。

[1]　[奥] 弗洛伊德：《梦的解析》，周艳红、胡惠君译，上海：上海三联书店 2008 年版，第 309 页。
[2]　魏荒弩：《说梦》，载陈子善、蔡翔主编：《梦》，北京：人民文学出版社 2007 年版，第 27 页。
[3]　孙玉石：《中国现代主义诗潮史论》，北京：北京大学出版社 1999 年版，第 147 页。

第十二章　郑愁予《错误》：古典意境　现代情怀

错　误

我打江南走过
那等在季节里的容颜如莲花般开落

东风不来，三月的柳絮不飞
你的心如小小的寂寞的城
恰若青石的街道向晚
跫音不响，三月的春帷不揭
你的心是小小的窗扉紧掩

我达达的马蹄是美丽的错误
我不是归人，是个过客……

　　读诗就是探索，旨在发现诗人蕴含于字里行间的丰富意味，甚至是诗人写作时所没有意识到的意味。一般说来，一首好诗具有超越时空的生命力，有着不断生发的阐释空间。而经典诗歌的要求更高：内容与形式能够完美统一，读者能够体验到理解不断攀登所带来的阅读快感，它还必须表达出一种"大情怀"，也就是一种普遍的或崇高的情怀。台湾诗人郑愁予的《错误》便是这样一首经典诗歌。

　　《错误》的妙处究竟何在？第一妙在于反衬法的运用。它以充满希望的春天来抒写失望，同时以环境静寂来铺写心灵的情感波动。前者是《诗经》中"昔我往矣，杨柳依依；今我来兮，雨雪霏霏"的写法，以乐景写哀愁；后者是古诗常用的以动写静手法反其道而用之，诸如"蝉噪林语境，鸟鸣山更幽"。第二妙在内容与形式的完美结合。五个"不"字表达的就是一种"错误"的感觉，无疑也暗示了纠错的向往。首末两段只有两句，而中间一段有五句；首末两句短，而中间段以长句为主，长短句相间。这些都很好地表达出一个匆匆而来的人又匆匆而过，空留下一个盼归之人周而复始的等待。等待的过程又往往心潮起伏，希望与失望、甜蜜与惆怅交织在一起。末句的省略号更让人感慨万千，意味着盼归之人新一轮焦急渴望的开始。此诗节奏不仅仅是通过字面的押韵体现出来，它更是一种人物内心情感波动所带来的生命节奏。第三妙在于它的言简意丰，韵味无穷。短短九行，浸透现实感慨，不足百字，席卷历史风云。

那么，《错误》到底有哪些内涵？目前人们仍然围绕游子思妇来解读这首诗，要么看作游子羁旅诗，要么视为思妇闺怨诗。其实郑愁予自己却并不这么认为，在此诗"后记"中他写道：

> 童稚时，母亲携着我的手行过一个小镇，在青石的路上，我一面走一面踢着石子。那时是抗战初起，母亲牵着儿子赶路是常见的难民形象。我在低头找石子的时候，忽听背后传来轰轰的声响，马蹄击出金石的声音，只见马匹拉着炮车疾奔而来。母亲将我拉到路旁，战马与炮车一辆一辆擦身而过。这印象永久地潜存在我意识里。打仗的时候，男子上了前线，女子在后方等待，是战争年代最凄楚的景象，自古便是如此；因之有闺怨诗的产生并成为传统诗中的重要内容。但传统闺怨诗多由男子拟女性心态摹写。现代诗人则应以男性位置处理。诗不是小说，不能背弃艺术的真诚。母亲的等待，是这首诗，也是这个大时代最重要的主题。以往的读者很少向这一境界探索。

作者意图与读者意图发生冲突是文坛常事，并不奇怪。一首诗一经产生，就是一个独立自律的整体，它已经不专属于作者了。

理解这首诗，至少有三个依次升高的台阶让思维攀登。第一个台阶便是游子思归与思妇盼归。"我打江南走过"、"我达达的马蹄"、"我不是归人，是个过客"，这些无不显示"我"的身份——漂泊的游子。"容颜如莲花的开落"、"小小的寂寞的城"、"小小的窗扉"等，这些常用来描摹女人的柔性字词无不暗示"你"是一位盼望游子回归的妇人。游子可以是丈夫，也可以是儿子，同样，思妇可以是妻子也可以是母亲。历来"美丽的错误"都被理解成思妇盼归不得，殊不知它也揭示出"我"

的心痛：漂泊的"我"多么希望留下来啊，留在春天的江南。更有甚者，整句诗"我达达的马蹄是美丽的错误"，也暗示"我"的无奈与后悔之情，正如柳永词所云"叹年来踪迹，何事苦掩留"。

第二个台阶是对两岸团聚统一的企盼。有了第一层对盼望亲人归来以及游子渴望回归的理解，我们有理由进一步认为，此诗也是对中国台湾与中国大陆之关系的一种隐喻，曲折表达了台湾人民期盼回归的情怀。众所周知，郑愁予祖籍河北，1933年出生于山东济南。童年郑愁予随父亲辗转大江南北，抗战期间，随母亲转徙内地，抗战胜利后到北京，曾就读于崇德中学，1949年随家人去了台湾，从此天各一方。"江南"曾经是作者的家，但今天诗人却作为游子在自己的诗歌中将它无限地怀念。"美丽的错误"也可能是诗人对当初离开大陆去台湾这一历史往事的反思。

这首诗的第三个台阶是什么呢？同样是对"回归"的一种解读。除了台湾回归祖国，还有一种更加深刻而普遍的"回归"，那便是"无家可归"的现代人对"精神家园"的回归，《错误》的现代性意味即在于此。何谓现代性？法国哲学家巴朗蒂耶说："现代性就是运动加上不确定性。"这其实是从人类学的角度来说的。现代性的最大表现用海德格尔的话来说就是："无家可归是现代世界的命运。"文学中的现代性就是作家对现代人的这种"运动加上不确定性"以及"无家可归"生存状态的直观表现，一种没有"根"的感觉往往弥漫在作品中。以此观之，20世纪80年代文学寻根也可以看作现代性在新时期文学的一个具体表现。《错误》是如何表达现代性的呢？此诗中"江南"二字的重量就如同戴望舒《雨巷》中的"丁香"。正如"丁香"给人一种古典的韵味，"江南"也让人联想到无数唐诗宋词，那种如诗如画的感觉随即扑面而来，其中最有名的可能要数白居易的《忆江南》。某种意义上，"江南"就是美好家园的象征，而末句中的"过客"就是现代人的代码。一方面，现代人为了生存和理想，不得不四处漂泊，身心疲惫不堪；另一方面，曾经的美好家园因为得不到呵护而变得苍凉，毫无生机活力。诗中"美丽的错误"也暗示出对漂泊生活的厌倦与无奈以及对留驻家园的渴望。最后一句也是用否定的句子暗示了一种肯定的向往："我应是归人，而不是过客。"

回头再来看看诗歌标题，实在意味深长。如果说，让心爱的人容颜老去枯守家园是个错误，让曾经的家园失去了生命力是个错误，那么忙忙碌碌四处漂泊的现代生活是否也是一个错误？也许这是人类文明的一个最大错误。也许此诗真正的现代性就在于对文明所造成的"美丽的错误"的积极反思。

好像到此为止，我们把这首诗的韵味已经发掘完了，其实还没有。郑愁予是一位古典文学功底深厚的现代诗人，他的诗往往将古典意蕴与现代情感融为一体，《错误》也不例外。上述解读主要侧重现代意味，这首诗的古典意蕴究竟何在呢？作者姓名"郑愁予"三个字可谓一语道破此诗主题，它让我们联想到辛弃疾的词"江晚正愁余，山深闻鹧鸪"，一种空廖愁怨的意境旋即产生。

《错误》的古典意境主要因为采用了古典诗词中常见的一些意象和表达方式：莲花、柳絮、向晚、跫音、春帷、窗扉、马蹄等。首段中的"江南"与"莲"的字眼让人很容易想起汉乐府《江南》："江南可采莲，莲叶何田田。鱼戏莲叶间，鱼戏莲叶东。鱼戏莲叶西，鱼戏莲叶南，鱼戏莲叶北。"此处，莲叶与鱼之间的自由舞动隐喻着亲人间的和谐与欢乐。而在《错误》中，莲花是孤独地开了又落，表明时间的更替与等待的漫长，为下文做了很好的铺垫。次段"柳絮"也是深得古诗滋润，因为"柳"与"留"谐音，所以古人折柳送别成为风尚。古诗词用柳絮飞舞来写离愁数不胜数，但《错误》却反其道而用之，"东风不来，三月的柳絮不飞"表达了盼归不归所造成的寂寥，一种忧郁、慵懒、无助无力的感觉就出来了。末段的"马蹄"更是古诗中表现羁旅情怀的常见意象，兹举三例：

> 剑河风急雪片阔，沙口石冻马蹄脱。（岑参《轮台歌奉送封大夫出师西征》）
>
> 雁足不来，马蹄难驻，门掩一庭芳景。空伫立，尽日阑干，倚遍昼长人静。（徐伸《二郎神》）
>
> 飞散后、风流人阻。兰桥约、怅恨路隔。马蹄过、犹嘶旧巷陌。叹往事、一一堪伤，旷望极。凝思又把阑干拍。（周邦彦《浪淘沙慢》）

很显然《错误》末段将"马蹄"与现代社会常用词"过客"（而非古诗中的"客"）并用，既表现了一种古典韵味，又体现了一种现代意味。试想，将"我达达的马蹄是美丽的错误"改成"我隆隆的马达是美丽的错误"，那么诗歌的古典意境就会大打折扣。

纵观全诗，我们不能不佩服杨牧对郑愁予的如下评论："自从现代了以后，中国也有些外国诗人，用生疏恶劣的中国文学写他们的'现代感觉'，但郑愁予是中国的诗人，用良好的中国文字写作，形象准确，声籁华美，而且绝对地现代的。"《错误》就是这样一首汲取古典诗词营养，意境婉约情韵悠长且又充满现代情怀的经典之诗。

第十三章　整体诗 VS. 截句

　　整体诗学崇尚的诗歌是一种"整体诗"，此处的整体有两种意义：首先是诗歌文本而言，无论内容还是形式都是一个整体；其次，就创作者的诗人而言，尽可能地做到言行合一，诗如其人，人如其诗，这意味着"整体诗"诗人不仅是能写出诗歌的"文本诗人"，也是能将自己的生活诗化的"生命诗人"。很显然，上述"整体诗"的观念与当前的"截句"诗歌观念格格不入。

截句：只是诗句难成诗

　　时下截句流行，朋友圈不乏日日更新截句者。我知道截句，缘于在朋友家看到一套黄山书社的截句诗丛。随手翻了翻，感觉挺复杂，书的厚度与截句的单薄身影形成强烈对比。新诗百年迎来截句热，并不可贺，相反却令人沮丧。一百年来，诗坛争论不断，流派如云，各种思潮此起彼伏，但至少都是在诗的名义之下。

　　2015 年 11 月，蒋一谈出版诗集《截句》，提出截句诗歌新文体及其写作理念。2016 年 1 月，他更是推波助澜，主编了《截句诗丛》。在蒋一谈看来，截句是一种源自古典，又有现代诗歌精神的诗歌文体，并融合了截拳道大师李小龙"简洁、直接、非传统性"的美学理念，强调诗意的瞬间生发。他在接受专访时说的几句话很好地概括了截句的意义："……截句的终极意义，是唤醒更多普通人的诗心"，"截句从本质上说，是一种生活方式"。[1] 蒋一谈要通过截句来唤醒大众的"诗心"令人崇敬，这与李小龙的"成为一名武术家也就意味着成为生活的艺术家"[2] 的习武精神非常一致。不少截句短小精悍及其传达的现代性体验也与截拳道的简洁、直接和非

---

[1]　《专访截句概念提出者蒋一谈：截句从本质上说是一种生活》，载《华西都市报》2016 年 8 月 14 日。
[2]　李小龙：《生活艺术家》，刘军平译，北京：北京联合出版公司 2013 年版，第 105 页。

传统性一致。即便如此，截句与截拳道仍是背道而驰，它们虽然终极目标一致，但手段截然不同。

但就截句的名称，就很容易引起误解，它指示的就是句子，被截取下来的句子。打个比方，截句就像豆子，是从豆荚里剥离下来的。字面上讲，这个名称也可用来指任何一段截取下来的句子，这不就是诗的形式的"名人名言"吗？即便依蒋一谈所说，截句源于李小龙的截拳道，但截句的"碎片化"恰恰违背了截拳道的"整体"精神。李小龙非常重视生活的"整体性"，他说："面对瞬息万变的情形，练习截拳道的人应该能够适应具体环境，而不拘束于人为的机械招式。其行动应该如影随形，其使命就是顺其自然地完成'整体'的另外一半。"面对对手力量，应该顺势而为，而不是正面冲突。刚与柔是一个整体，刚柔相济，对手刚，你就以柔相应。[1]他还说："集中注意力是缩小心灵的思考范围，但是，我们关心的是人的整体生活过程。如果全神贯注地盯着生活的某一方面，也就是鄙视生活。"[2]然而，截句恰恰是让我们聚焦生活点点滴滴的感悟，甚至陶醉其中，久而久之，势必让人视野狭窄，忽视整体生活。打个比方，截句过于让我们留恋于浪花之美，却让我们看不到整个大海的广博。

对于截句究竟是不是诗歌，其实蒋一谈自己也前后有些矛盾。在诗集《截句》的后记中他说："截句是一种诗非诗的文体，比俳句的姿态要开放……"但在接受采访时他又界定说："从更广泛的诗歌爱好者和文学读者层面来说，截句是一种没有诗歌名字的在 4 行之内完成的短诗。或者说，截句是最短的现代诗歌。"蒋一谈的截句没有诗歌名字，往往是灵感迸发时的几句诗句，比如"满月是一枚婚戒 / 伸出手指戴一下吧"以及"雨打芭蕉 / 芭蕉很烦"等。而日本俳句却往往有名字，像"俳圣"松尾芭蕉的俳句《古池》就是一首意境优美韵味无穷的短诗："闲寂古池旁，/ 青蛙跳进水中央，/ 扑通一声响。"诗无论长短，作为艺术作品，都是一个整体，有开头有结尾，有其自身文脉，不可能像截句这样横空而出又莫名结束，毫无章法可言。时下的截句俨然是作为一种大肆宣扬的诗歌观念的产物，却不能算作真正意义上的诗，因为孤句不成诗，正如孤燕不成春。

然而，情况好像并非这么简单。截句也可能会成为诗，就像蚯蚓被截断的一部分，也可能成为新的蚯蚓。举个例子，卞之琳的《断章》是截句吗？按照眼下的截句标准，

---

[1] 李小龙：《生活艺术家》，刘军平译，北京：北京联合出版公司 2013 年版，第 33 页。

[2] 李小龙：《生活艺术家》，刘军平译，北京：北京联合出版公司 2013 年版，第 99 页。

《断章》绝对是截句，是有诗歌名字的截句。全诗两段四句："你站在桥上看风景，/看风景人在楼上看你。// 明月装饰了你的窗子，/你装饰了别人的梦。"即便是断章，仍然是章，而非简单的句子组合。所谓断其实在呼唤全，此诗高明之处在于以碎片写整体，四句前呼后应，通过时空中人物之间的相互勾连融合，绝妙地呈现出世界本身的整体性。如果时下的截句都写成这样，也许就没有"截句是不是诗"的争议了。

时下的很多截句，只是一组诗句而已，没有整体架构，按蒋一谈的说法只是诗人的日常诗句训练而已。试想，诗坛到处充斥这种半成品的诗歌，是诗歌的幸运还是不幸呢？

从文化上看，截句当属碎片化的现代生活的表征之一。与网络上的碎片化阅读和微写作密切呼应，截句观念的提出成功地营造了一个全民都可以写诗的氛围。可以说，截句写作助长了眼下的"微生活方式"。但长此以往，我们便像盲人摸象一样，无法体验到整体的生活。

截句也并非毫无意义，在认同截句属于诗句而不是诗的前提下，我们才可以谈截句之美及其价值。好的截句，当是写作者用诗意烂漫的句子记录下来的点点滴滴的生活感悟。它们是生活在大海里的珍珠，在困顿阴翳的日子里，这些被我们捞取的珍珠足以闪亮我们的世界。这些截句，某种意义上，就是个人的生活智慧宝典。从理论上讲，截句可以是一句，也可以是多句或多段，但到底多到多少，尚无定论。也不可能有定论，因为作为截句，本身就是局部，也就无从谈及整体。在这个越来越"微"化的时代，笔者觉得"微型诗"倒是个非常值得探讨的诗歌话题。微型诗既然是诗，我们就可以着眼于整体谈其长短。个人倾向于以古诗绝句四句为限，把不超过四行且具备相对完整性的短诗称作微型诗。

整体诗：好诗典范

中国是诗歌大国，诗论汗牛充栋。至于何谓好诗，论者众说纷纭，莫衷一是。整体诗学看来，好诗必定是整体诗，内容与形式统一，中西结合，天人合一，更有甚者，诗人所写与其生活合一。而最为厚重的整体诗，则是那些将诗歌的各个整体性元素（生命、日常生活、存在、音乐性）融贯在一起的诗歌。

海子曾对当时诗坛过于追逐意象提出批评，他说："新的美学和新语言新诗的诞生不仅取决于感性的再造，还取决于意象与咏唱的合一。意象平民必须高攀上咏唱贵族。"[1] 诗歌之美不仅仅在意象，也在语言自身，在于咏唱。此外，海子也深恶痛绝东方诗人"把一切都变成趣味"，他指出中国诗歌的自新之路是"抛弃文人趣味，直接关注生命存在本身"。[2] 正是对中国当代诗歌之病有着清醒的意识，海子才提出了他的诗歌理想，即"融合中国的行动，成就一种民族和人类的结合，诗和真理合一的大诗"[3]。海子提出的"大诗"可谓整体诗中的极品。然而，不是所有的诗人都能写出"大诗"，但所有的诗人都应该把写出一首好诗作为最本职的工作。为此，海子所诊断的诗歌之病仍然值得反思和引以为戒。

内容和形式永远是人们分析艺术作品时最基础的一组概念。内容和形式谁更重要呢？卢卡奇坚持内容优先，而席勒则宣扬形式优先。其实，内容和形式看似独立，实际上在艺术作品中水乳交融。古今中外广为流传的好诗，往往都具备三要素：从内容来说必须具备凝神之思，从形式来说必须有创意之象，而让凝神之思与创意之象和谐统一于一首诗歌便是圆融。一言以蔽之，好诗即将凝神之思圆融进创意之象的诗歌。

1. 凝神之思

海德格尔说："一切凝神之思就是诗，而一切诗就是思。"当然他所说的诗与思并非我们通常的理解，海德格尔所谓的诗是诗中的诗，是最有诗性的诗，比如荷尔德林的诗；他所谓的思是存在之思。海德格尔之所以如此强调凝神之思，也是对西方现代诗歌的矫情的批判，在此意义上，海子与他遥相呼应。当今诗坛，满目所及，海子所谓的文人趣味仍然甚嚣尘上。好诗绝不仅仅是风花雪月，更是对生命、对日常生活以及对存在本身的切身感悟。日本诗人窗道雄的《一只蚂蚁》可作代表，通过该诗，我们可以发现诗人内心拥有的三个主导理念：毫无偏见地赞美生命，满怀忧伤地批判人类，形而上地感悟存在。凝神之思是个体的独特体验，但却能引发共鸣，因为凝神之思也是忘我之思。在凝神之思中，"我"与生命、日常生活以及存在融为一体。凝神之思是一切好诗的智慧之源。

2. 创意之象

海子并不反对意象，海子反对的是唯意象是瞻，而忘记了诗歌本身的语言的魅力。

---

[1]　海子：《日记》，载西川编：《海子诗全集》，北京：作家出版社2009年版，第1028页。

[2]　海子：《诗学：一份提纲》，载西川编：《海子诗全集》，北京：作家出版社2009年版，第1047页。

[3]　西川：《海子诗全集》，北京：作家出版社2009年版，扉页。

中国诗歌传统非常重视意象的取用，言象意三者之间的关系永远是中国艺术的话题。可以说，意象作为好诗的标志是中国古典诗歌的精华所在。新诗要拥有传统底蕴，意象必须受到重视。没有意象的诗，即便拥有凝神之思，也少了些韵味和阅读的快感。但好诗的意象绝非俗滥之象，而应该是创意之象。"无论什么东西从无到有中间所经过的手续都是诗"[1]，"诗"在古希腊最初强调的便是创造性。创意之象不仅要表达与众不同的"思"，也要将之与众不同地创造性地表达出来。一句话，创意之象就是创造性地表达创造性的意象，创意之象让人一看就心明眼亮或心领神会。有首名为《台湾海峡》的诗，只有两句："再宽／也宽不过一片落叶。"此诗巧妙地借用了"落叶归根"的意象，通过空间上的悬殊对比，强有力地表达出一种台湾回归祖国的趋势。好诗就该如此诗一样拥有让人情不自禁拍案叫绝的创意之象。

3. 圆　　融

当下流行的截句之病就在于它不能将自己融入到一个整体中去，以至于写得再好，也无异于无家可归的孩子，处于无根的漂浮状态。好诗必定是一个有机的整体，一个生命体，其内容和形式能相对和谐地统一在一起，形式中有内容，内容中有形式。奥登说："一首诗必须是一个封闭体系。"他可能是就一首诗作为个体的整体性而言的。其实，整体性并不一定意味着封闭性。真正的圆融不仅仅是一首诗中内容与形式之间的融合无间，更是一首诗和外在世界的融贯。郑愁予的《错误》是笔者所见到的最为圆融的诗歌，古典意象与现代情怀，融合进每一句，甚至每一个字。

笔者倾心海子的"大诗"，二十多年来，一直作为最为崇高的追求，但总是力不从心，每每此时，笔者就告诫自己：写不出大诗也没关系，能写出一首好诗，也是令人欣慰的事。但笔者常常写不出诗，更不必说写出好诗了。每每这时，笔者又告诫自己：写不出诗也没关系，只要能够保持一颗诗心，能创造性地赋予生活以点点滴滴的诗意，也是值得骄傲的事。

---

[1]　[法] 马利坦：《艺术与诗中的创造性直觉》，北京：生活·读书·新知三联书店 1991 年版，第 76 页。

第十四章　朱光潜的生活诗学

朱自清于 1932 年为朱光潜的《谈美》所作的序言中写道："孟实先生引读者由艺术走入人生，又将人生纳入艺术之中。这种'宏远的眼界和豁达的胸襟'，值得学者深思。文艺理论当有以观其会通；局于一方一隅，是不会有真知灼见的。"[1] 这段话可谓深得朱光潜学问人生的韵味。文艺理论要想提供真知灼见，就要融会贯通，不能故步自封。朱光潜提供了一个很好的个案，他在人生与艺术之间建立了一个双向的活的联系，即一方面"由艺术走入人生"（此可谓"人生的艺术化"）；另一方面"将人生纳入艺术"（此乃"艺术的生活化"）。

其实，朱自清对朱光潜的评价还停留在观念层面上，现实生活中的朱光潜一直都在言传身教，以"出世的精神"积极地去做"入世的事业"。

我们今天研究和学习朱光潜，不仅要在文艺理论领域，在艺术和生活之间建立双向的活的联系，既要以艺术的视角来观照生活，也要从生活的视角来审视艺术；更重要的是也应在文艺理论和现实生活之间做到良好的互动，以出世之心做入世之事，这就是朱光潜留给后人最为宝贵的生活诗学。[2] 目前学界过多地关注朱光潜的"人生的艺术化"思想，对其"艺术的生活化"以及超然出世积极生活的日常生活实践重视不够。即便谈论"人生的艺术化"，学界也往往停留在理论层面，而对其实践策略相对忽视。所以，我们有必要重建朱光潜学问人生留给后人的丰碑。

---

[1]　朱光潜：《谈美》，合肥：安徽教育出版社 1997 年版，第 6 页。

[2]　生活诗学尝试从生活的角度观照诗学（艺术），从诗学的角度观照生活（人生），旨在将美学（文艺理论）引向现实生活，使其最终成为一种指导人珍爱生命—积极生活—感悟存在的生活艺术。详见张公善：《生活诗学：后理论时代的新美学形态》，合肥：中国科学技术大学出版社 2013 年版。

人生的艺术化

人生艺术化思想并非朱光潜首创，他吸收了叔本华、尼采等人以及道家、佛教等相关思想。[1] 可贵之处在于，他融贯中西全面展示了人生艺术化的具体内涵及其实践策略。

人们谈到他的"人生的艺术化"思想，多半是联想到他于 1932 年写的《谈美》的最后一篇《"慢慢走，欣赏啊！"——人生的艺术化》，朱自清也认为这是孟实先生自己最重要的理论。为什么此书在谈论了美感、美的欣赏、美的创造之后，最后一篇谈及艺术与人生的关系呢？用作者的话来说："离开人生便无所谓艺术，因为艺术是情趣的表现，而情趣的根源就在人生；反之，离开艺术也便无所谓人生，因为凡是创造和欣赏都是艺术的活动，无创造、无欣赏的人生是一个自相矛盾的名词。"[2]

在此，他其实道出了艺术和人生之间的双向互动的关系（艺术的人生化、人生的艺术化）。《谈美》前面谈的都是美（艺术），所以顺理成章，他必然要谈谈人生，而谈人生也就必然要谈"人生的艺术化"[3]。

那么，"人生的艺术化"的具体内涵何在，又如何实践呢？如下一段话说得非常明确：

> 人生本来就是一种较广义的艺术。每个人的生命史就是他自己的作品。这种作品可以是艺术的，也可以不是艺术的，正犹如同一种顽石，这个人能把它雕成一座伟大的雕像，而另一个人却不能使它"成器"，分别全在性分与休养。知道生活的人就是艺术家，他的生活就是艺术作品。[4]

一言以蔽之，所谓人生的艺术化，就是要把人生（生活）视作一种艺术创作，且要努力创作出优秀的艺术作品。接下来，他分别从创作和欣赏两个角度给予了具体论述。

---

[1] 相关研究参见宛小平：《叔本华和朱光潜早期美学》，载《安徽大学学报》2002 年第 3 期；王攸欣：《论朱光潜对尼采的接受》，载《中国文学研究》2007 年第 3 期；杨建跃、单世联：《尼采与朱光潜的文艺思想》，载《广东社会科学》2003 年第 4 期；伹同壮：《人生的艺术化："鱼相与忘于江湖"——朱光潜与庄子美学精神》，载《阜阳师范学院学报》2010 年第 2 期；宛小平：《佛教与朱光潜人生艺术化的美学观——从朱光潜和弘一法师的交往谈起》，载《美与时代》2005 年第 11 期。

[2] 朱光潜：《谈美》，合肥：安徽教育出版社 1997 年版，第 146 页。

[3] 我们不要忘了，虽然《谈美》并未关注"艺术的人生化"，但是其结构布局却已经透露这一重要思想。在他的文章中，艺术的人生化和人生的艺术化往往水乳交融，本文为了论述方便，才将之分开。

[4] 朱光潜：《谈美》，合肥：安徽教育出版社 1997 年版，第 146 页。

1. 创作视角

要创作艺术的人生，就必须有一个理想的模范（柏拉图所谓"理念"，中国古典美学所谓"窥意象而运斤"）。理想的人生是怎样的呢？他说："过一世生活好比做一篇文章。完美的生活都有上品文章所应有的美点。"[1] 好文章是完整的有机体，而艺术的完整性在生活中叫作"人格"，所以完美的生活要有"人格"；好文章要"修辞立其诚"，所以完美的生活要"至性深情"；好文章忌俗滥求本色，所以完美的生活也要避免成为俗人和伪君子而应本色自然。总之，人生能达到上述三个目标，就可谓是艺术的人生了。

2. 欣赏视角

创作离不开欣赏。艺术家是如何欣赏或评鉴事物的呢？"艺术家估量事物的价值，全以它能否纳入和谐的整体为标准，往往出于一般人意料之外。他能看重一般人所看轻的，也能看轻一般人所看重的。在看重一件事物时，他知道执着；在看轻一件事物时，他也知道摆脱。"[2] 艺术家如此，普通人要想拥有艺术的生活，也要以"和谐的整体"为标注，不仅要能在摆脱时豁达，同时也要在执着时严肃认真。伟大的人生和伟大的艺术都要同时做到严肃与豁达并重，这是其一。更重要的是，他提醒我们，欣赏一定要成为"无所为而为的玩索"，要能在生活中发现趣味，让生活情趣化，为此，他甚至把哲学、科学等活动都视作一种艺术的活动。[3]

综上所述，《"慢慢走，欣赏啊！"——人生的艺术化》是了解朱光潜"人生的艺术化"思想的纲领性篇章。然而它主要还是在理论层面阐释了艺术与人生的关系，而且过于简略。其实，他在此之前和之后写的许多文章中，更加具体地谈论了"人生的艺术化"的一些实践策略。我们仍然从创作和欣赏两个层面来做一个扫描。

首先，如何在创作层面做到人生的艺术化？

创作和欣赏之间并非泾渭分明，创作中有欣赏，欣赏中也有创作。如果说欣赏强调一种有距离的观照，那么创作则强调投入地参与其中。如果人生是艺术，那么创作就是进行生活活动（包括内在的精神生活和外在的社会生活），这涉及在日常生活中如何做人、做事以及如何进行业余活动。而所有这些生活活动，他都强调要

---

[1]　朱光潜：《谈美》，合肥：安徽教育出版社 1997 年版，第 146 页。

[2]　朱光潜：《谈美》，合肥：安徽教育出版社 1997 年版，第 149 页。

[3]　朱光潜：《谈美》，合肥：安徽教育出版社 1997 年版，第 151—152 页。

艺术化。在《给青年的十二封信》（1929）和《谈修养》（1943）等书中，他通过一系列主题阐述了如何生活。要言之，内要休养，要有志气、恻隐之心、羞恶之心、价值意识、冷静、趣味、谦虚、敬、英雄崇拜等；外要积极生活，追求生趣生机，并善于从事业余活动。如何能做到艺术化呢？他的主要策略是整体化、情趣化。

1. 整体化

他深受中国哲学影响，认为生命就是化，就是流动与变易。整个宇宙都是在化，物在化，人在化，"我"也在化。所以，"严格地说，世间没有一件不自然的事，也没有一件事能不自然。因为这个道理，全体宇宙才是一个整一融贯的有机体，大化运行才是一部和谐的交响曲，而 cosmos 不是 chaos。人最聪明的办法是与自然合拍……"[1] 正因为此，每个人在自己的生活中，都要让所作所为融入到这个整体之中。

问题是，现实之中我们总感觉不到世界像他上文所说的那样和谐，相反，世界处处不完美不和谐，为此，他告诫我们要换个角度看。在其处女作《无言之美》中，他说："我们所居的世界是最完美的，就因为它是最不完美的。"[2] 世界如果完美，人类的生活就会变得单调至极，毫无生机，世界之所以完美，是因为它有缺陷，从而提供了人类希望的可能性。

那么在一个有缺陷的世界里，如何才能做到艺术化呢？他提供了一个做事大原则：从混乱中创秩序。"人的一切有意义有价值的活动，像上帝创世一样，都是从紊乱中创出秩序"，他进而推广开来，认为"一切人工设施，一切社会制度，一切合理的生活，都是一种艺术，都是从紊乱中所挣扎出来的秩序"。[3] 所谓秩序，还是与整体相连，因为任何秩序都从属于一个整体。秩序是将部分合理地安排在一个整体框架中，且让整体和部分融会贯通。为此，他提供了一系列的实践之道：落实到做学问，就必须要使知识有机化，使其成为一个有生命的整体；[4] 落实到交往，就是要善于摆正与他者之间的关系，即要善于处群；[5] 落实到日常生活就是要有规律，饮

---

[1] 朱光潜：《生命》，载《朱光潜人生九论》，北京：人民文学出版社 2011 年版，第 100 页。

[2] 朱光潜：《谈人生与我》，载《朱光潜人生九论》，北京：人民文学出版社 2011 年版，第 5 页。

[3] 朱光潜：《在混乱中创秩序》，载《朱光潜人生九论》，北京：人民文学出版社 2011 年版，第 149 页。

[4] 朱光潜：《知识的有机化》，载《朱光潜人生九论》，北京：人民文学出版社 2011 年版，第 285 页。

[5] 朱光潜关于处群，写过三篇文章，参见《朱光潜人生九论》，北京：人民文学出版社 2011 年版，第 219—235 页。

食起居，劳作休息，都须有一定的时间，一定的分量，一定的节奏；[1]落实到教育，就是以均衡发展身心都健全的"全人"为目的，等等。

2. 情趣化

在他的著述中，"情趣"、"趣味"、"兴趣"等词的使用率极高。艺术是情趣的活动，艺术的生活也就是有丰富情趣的生活，"人生的艺术化就是人生的情趣化"[2]。为了让日常生活富有情趣，他提供了一些切实可行的策略，最值得重视的有三点。

第一，情趣发生的基础是健康的身心。他认为生命是一个有机体，身心不可分离，精神的破产必然起于身体的破产。体魄强壮，精神自然饱满。任何事要想做得好，做时必须精神饱满，这样工作才能成为乐事。在《谈体育》一文中，他详细地论述了健康的体魄对于人的重要性。他认为身体不健全，即便聪明的智慧也无法高效运行，而且身体羸弱不仅影响到性情和人生观，还可能导致德性的亏缺。要想身体好，父母得注意优生，后天培养也很重要，他提供了三条建议：营养必须适宜，生活必须有规律，心境必须宽和冲淡。他有感于自己耽于读书致使体格羸弱的教训，多次提醒人们要锻炼身体，要让运动成为每个人日常生活的一部分，就像吃饭睡觉一样。

第二，学会"优游涵泳"，做到动静有道。关于静与动，他写了好几篇文章。他认为现代人的毛病是"勤有余劳，心无偶闲"，致使生活索然无味，身心疲惫。所以要学会慢下来，学会静下来，所谓静，便是指"心界的空灵"，而不是指物界的沉寂，静的休养可以使人领略到世界的趣味。可是光静也不行，"愁生于郁，解愁的方法在泄；郁由于静止，求泄的方法在动"[3]。他在此表达的生活之道，实即古人所谓一张一弛之道。他告诫我们："人须有生趣才能有生机。生趣是在生活中所领略的快乐，生机是生活发扬所需要的力量。"[4]为此，他特别重视消遣和娱乐游戏对于人的重要性。消遣就是娱乐，无可消遣就会苦闷，"一个人如果有正当的游戏和娱乐，对于生活兴趣一定浓厚，心境一定没有忧郁或厌倦，精神一定发扬活泼，做事一定能勇往直前"[5]。从中可以得到的启示是：在忙碌的现代社会，我们不仅要

---

[1]　朱光潜：《谈体育》，载《朱光潜人生九论》，北京：人民文学出版社2011年版，第84页。

[2]　朱光潜：《谈美》，合肥：安徽教育出版社1997年版，第152页。

[3]　朱光潜：《谈动》，载《朱光潜人生九论》，北京：人民文学出版社2011年版，第66页。

[4]　朱光潜：《谈休息》，载《朱光潜人生九论》，北京：人民文学出版社2011年版，第74页。

[5]　朱光潜：《游戏与娱乐》，载《朱光潜人生九论》，北京：人民文学出版社2011年版，第93页。

适应时代节奏，让自己"动"起来忙起来，找到自己的事业；同时也要注意让自己"静"下来，怀抱一颗悠闲的心，能领略生活的情趣，学会休闲和娱乐，以此滋养身心，以便更好地从事喜欢的工作和事业。

第三，培养趣味的最佳途径是读诗。一个人的趣味固然有先天因素，但也可后天培养。诗人和艺术家的眼睛能点铁成金，在平凡中发现神奇。虽然诗在他眼里常常是作为艺术的本性，但他更倾心于作为一种文学题材的诗歌。诗歌被他赋予了崇高的使命，"诗是培养趣味的最好的媒介，能欣赏诗的人们不但对于其他种种文学可有真确的了解，而且也绝不会觉得人生是一件干枯的东西"[1]。近年来随着国学热升温，朗诵古文一时成为潮流，朱光潜上述思想理应引起重视。我们诵读古诗文，不仅仅是传承传统思想精华，更应该通过诗人之眼发现世界的神奇及趣味，进而培养生活情趣。

其次，如何在欣赏层面做到人生的艺术化？

这牵涉如何观照自己以及身外的世界。在《谈人生与我》一篇中，他谈及两种看待自己的人生的方法："在第一种方法里，我把我自己摆在前台，和世界一切人和物在一块儿玩把戏；在第二种方法里，我把我自己摆在后台，袖手看旁人在那儿装腔作势。"[2]在前台，把自己当作草木虫鱼一样顺着自然的本性生活，不以物喜不以己悲，生活就是为了生活，别无其他目的；在后台则是远远地看别人演戏，也把人和物一律看待，是非善恶都失去了意义。无论前台后台，上述两种看待人生的方法都将世界视作舞台，从而超脱于俗世的纷纷攘攘。

在《谈冷静》一文中，作者不再以打比方来谈，而是明确提出了他的观世法和观"我"法："让'我'跳到圈子以外，不当作世界里有'我'而去看世界，还是把'我'与类似'我'的一切东西同样看待。这是文艺的观世法，也是我所学得的观世法。"紧接着，他补充指出不仅要丢开"我"看世界，也应该丢开"我"来看"我"："'我'是一个最可宝贵也是最难对付的东西。一个人不能无'我'，无'我'便是无主见，无人格。一个人也不能执'我'，执'我'便是持成见，逞意气，做学问不易精进，做事业也不易成功。"[3]如何观照自己可谓之观"我"法，如何观

---

[1]　朱光潜：《谈读诗与趣味的培养》，载《朱光潜人生九论》，北京：人民文学出版社2011年版，第267页。

[2]　朱光潜：《谈人生与我》，载《朱光潜人生九论》，北京：人民文学出版社2011年版，第3页。

[3]　朱光潜：《谈冷静》，载《朱光潜人生九论》，北京：人民文学出版社2011年版，第26页。

照世界可谓观世法，这两者水乳交融，我们以观世法来统称。

虽然他多次谈到上述观世法是从文艺中得来的，并且让他能够超脱日常生活获益良多。但问题是，其他人该怎么办呢？他们可能并没有读过什么文艺作品，尤其是青年人，如何面对一个烦闷枯燥甚至压抑的现实世界？为此，在《消除烦闷与超脱现实》一文中，朱光潜提出了三种超脱现实的方法：宗教信仰、美术以及孩子气。在他心中，最能超脱现实的三种人是宗教家、美术家和婴儿，[1] 后两种超脱所暗含的艺术性自不待言。让人疑惑的是，宗教的超脱也被他所重视，而且被认为是"最普通"的超脱之道，这似乎与人生的艺术化毫无关联。其实，在朱光潜的心中，生活中的一切都被打上艺术的烙印。既然他把哲学、科学都看成一种艺术活动，他何尝不是把宗教也看成了一种艺术活动呢？他看重宗教的地方就是"超脱现实"以及"陶冶情感"，而这些不也是艺术的看家本领吗？上述三种超脱现实之道，它们都能达到朱光潜自己所持的文艺观世法的效果，即"就积极方面说，超脱现实，就是养精蓄锐，为征服环境的预备。就消极方面说，超脱现实，就是消愁遣闷，把乐观、热心、毅力都保持住，不让环境征服"[2]。

然而，人生的艺术化不仅仅是超脱世界，更要感受世界。所谓感受，"是容许自然界事物感动我的感官和心灵"，感受也可以说是领略，"所谓领略，就是能在生活中寻出趣味"。[3] 很显然，超脱与感受相互联系、密不可分，超脱是因为世界烦闷压抑，而感受世界则是让人变得快乐起来，不至于烦闷。越超脱的人往往越能感受到世界的美好和趣味，而越能感受到生活之趣的人往往也越超脱。

也许有人会有疑问，在朱光潜的世界里好像是非善恶都被超脱了。其实不然，他一再强调严肃与豁达并重，该看轻的时候看轻，该重视的时候要严肃。对此，他说："我们主张人生的艺术化，就是主张对于人生的严肃主义。"[4]《谈羞恶之心》似乎就是回应人生艺术化所可能带来的伦理困境。他说对于世间是非善恶可以持有不同的态度，佛家的态度是超越尘世的众生平等；美感的态度则是视人生如戏剧图画，不做善恶判断；耶稣教徒的态度则是宽恕一切。普通人很难持有上述三种态度，

---

[1]　朱光潜：《消除烦闷与超脱现实》，载《朱光潜人生九论》，北京：人民文学出版社 2011 年版，第 241 页。

[2]　朱光潜：《消除烦闷与超脱现实》，载《朱光潜人生九论》，北京：人民文学出版社 2011 年版，第 242 页。

[3]　朱光潜：《谈静》，载《朱光潜人生九论》，北京：人民文学出版社 2011 年版，第 68 页。

[4]　朱光潜：《谈美》，合肥：安徽教育出版社 1997 年版，第 149 页。

但可以持有"羞恶之心",罪过如果在自己,应该忏悔;如果在旁人,也应深恶痛绝,并设法加以裁制。

综上所述,朱光潜既重视内心的休养,也讲究身体的锻炼,且都贯穿一个精神,那就是:使个体变得富有情趣,充满生命力,努力与造化融为一体。用他自己的话来说就是:"内具和谐而外具秩序的生活,从伦理观点看,是最善的;从美感观点看,也是最美的。"[1] 我想,这就是朱光潜"人生艺术化"思想的终极目标吧。

艺术的生活化

朱光潜有一种根深蒂固的观念:生活至上。以下两段话可做注脚:

> 生活对于有生之伦是唯一的要务,学问是为生活。[2]
>
> 我时常想,做学问,做事业,在人生中都只能是第二桩事。人生第一桩事是生活。我所谓"生活"是"享受",是"领略",是"培养生机"。假若为学问为事业而忘却生活,那种学问事业在人生中便失其真正意义与价值。因此,我们不应该把自己看作社会的机械。一味迎合社会需要而不顾自己兴趣的人,就没有明白这个简单的道理。[3]

何为"生活"呢?此处,朱光潜认为生活就是享受、领略、培养生机,似乎强调对外在生命力的感受。在《谈学问》中他又强调生活的精神性,他认为现代中国人错误地把生活看成口腹之养。孰不知,人之为人在于人有心灵或精神生活。[4] 在其82岁暮年之作《美学书简》中,他又对生活做了明确的界定:"一个活人时时刻刻要和外界事物(自然和社会)打交道,这就是生活。生活是人从实践到认识,又从认识到实践的不断反复流转的发展过程。"[5] 总的看来,虽然他认为生活理应是外在生活与内在生活的统一,但早期他较重视内在的精神生活,后期受马克思主义影响则重视外在的实践生活。

上述生活至上的观念必然影响到他对艺术的看法,即艺术也要为生活。为此,

---

[1] 朱光潜:《谈美感教育》,载《朱光潜人生九论》,北京:人民文学出版社 2011 年版,第 345 页。

[2] 朱光潜:《谈学问》,载《朱光潜人生九论》,北京:人民文学出版社 2011 年版,第 32 页。

[3] 朱光潜:《谈升学与选课》,载《朱光潜人生九论》,北京:人民文学出版社 2011 年版,第 336 页。

[4] 朱光潜:《谈学问》,载《朱光潜人生九论》,北京:人民文学出版社 2011 年版,第 32 页。

[5] 朱光潜:《谈美书简》,北京:北京出版社 2004 年版,第 21 页。

艺术必须要生活化，即必须全面呈现生活，才能让生活中的人认识生活、反思生活，进而重建更加美好的生活。

艺术如何才能生活化呢？上文说过，朱光潜在人生（生活）与艺术之间建立了一种双向的活的联系，而两者联系在一起的媒介便是它们最重要的三大共性：整体、情趣、人格。论人生的艺术化的时候，他是通过艺术之窗来观照人生；而当论及艺术的生活化时，他是通过生活之镜来观照艺术的。换言之，艺术和生活在他那里有一种互文性。艺术化和生活化都可以用整体化、情趣化和人格化来解读。接下来，我们分别来谈艺术生活化的三大方式：

1. 艺术的生活化就是艺术的整体化

艺术为什么要整体化呢？因为人是一个整体，人的生活也是整体。人生的多方面都是相互和谐的整体，完美的人生是实用、科学和美感活动的平均发展。这种整体观实际上是一种有机观，它是朱光潜早期就信仰的世界观。晚年他在马克思的思想中也找到了相似的注脚。马克思说过："人是用全面的方式，因而是作为整体的人，来掌握他的全面本质。"他认为"人的整体"观点也是文艺方面的一条基本规律。[1]为此，朱光潜引用歌德如下一段话来加以强调："人是一个整体，一个多方面的内在联系着的各种能力的统一体。艺术作品必须向人这个整体说话，必须适应人的这种丰富的统一体，这种单一的杂多。"[2]

鉴于此，艺术作品的创作和欣赏都必须注重整体性。他多次谈及其观世法来自文艺，即文艺教会了他如何观照世界。何以如此呢？他认为"文学是一种与人生最密切相关的艺术"[3]。更重要的是，文艺全面地揭示了生活的真实性（或曰生活之道）。他说："如果释'道'为人生世相的道理，文学就绝不能离开'道'，'道'就是文学的真实性。志为心之所之，也就要合乎'道'，情感思想的真实本身就是'道'，所以'言志'即'载道'。"[4]在此，朱光潜把"文以载道"与"诗言志"统一起来，暗示了生活之道不仅是外在人生世相的真实，也是内在思想情感的真实。他又说："在艺术作品中人情和物理要融成一气，才能产生一个完整的境界。"[5]这意味着生

---

[1]　朱光潜：《谈美书简》，北京：北京出版社 2004 年版，第 43 页。

[2]　朱光潜：《谈美书简》，北京：北京出版社 2004 年版，第 28 页。

[3]　朱光潜：《文学与人生》，载《朱光潜人生九论》，北京：人民文学出版社 2011 年版，第 300 页。

[4]　朱光潜：《文学与人生》，载《朱光潜人生九论》，北京：人民文学出版社 2011 年版，第 304 页。

[5]　朱光潜：《谈美》，合肥：安徽教育出版社 1997 年版，第 109 页。

活之道也是人情与物理的统一。质言之，只有做到人情练达世事洞明，才能创作出伟大的艺术。

文艺作品的整体性不仅体现在内容上全面揭示生活之道，也体现在形式上的整体性。他认为文艺作品是"旧经验的新综合"，是把各种散漫凌乱的意象通过情感综合成和谐的整体。因此，"凡是文艺作品都不能拆开来看，说某一笔平凡，某一句警辟，因为完整的全体中各部分都是相依为命的"[1]。由此可见，朱光潜是反对"摘句"的。但在 1935 年他却因为极力推崇钱起"曲终人不见，江上数峰青"而遭到鲁迅的批评。鲁迅认为评论一首诗，一篇文章，最好顾及全篇，并顾及作者全人以及他所处的社会状态，朱光潜只顾"摘句"分析而不顾诗歌全篇，有割裂之嫌。朱光潜当时并未回应而是保持沉默。1941 年，此时鲁迅已经去世，朱光潜谈及这段文案时，说一首诗不可能句句都好，它应该是一首有起伏、有回旋、有高潮的乐曲，戏剧、绘画莫不如此。古诗往往以名句形式流传，这并不等于割裂诗的全篇，恰恰是在全篇烘托下才能产生了名句。[2] 艺术作品是作为一个整体而存在，但其高潮（最精彩）部分却往往最能打动人。

由此观之，从内容到形式，从创作到欣赏，艺术都显示出它的整体性，而此整体性是与生活的整体性密切相关。不仅如此，艺术的整体性往往又由情趣和人格灌注而成。

2. 艺术的生活化也是艺术的情趣化（趣味化）

艺术为什么要情趣化呢？因为生命本身充满无穷的情趣。生命原就是化，就是流动与变易。"'生命'是与'活动'同义的，活动愈自由生命也就愈有意义。"[3] 他对变动不居、自由开放的生命情有独钟，这就不难理解为什么他一再反对单调和枯燥乏味了。"趣味是对于生命的彻悟和留恋，生命时时刻刻都在进展和创化，趣味也就要时时刻刻在进展和创化。"[4] 流动的生命必然充满新奇和趣味。但日常生活中，人们被功利遮蔽了双眼看不到生活之趣，而艺术就是要把生命趣味表现出来。因此，朱光潜谈文艺总是将其与生命、情感、趣味等联系在一起，以下这些语录都可作为

---

[1]　朱光潜：《谈美书简》，北京：北京出版社 2004 年版，第 112 页。

[2]　朱洪：《朱光潜大传》，北京：人民日报出版社 2012 年版，第 153 页。

[3]　朱光潜：《谈美》，合肥：安徽教育出版社 1997 年版，第 19 页。

[4]　朱光潜：《谈读诗与趣味的培养》，载《朱光潜人生九论》，北京：人民文学出版社2011年版，第266页。

艺术情趣化的注脚：

> 所谓"诗"并无深文奥义，它只是在人生世相中见出某一点特别新鲜有趣便把它描绘出来。[1]
>
> 情感是生生不息的，意象也是生生不息的……诗是生命的表现。[2]
>
> 抓住某一时刻的新鲜景象与兴趣而给以永恒的表现，这就是文艺。[3]

既然艺术表现了生活中的新奇情趣，而情趣又是在不断变化更新的，那么艺术的情趣化就必须反对呆板、俗滥与偏狭。从主体角度看，从事文艺的人一开始趣味不能不偏，但最后却要能不偏。趣味无争辩，文艺批评者虽然不可抹杀私人趣味，但始终拘于一家之趣也成问题。文艺的标准就是"从极偏走到极不偏，能凭空俯视一切门户派别者的趣味"[4]。从客体角度来看，艺术必须寻求不断突破创新。为此，朱光潜告诫我们："一种艺术变成僵死腐化的趣味的寄生之所，它怎能有进展开发？怎能不随之僵死腐化？"[5]

总之，在他眼里，世界是一个生命的舞台，充满生机活力，趣味横生，但常人往往感受不到，艺术的使命之一便是，在平凡中见神奇，把流动的生命趣味呈现出来。

3. 艺术的生活化也是艺术的人格化

朱光潜谈文说艺论人生，都有一个前提，那就是无论做什么，首先须做好人。晚年他在回答"怎样学美学"这个问题时，强调指出："一切不老实的人做任何需要实事求是的科学工作都不会走上正路的。"所谓老实，也就是端正人生态度，认清方向，认认真真，踏踏实实。[6]这与他早年说人生艺术化也是严肃主义可谓一脉相承，他给自己取名"孟实"也是为了勉励自己要"实"。

要做好人必须要有"人格"。朱光潜说："艺术的完整性在生活中叫作 '人格'。

[1] 朱光潜：《谈读诗与趣味的培养》，载《朱光潜人生九论》，北京：人民文学出版社 2011 年版，第 266 页。

[2] 朱光潜：《谈美》，合肥：安徽教育出版社 1997 年版，第 110 页。

[3] 朱光潜：《文学与人生》，载《朱光潜人生九论》，北京：人民文学出版社 2011 年版，第 305 页。

[4] 朱光潜：《谈趣味》，载《朱光潜人生九论》，北京：人民文学出版社 2011 年版，第 44 页。

[5] 朱光潜：《谈读诗与趣味的培养》，载《朱光潜人生九论》，北京：人民文学出版社 2011 年版，第 266 页。

[6] 朱光潜：《谈美书简》，北京：北京出版社 2004 年版，第 4 页。

凡是完美的生活都是人格的表现。"[1] 他在此想说明，人格是一个整体，现实生活中人的每一个行为，无论大小，都是人格的体现。他举例说，陶渊明不为五斗米折腰，苏格拉底临刑前嘱咐还邻居一只鸡的债，这些日常细节都是他们人格的体现。"艺术的完整性在生活中叫作'人格'"这句话应该有两层意思：一是说文章作为一个整体，其中的每一个部分都与整体协调，就像人格在现实生活中表现为每一个日常细节一样；另一层意思是艺术的完整性依赖于生活中的人格。什么样的人会创作出什么样的艺术，所谓"风格就是人格"。拿文学来说，"文学是人格的流露"，一个文人首先得是一个人，须有学问和经验铸就丰富的精神生活，在此基础上，才能成就他独到的风格。[2] 由此，艺术的人格化也可说是艺术的风格化。

那么朱光潜心中的理想人格体现在什么人身上呢？英雄。他将英雄审美化，将之与崇高感联系起来。当我们有崇高的感觉时，会突然发现对象的无限伟大，而自己却无比渺小，由此自惭形秽，进而可能努力提升自己的境界。英雄常在我们心中煽燃敬贤向上的光焰，"常提醒我们人性尊严的意识，将我们提升到高贵境界"，所以说英雄是学做人的好模型。[3] 最能体现英雄性格的艺术便是悲剧，悲剧把生活的苦恼和死的幻灭通过放大镜折射出来，"苦闷的呼号变成庄严灿烂的意象，霎时间使人脱开现实的重压而游魂于幻境"[4]。尽管如此，英雄只是一个梦想，因为绝大多数的人只是活在平凡的世界里。

对于平凡之人，什么才是最重要的呢？本色自然。在《谈美》中，他将人心之坏的矛头对准了"未能免俗"。《谈美》的主题其实就是以美治俗，从而达到人生的艺术化。在作者眼里，一个人最不能让人忍受的地方就是俗，缺乏美感的修养。所谓俗，"无非就是像蛆钻粪似地求温饱，不能以'无所为而为'的精神作高尚纯洁的企求"[5]。由此，好艺术理应本色自然而非俗滥。作者曾批评当时文学的三大流

---

[1] 朱光潜：《谈美》，合肥：安徽教育出版社 1997 年版，第 146 页。

[2] 朱光潜：《从我怎样学国文说起》，载《朱光潜人生九论》，北京：人民文学出版社 2011 年版，第 276 页。

[3] 朱光潜：《谈英雄崇拜》，载《朱光潜人生九论》，北京：人民文学出版社 2011 年版，第 111—112 页。

[4] 朱光潜：《悲剧和人生的距离》，载《朱光潜人生九论》，北京：人民文学出版社 2011 年版，第 139 页。

[5] 朱光潜：《谈美》，合肥：安徽教育出版社 1997 年版，第 11 页。

弊：陈腐、虚伪，油滑。[1] 这三点其实分别暗含他竭力宣扬的三条做人准则：活力、真诚、严肃。

总而言之，艺术的人格化，是说艺术应该努力拥有完美人格所具有的一系列优点，像英雄一样提升人，像美一样净化人。

如果我们把生活与艺术间的双向关系（生活↔艺术）细分一下，可以衍生一个连续的过程："生活 1→艺术→生活 2"。"生活 1"是艺术的发源地，不仅在发生学上如此，在创作论里也是如此；"生活 2"是艺术的归宿，然而作为归宿的"生活 2"，完全不同于"生活 1"了，它是一种艺术化的生活。"生活 1→艺术"即"艺术的生活化"，"艺术→生活 2"即"人生的艺术化"。[2] 在卢卡奇论述艺术感受体验的后续过程时，认为艺术经验是"从生活到生活"的循环流程，即"人的生活作为这一循环流程的出发点和终点，构成了自在存在向为我们存在的审美变换本质的基础"[3]。卢卡奇此处所论与朱光潜上述观点如出一辙，都强调了生活在艺术中的本体地位，即源于生活，归于生活。综上所论，人生艺术化和艺术生活化二者缺一不可，共同组成了朱光潜的生活诗学。

言行合一的生活家

朱光潜的贡献不仅仅是融贯中西，在理论上建立了文艺与生活之间的双向联系，更是用一生实践了自己的思想和信念，从而在理论与生活之间实现了双向互动。他的理论渗透到他的日常生活之中，更有甚者，他的理论也随着生活变迁而相应地丰富和发展。

众所周知，1949 年之后朱光潜走向了马克思主义，但是否意味着他成为一名"坚定的马克思主义者"呢？ 1983 年朱光潜赴香港参加第五届"钱宾四先生学术文化讲座"时，他主讲《维科的〈新科学〉及其对中西美学的影响》，报告一开始他就声明："我不是一个共产党员，但是一个马克思主义者。"后来胡乔木在一篇文章中说："这

---

[1]　朱光潜：《流行文学三弊》，载《朱光潜人生九论》，北京：人民文学出版社 2011 年版，第 326 页。

[2]　朱光潜之所以没有明确提出"艺术的生活化"，笔者觉得可能有两个原因：一是"人生的艺术化"是他最重视的生活观念；二是"艺术的生活化"的具体内涵基本上都内在于"人生的艺术化"的论述中，因为他是通过艺术的视角来论人生的，所以就必然会涉及什么是优秀艺术的问题，而优秀的艺术便是生活化的艺术。

[3]　卢卡奇：《审美特性》，徐恒醇译，北京：社会科学文献出版社 2015 年版，第 588 页。

可以作为他后半生的定论。"[1] 正因为这些言论,建国之后的朱光潜便被说成了一位马克思主义者。

但我们同样能找到朱光潜身上非马克思主义的元素,或者说马克思主义之外的许多元素。他在 82 岁暮年之作《谈美书简》中说过:"只学马克思主义而不学其他,也绝学不通马克思主义。"[2] 这暗示出朱光潜内心绝不仅仅只有马克思主义。事实也的确如此,他一直是一个兼收并蓄的大家。如果马克思主义意味着唯物主义,蔡仪的美在客观说无疑是马克思主义,而朱光潜美的主客观统一说则并不完全符合,因为主观性在他那里有着很强的统摄作用。如果说马克思主义强调辩证统一,强调整体,那么在此意以上,朱光潜可谓马克思主义者。所以,我们是否可以说,朱光潜的美学一直是累积式发展。从早期的黑格尔、克罗齐、叔本华、尼采到晚年的马克思、维柯,朱光潜一直在借助新的视角,一方面审视和批判自己以前的思想,另一方面综合各种因素来发展自己的美学思想。

解放后朱光潜之所以选择马克思主义,其实也是形势所迫。他在 86 岁时为《悲剧心理学》中译本写的自序中就非常自责,坦言自己留学回国后少谈叔本华和尼采,是因为自己"有顾忌,胆怯,不诚实"[3]。频发出现的思想改造运动让朱光潜选择了马克思主义借以保全自己,同时也借机丰富了自己的学术思想。这可谓是现实生活对其理论的反作用,而理论对其生活的反作用就更加明显了。在当代美学家中,朱光潜难能可贵地做到了言行合一。说他是言行合一的生活家,绝不为过。

早年他就表示自己的生活信条是"三此主义":此身应该做而且能够做的事情就让此身(自己)做,不能推诿给别人;此时应该做而且能够做的事情就得此时做,不要拖延到将来;此地应该做而且能够做的事情就在此地做,不能推诿到想象的环境中去做,一言以蔽之就是"从现世修来世"。朱光潜承认"三此主义"有着很强的实干精神和入世情怀,是一个极其现实的主义,本分人做本分事,脚踏实地,毫无浪漫情调。[4] 看起来好像与"人生的艺术化"格格不入。事实并非如此,虽然 "三此主义"重视的是"入世的事业",但朱光潜并没有忽视"出世的精神",《谈美》

---

[1] 朱光潜:《谈美书简》,李醒尘序言,北京:北京出版社 2004 年版,第 4 页。

[2] 朱光潜:《谈美书简》,北京:北京出版社 2004 年版,第 35 页。

[3] 朱光潜:《朱光潜全集(第 2 卷)》,合肥:安徽教育出版社 1992 年版,第 210 页。

[4] 朱光潜《谈立志》,载《朱光潜人生九论》,北京:人民文学出版社 2011 年版,第 11 页;朱光潜:《给〈申报周刊〉的青年读者》,载《朱光潜人生九论》,北京:人民文学出版社 2011 年版,第 326 页。

一开篇他就高屋建瓴，指出"人要有出世的精神才可以做入世的事业"[1]。朱光潜绝非出世之人，相反他一直是一个积极入世的人，不过他的入世是借助于出世而达到的。[2]

在观念或理论层面，他借助"艺术的生活化"吸取文艺的精华，从而达到"人生的艺术化"境界，这一境界正是他所需要的"出世的精神"。在现实生活中，他正是凭借出世的精神，做出了令人高山仰止的成就。纵观其一生，最能体现其思想的是以下三大实践活动：

关爱生命，怡养身心。朱光潜生于 1897 年，逝于 1986 年，享年 90 岁。小时候身体虚弱多病，他曾说大半生都在同肠胃病、关节炎以及失眠症做斗争。身体弱不禁风，但他却非常关注身体，有着强烈的生命意识。早年在一篇文章中他说出了身体带来的烦恼："这十几年以来，我差不多天天受从前藐视体育所应得的惩罚。每年总要闹几次病，体重始终没有超过八十斤，年纪刚过三十，头发就白了一大半；劳作稍过度，就觉得十分困倦。"由此，他现身说法，希望广大青年不要重蹈覆辙，语重心长地告诫他们：身体好，什么事都可能办好；身体不好，什么事都做不好。

那么他本人如何锻炼身体的呢？他不喜欢剧烈快速的运动。抗战时期在成都，他住在皇城菊园四川大学教师宿舍，那里一个会议厅有一个乒乓球台，大家无事时可以打打球，周煦良、卞之琳、谢文炳等人时常去打。但朱光潜不喜欢乒乓球，他喜欢散步、慢跑、打太极拳，而且还喜欢喝点小酒，几十年如一日，他一直坚持这些爱好。"文革"期间，朱光潜和冯友兰、季羡林等人关在"牛棚"里，他睡在水泥地上，腰部几乎瘫痪。天天扫厕所、听训、挨批斗、写检讨。经历一场大病险些送命，但他始终保持乐观态度，坚持慢跑、打简易太极拳和做气功之类的简单锻炼，身体也逐渐恢复过来。在季羡林眼里，他锻炼身体自有一套方术，佛道沟通，东西兼备。早晨，他偷偷跑到一个角落，打太极拳一类自己设计的动作。晚上睡下后，季羡林发现他总在被窝里胡折腾，不知道搞些什么名堂。[3]

1971 年朱光潜正式"解放"，75 岁的他，瘦弱不堪。从 1973 年他写给在安徽师范大学教书的老同学章道衡的信中，可以窥见那几年他的身体状态："微躯尚健，

---

[1] 朱光潜：《谈美》，合肥：安徽教育出版社 1997 年版，第 10 页。

[2] 关于朱光潜的"出世"与"入世"，参见夏中义：《论朱光潜的"出世"与"入世"——兼论朱光潜在民国时期的人格角色变奏》，载《文学评论》2009 年第 3 期。夏中义主要结合朱光潜的著述来论述其"以出世的精神，做入世的事业"的道德期许。

[3] 朱洪：《朱光潜大传》，北京：人民日报出版社 2012 年版，第 320 页。

只是患白内障，阅读小字书有些吃力。到了老年，宜特别当心身体，适当营养和适当的运动都不可少。我每晨都要锻炼半小时，午后都要走几里路，有时还爬爬山，每晚还喝一两泡药的白酒。"[1]

身体和精神密切相关。朱光潜一再告诫人们："精神的破产毕竟起于身体的破产。"[2]锻炼身体，其实也锻炼了健康的精神，同时也滋养了浓郁的生活情趣。虽然并不精通音乐，但他很喜欢坐在闲人广众中听音乐，享受音乐带来的魅力，尤其是感受音乐韵律对其筋肉带来的快乐。他还是一个很有情趣的老师，齐邦媛在《巨流河》中深情回忆了不少关于朱光潜的往事。抗战时期在武汉大学，他教"英诗"课，有一次教华兹华斯的《玛格丽特的悲苦》，读着读着，他竟然语带哽咽，稍微停顿又继续读，读完最后两行，他取下眼镜，眼泪流下双颊，突然把书合上，快步走出教室，留下满室学生惊愕无语。[3]情趣情趣，没有情何来趣呢！课上动情流泪，而课下的朱光潜也让学生无限怀念。有一年深秋，他邀请齐邦媛等几个学生去他家喝茶。走进院子，他们发现地上积着厚厚的落叶，走上去飒飒作响，有一位男同学拿起一把扫帚说："我帮老师扫枯叶。"朱光潜见状立刻阻止说："我等了好久才存了这么多落叶，晚上在书房看书，可以听见雨落下来，风卷起的声音。这个记忆，比读许多秋天境界的诗更为生动、深刻。"[4]上述日常细节足以见证朱光潜是一个有情有趣的人。宗璞曾经回忆，"文革"时有一次和他去看电影《万紫嫣红》，回来路上他像个孩子赞叹电影中的民间歌舞。他说话的神气，对生活充满浓厚的感情和活泼的兴趣，给宗璞留下了深刻的印象。[5]

朱光潜曾经说过："性情在怡养的状态中，它必定是健旺的，生发的，快乐的。"[6]很显然，他做到了这点，虽然身体瘦弱，但始终乐观，且善于给生活增添情趣。同时，他身上固有的人文情趣反过来也深深地滋养了他的身心。

积极生活，不负我心。朱光潜终生辛勤耕耘，从未中断。早年从香港大学毕业后就从事教育，与志同道合者一起创办立达学园和开明书店。1925年夏考取安徽教育厅官费留学，欧洲留学8年期间（1925—1933年），取得博士学位，写作和翻译

[1] 朱洪：《朱光潜大传》，北京：人民日报出版社2012年版，第331页。
[2] 朱光潜：《谈体育》，载《朱光潜人生九论》，北京：人民文学出版社2011年版，第83页。
[3] 齐邦媛：《巨流河》，北京：生活·读书·新知三联书店2011年版，第113页。
[4] 齐邦媛：《巨流河》，北京：生活·读书·新知三联书店2011年版，第139页。
[5] 朱洪：《朱光潜大传》，北京：人民日报出版社2012年版，第332页。
[6] 朱光潜：《文学与人生》，载《朱光潜人生九论》，北京：人民文学出版社2011年版，第303页。

的作品共计 11 部。回国后，先后执教北京大学、四川大学和武汉大学，言传身教，感染和培育了无数英才。解放时，53 岁的他开始了新的生活，为了全面深入学习马克思主义，他又自学俄文。"文革"结束时，他已经 80 岁，仍然努力工作。83 岁高龄时，他还动手翻译 40 万字的维柯巨著《新科学》，每天翻译一两千字，后来病情不断，每天只能译几百字，前后花了 3 年时间。1985 年秋，也就是在他逝世的前半年，他还在《中国老年》杂志上发表《老而不僵》一文，呼吁老年朋友加强锻炼，找点事情干，做到老而不僵。老而不僵，这何尝不是朱光潜自我的写照呢！

　　积极生活的他始终拥有一颗自由的心。正是对自由与民主的热爱使他更加投入追求自己想要的生活，勇于反抗专制。科塞在《理念人》中指出，知识分子的标志是"批判精神和不受束缚"，知识分子的独立性"建立在对社会赖以存在的理想和中心价值的深切关心之上"。[1] 知识分子的这些特征在朱光潜身上也非常明显地体现出来。他不仅从封建包办的婚姻中脱离出来，勇于追求自己的幸福。更有甚者，他总是将自己的言行著述与整个国家的强盛和真善美的传播密切联系起来。解放前投身教育，宣扬教育独立民主和自由；1924 年为反对校长随便开除学生，不惜辞去白马湖春晖中学教职；1939 年为反对"党化教育"的程天放就任四川大学，草拟罢教宣言，最终辞职；1948 年解放前夕，他又与 16 位教授联名发表《中国的出路》，主张经济平等、政治民主和知识的自由。即便建国后一度遭受批判，犹如困兽，他也始终保持一颗自由高贵的心，从不同流合污。"文革"中拒绝参加"梁效"写作班子。从 1957 年到"文革"结束，尤其是在美学大讨论期间，对他的批判从未停止，但他一方面虚心学习，一方面又积极认真地参加讨论，"有来必往，无批不辩"[2]。这不仅体现了他的自我批判意识，而且也体现了他对真理永不放弃和积极探索的精神。"生命就是一种无底止的奋斗"[3]，他用一生实现了自己早年的断言，真正做到了生命不息奋斗不止。

　　随方就圆，超然处世。小时候旧式家庭的严格教育，使他从小养成一种怯懦、谨小慎微的性格。受父亲和道家思想的影响，他很早就抱有一种超然无为的信念。不过在后来，超然无为又加进许多新的元素，既有东方的佛学禅意，也有西方的克罗齐、尼采、叔本华等人的思想。这些因素综合起来，使他在超然之中透露一股韧性，

[1]　[美] 科塞：《理念人》，郭方等译，北京：中央编译出版社 2004 年版，第 394 页。

[2]　朱洪：《朱光潜大传》，北京：人民日报出版社 2012 年版，第 267 页。

[3]　朱光潜：《民族的生命力》，载《朱光潜人生九论》，北京：人民文学出版社 2011 年版，第 89 页。

一股积极乐观的人生态度。

他早年思想极其自由，超越于党派和政治纷争。没有加入任何党派活动，与左派右派都有交往。然而命运却在后来和他开了一个玩笑，1942年他任武汉大学教务长不久，因为曾反对程天放，国民政府教育部部长陈立夫就此责备武汉大学校长王星拱。王校长为息事宁人，劝说朱光潜加入国民党，说只是一个名义。为了学校的稳定，他答应加入国民党，并天真地声明"只居名义，不参加任何活动"。然而，国民党的身份给他的后半生带来灾难性的后果。建国后他不断地检讨自己，但仍不断受到批判，可他总能够超然应对。

1951年开展的知识分子思想改造运动中，他很快就成为典型。事后学生朱虹回忆说，他"总是神态自若，毫无沮丧的神情"[1]。1967年朱光潜和翦伯赞、冯定、冯友兰成了北京大学"四大反动学术权威"，开批斗会时，四个年龄都是70岁的老人，集中站在台上，一站就是两个多小时。四人中翦伯赞、冯定、冯友兰都怒形于色，唯有他显出将生死置之度外的从容神态。据艾珉回忆，翦伯赞不堪忍受折磨自杀后，当问及"为何能这般从容"时，朱光潜微笑着说："人有时不得不面对自己无法左右的处境，那就只能平静地承受它。风物长宜放眼量，大海不可能永远风平浪静，也不可能永远是惊涛骇浪。再说，这样的冲击对我也有帮助，使我静下心来重新审视自己。"[2]而他一位朋友则评价说，他应付人事就像打太极拳，以柔制刚，不攻只守，随方就圆，善于就让。[3]笔者倒是更愿意相信，他能做到如此超脱，也得益于他所谓的文艺观世法："让'我'跳到圈子以外，不当作世界里有'我'而去看世界，而是把'我'与类似'我'的一切东西同样看待。"[4]

总的来看，朱光潜真正做到了言行合一，将一生过成了上等的艺术。怡养身体、积极生活、超然出世，是朱光潜留给后人最为重要的三大生活智慧。只有在健康身体的基础上，才能以出世精神做入世事业。出世不是目的，入世才是意义所在。

---

[1] 朱洪：《朱光潜大传》，北京：人民日报出版社2012年版，第248页。

[2] 朱洪：《朱光潜大传》，北京：人民日报出版社2012年版，第320页。

[3] 朱洪：《朱光潜大传》，北京：人民日报出版社2012年版，第320页。

[4] 朱光潜：《谈冷静》，载《朱光潜人生九论》，北京：人民文学出版社2011年版，第26页。

附录：中国现代诗歌研究导论

我们习惯上把建国之前的新诗称为中国现代诗歌，目前国内对其研究主要集中在四个方面：对中国现代诗学理论的研究，对中国现代诗歌特征的总体研究，对西方文明给予中国现代诗歌的影响的研究，对主要诗歌流派和具体作家作品的研究。

一、中国现代诗学理论

中国现代诗学的发生几乎是与新诗同步。胡适于 1919 年写的《谈新诗——八年来的一件大事》当年被称作现代诗学的金科玉律，比《尝试集》还早半年。文章揭示了中国新诗出现的历史必然性，讨论了新诗的"音节"构成，并探讨了新诗体式的特征和创作的方法，对新诗的初期创作与理论建设影响巨大。现代诗学最早产生影响的著作是草川未雨的《中国新诗坛的昨日、今日和明日》，田汉、宗白华、郭沫若的《三叶集》，特别是后者。[1]《三叶集》理论观点最主要的表述者是郭沫若，他深受西方浪漫主义影响，主要是师承歌德及其所代表的狂飙突进运动的浪漫主义精神。从五四新文学理论建设的背景的分析中，可以看出《三叶集》最早举起了浪漫主义的旗帜。[2]

新月派诗人闻一多对中国现代诗学的贡献历来备受重视。从英语写作的《律诗的研究》开始，对新诗形式的关注伴随了他的一生。1923 年，闻一多写了一篇后人不够注意的重要论文《女神之地方色彩》，提出从"今时"和"此地"去创造"既不同于今日以前的旧艺术，又不同于中国以外的洋艺术"的艺术。"今时"是时代性，"此地"是民族性，在与传统尽量拉开距离的时尚中提出"今时"，在"欧化"势不可当里提出"此地"，继承而又非古，借鉴而又非洋。闻一多对于格律诗与自

---

[1] 吕进、岩佐昌暲：《中国与日本：中国现代诗学的昨天与今天》，载《文艺研究》2007 年第 6 期。

[2] 陈永志：《〈三叶集〉：新文学浪漫主义的第一面旗帜》，载《郭沫若学刊》2002 年第 1 期。

由诗、诗美的内在节奏与外在节奏以及诗歌表达中的限制与自由，都有许多精辟的论述。其所作《诗的格律》（1926）是中国现代诗学的经典文献，在这篇文章里，他提出了著名的诗歌"三美"主张。在新诗诞生十年之后，闻一多是新诗由"破格"到"创格"、由"摧枯拉朽"到"探寻新途"的一个桥梁，是新诗"创格"的第一人。尽管在他之前也有人提出过这方面的主张，可是影响不大，是闻一多开启了现代诗学的第二纪元。[1]

1940 年代，出现了四大诗论，即艾青的《诗论》（1941）、朱光潜的《诗论》（1943）、朱自清的《新诗杂话》（1944）和李广田的《诗的艺术》（1944）。四大诗论以及袁可嘉、胡风、穆旦、阿垅等人对诗歌的论述的出现，标志着现代诗学的成熟。

艾青的《诗论》是中国现代诗学批评史上第一部系统的诗学著作，在后来的几十年间，多次再版，并且译成多种文字，成为中国现代诗学的经典著作。此前的许多新诗理论往往没有完全成功地摆脱传统诗学的固有范畴，《诗论》使得中国现代诗学拥有了浓厚的现代色彩。艾青诗论致力于新诗美学体系的建立，确立了诗与现实、诗与时代等正确的审美关系，提倡诗的真善美统一，视诗的创作过程为复杂的形象思维化合过程，主张诗的形式应追求和谐、平衡，对诗人提出了高而严的要求，其美学体系相当系统、完整、独特。[2]

朱光潜的诗学观念生成于对内容与形式问题的关注，在其诗学体系的构建中，内容与形式之说亦经历了一个较大的变化，这一变化之后果体现于其诗学著作《诗论》中。[3] 朱光潜说《诗论》是他"自认为用功较多，比较有点独到见解的"著作。此书是他融合中西诗学的精华，尤其是对境界说的阐述，他取王国维的境界说来说诗，又以克罗齐的直觉说来补充，可谓王国维之后对境界说的又一次深入。[4]

李广田的《诗的艺术》共收入 5 篇文章，精彩处是对卞之琳和冯至的评论，尤其是对冯至《十四行集》的评论有独到之处。朱自清的"解诗学"颇有新意，后来的孙玉石在《中国现代诗歌艺术》[5] 中对其做了专门的研究。其《新诗杂话》收入文章 15 篇，最精华的是对诗的多义性的言说。朱自清提出，诗的多义性有两个层次：语言的多义性和诗本身的多义性。此外他对恢复诗的格律和诗的大众化的呼吁以及

---

[1] 吕进、岩佐昌暲：《中国与日本：中国现代诗学的昨天与今天》，载《文艺研究》2007 年第 6 期。
[2] 游友基：《艾青诗论：致力于新诗美学体系的建立》，载《浙江师范大学学报》2010 年第 4 期。
[3] 陈均：《"内容与形式"之论与朱光潜诗学观念的建构》，载《江汉大学学报》2008 年 1 期。
[4] 吕进、岩佐昌暲：《中国与日本：中国现代诗学的昨天与今天》，载《文艺研究》2007 年第 6 期。
[5] 孙玉石：《中国现代诗歌艺术》，武汉：长江文艺出版社 2007 年版。

多类诗歌并存的主张，都有诗学价值。

20世纪40年代，袁可嘉"新诗现代化"的提倡也是影响深远。他认为，现代诗歌显出高度综合的性质：强烈的自我意识中同样强烈的社会意识，现实描写与宗教情绪的结合，传统与当前的渗透，"大记忆"的有效启用，抽象思维与敏锐感觉的浑然不分，轻松严肃诸因素的陪衬烘托。袁可嘉诗学理论的逻辑起点是"人的文学"和艺术本体理论。他认为现代化的新诗是以传统、象征、玄学等因素共同构成的具有综合性特征的诗歌，实现新诗现代化的基本途径是新诗戏剧化，戏剧化诗歌的基本特征是间接性、迂回性、暗示性。[1]总之，袁可嘉借鉴西方现代派诗学理论，用包含的诗修正象征主义纯诗疏离现实的倾向，拓展了新诗的表现内容。他对人生经验与诗经验的关系、艺术的象征性、诗歌的玄学性等的论述，纠正了新诗大众化后偏离诗的本体发展的倾向。综合两股诗潮之后，他构建了一种中国式的现代诗学体系，即现代诗歌是现实、象征、玄学的新的综合传统。[2]

此外，穆木天的象征理论、胡风的"主观战斗精神"说、阿垅的诗歌形象论以及穆旦的"新的抒情"的提倡等，都是中国现代诗学的重要观念，至今仍然具有不可忽视的现实意义。

二、中国现代诗歌的特征

学界对中国现代诗歌的特征的总体研究主要在三个方面：一是其发展脉络的整体研究；二是就中国现代诗歌与中国传统文化的关系进行研究；三是对中国现代诗歌中的具体意象展开研究。

1. 对中国现代诗歌的发展从整体上加以研究

王泽龙从意象研究切入，对中国现代诗歌的发展做了深入的分析，他指出：20世纪20年代，诗歌意象艺术的探索，经历了一个与古代诗歌的意象传统纠结，从传统意象体系中突破，重新审视回应传统的过程。20世纪30年代，诗歌意象艺术，体现了对中国古代诗歌意象艺术传统与西方现代主义意象艺术的自觉兼容，体现了意象本体建构更全面、更自觉的意识。20世纪40年代，中国现代主义诗歌在意象感性形态向智性形态的现代性变革、意象视域的日常性、都市化的关注、意象思维的现代性生成等方面，全面推进了意象艺术现代化的深层发展。中国现代诗歌意象艺术

---

[1] 蒋登科：《论袁可嘉新诗现代化的诗学体系》，载《常熟高专学报》2001年第5期。

[2] 邹爱芳：《浅论袁可嘉对中国现代诗学体系的建构》，载《浙江社会科学》2009年第11期。

在化用民族传统与西方现代艺术中形成了民族化的现代性特质。[1] 王泽龙的专著《中国现代诗歌意象论》（中国社会科学出版社 2008 年版）选取意象论的视角，从意象诗学论、意象艺术发展论、意象艺术比较论三方面，展开对中国现代诗歌的系统研究，纵向的梳理与横向的比较相结合，宏观的理论概括与微观的文本细读相结合，将中国现代诗歌本体研究提升到一个新的高度。

把中国现代诗歌放到整个 20 世纪中对其发展历程的进行总体观照，许霆的研究成果也较有影响。许霆从诗体出发，研究集中在两本著作：《旋转飞升的陀螺——百年中国现代诗体流变史论》（人民文学出版社 2006 年版）和《趋向现代的步履——百年中国现代诗体流变综论》（南京师范大学出版社 2008 年版）。前者把现代诗体流变划分为若干时期，把各种诗体流变放到某一时期的社会意识和审美风尚背景中去叙述，在叙述具体诗体时注意把语言体式和精神品质有机地统一起来。后者则试图解释各种诗体自身流变的规律，尤其是突出语言体式的演变面貌。导论概述了作者对中国现代诗的诗体叙述、诗体分类、诗体格律和诗体期待等命题的思考；上编分析了各种诗体自身的流变史；下编则是关于我国现代诗体建设中若干重要问题的专题论述，包括新诗体式轮、新诗格律体、诗行排列论、诗体审美论、"诗体解放"论、诗体格局偏颇论等。此外，许霆还将百年中国现代诗学发展概括为六个诗学核心观念。六大诗学观念的联络与嬗变的叙述，提供了一个现代诗歌和诗学发展史的个性叙述和解释文本，为现代文学史的叙述提供了若干有益的启示。

也有些人借鉴巴赫金的复调理论，考察 20 世纪 20—40 年代的中国现代诗歌，指出它并不是线性地从象征主义发展到现代主义，而是存在着独白的诗和复调的诗的杂错与对话。前一种诗以李金发、戴望舒、卞之琳等为代表，他们的诗是个人的心灵史传，反映着诗人个人生活中的一系列精神事件；后一种诗以鲁迅（《野草》）、穆旦为代表，他们的诗是分裂世界中的思想对话，是把主体推向他所在的世界，推到他的对立面，通过对话性描写，展示比主体世界更为丰富的生存全景图。两种诗歌既分属不同的系统，又统一在相同的时空。二者的共存和对话，说明中国现代诗歌共时地展现着传统的文学气质和现代的文学心声，透露出 20 世纪中国文学仍属转型文学的信息。[2]

---

[1]　王泽龙：《中国现代诗歌意象艺术的嬗变及其特征》，载《天津社会科学》2009 年第 1 期。

[2]　李青果、周丹史：《独白与复调——20 世纪 20—40 年代中国现代诗歌新思考》，载《云梦学刊》2007 年第 6 期。

2. 对中国现代诗歌与中国传统诗歌关系加以研究

学界从意象入手分析中国现代诗歌对传统诗歌的继承与创新，已是成果丰硕。众所周知，古典诗歌的意象表现给了现代诗歌艺术以深刻的启迪，同时也成为现代诗歌意象所改造的对象。现代诗人一部分直接承继了古诗意象，但对其加以现代性的改造。更多的诗人则从相反的思路理解和营造意象，使得新诗的意象成为具有非传统化的、体现出现代意味的诗性载体。[1] 王泽龙从三个方面探讨了中国现代诗歌与中国古代诗歌意象艺术的承传关系。一是凝合于自然的意象审美心理；二是感物兴会的意象思维特征；三是意境化的意象审美旨趣。[2]

李怡额专著《中国现代新诗与古典诗歌传统（增订版）》（北京大学出版社2008年版）认为，中国现代新诗在思想、语言及审美形态上都与传统诗歌有很大的差异，但同时也有着更深刻的关联。从胡适等人与中国古典的"宋诗运动"之密切关系开始，中间经过了新月派、象征派、现代派之于晚唐五代诸传统的汲取，直到最"现代化"的中国新诗派，莫不留着中国古典诗歌精神的印记。该书着重为我们揭示这些或显豁或隐秘的古今诗学联系，以求为理解中国文学的现代处境提供新的思路。此外蒋寅也对现代诗歌与古典诗歌传统的关系进行了独到的阐释。[3]

3. 对中国现代诗歌中的一些具体的意象加以专门研究

20世纪中国社会生活的日益都市化、工业化变迁以及它所带来的人们内心世界的复杂化，是现代意象生成的土壤。20世纪20年代较少都市生活的意象诗，体现的是过渡期诗人与传统审美理想不易割舍的心理意绪；30年代意象的都市化蔚成风气，多体现为象征性内涵，作用于人们的心理体验；40年代的诗歌以九叶派诗歌为代表，都市意象较彻底地告别了传统诗词的乡土意象与山水意象情结，体现了现代社会复杂的人生经验与生命体验，现代诗歌意象具有了智性深度，表现了现代诗歌意象的现代性深层发展。现代诗歌的都市化意象，极大地促进了中国诗歌审美观念由传统向现代的蜕变。[4] 作为现代最大的文化符号，都市是一场同陈物质文明与精神文明的盛筵。现代都会语境衍生出的种种消费习俗与生活方式，丰富了新诗拓荒者的话语资源，拓展了他们的诗学经验。城市文化使得新诗有着不同于古典诗歌的全新境遇，

[1] 朱寿桐：《论中国现代诗歌对古典意象的继承与改造》，载《福建论坛》2001年第1期。
[2] 王泽龙：《中国现代诗歌与古代诗歌意象略论》，载《文学评论》2005年第5期。
[3] 蒋寅：《中国现代诗歌的传统因子》，载《文艺理论研究》2006年第3期。
[4] 王泽龙：《论中国现代诗歌意象的都市化特征》，载《人文杂志》2006年第4期。

并且改变了诗人认识世界、感觉世界的基本模式，促进着他们的现代精神体验和审美经验的形成。在追求前卫与创新的诗美过程中，现代诗人逐步确立起都市抒情主体的独立精神形象。[1]

除了上述都市意象之外，王本朝对现代诗歌关于上帝意象的想象与创造展开研究[2]，谭五昌从审美批评的角度，侧重从命运角度和社会批判角度，对 20 世纪中国新诗中死亡想像所包含的悲剧内涵做出具体的解读与分析。[3]此外，也有人关注到中国现代诗歌中存在着大量的女性意象，并从中国传统诗歌理论、传统诗歌创作、深层心理渊源等三个方面探讨了这种现象产生的原因。[4]

三、西方文明对中国现代诗歌的影响

中国现代诗歌的诞生，可以说是新文化运动的一个结果。但是中国现代诗歌的发展动力源自传统文化和外来文化的综合，尤其是西方文明所带来的冲击力。我们可以从以下两大方面来看西方文明对中国现代诗歌的重要影响。

1. 西方思潮对中国现代诗歌的影响

象征主义文学是我国新文学中影响最大也是介绍最早的一个派别，象征主义对新诗的影响受到人们普遍的关注。穆木天是现代文学史上最早系统引入象征主义诗歌理论的作者之一。在《什么是象征主义》一文中，穆木天这样概括象征主义诗学的基本特征：象征主义诗学的第一个特征，就是"交响"的追求。象征主义的诗人们以为在自然和人的心灵的各种形式之间存在着极复杂的交响。声、色、薰香、形影，都和人的心灵状态存在着极微妙的类似。[5]王光东认为，"忧郁的情思"里包含着"生活的热忱"，是中西象征主义文学所共同具有的突出特点。两者的不同在于：西方象征主义者的"忧郁"和"热忱"，来自于对社会的整体否定以及个人极端发展的强力意志精神，在"人与世界"这一永恒命题中思考人的意义和价值；而中国象征主义者却总是关注与"个性生命"密切相关的具体社会问题，个人精神所呈现出的"具体性"和"现实性"特点，使他们对人自身价值的理解没有达到西方象征主义者的高度，另一方面他们却表现出强烈的社会使命感。就其诗歌意境来说，中国象征主义不具

[1] 卢桢：《荒原上的诗意追求：中国现代诗歌的城市抒写》，载《渤海大学学报》2010 年第 3 期。
[2] 王本朝：《中国现代诗歌中的上帝意象》，载《文学评论》2006 年第 6 期。
[3] 谭五昌：《20 世纪中国新诗中死亡想像的审美之维》，载《中国文学研究》2008 年第 2 期。
[4] 缑英杰：《中国现代诗歌中的女性意象》，载《新乡学院学报》2009 年 5 期。
[5] 吴晓东：《"契合论"与中国现代诗歌》，载《中国文化研究》1995 年第 1 期。

有西方象征主义那种哲学意义上的完整性。在诗歌的写作过程中，中西象征主义虽然都追求诗的纯美理想，重视想象、比喻、暗示和音乐性等，但在中国的象征主义诗歌中，抒情与感觉更为重要。[1]中国不同形态的现代诗歌在接受西方诗潮的影响时，都不同程度地受到了西方象征主义意象艺术的影响。李金发第一个自觉地从形式本体层面上接近象征主义意象艺术的本质。中国现代诗歌形成的意象的象征化潮流，体现了中国诗歌现代性建构的必然要求，为中国诗歌的艺术传统与西方现代诗歌艺术形式的融合提供了最有效的契合点。[2]中国现代诗歌在意象的诗思方式上一方面坚持"意随象出"的感物的表现传统，另一方面自觉地接受了西方现代诗学突出"象从意出"的体验的意象表现策略。这种体验性意象表现的影响主要呈现为意象的幻想型、变异型与隐喻型以及意象的智性化与玄秘性特征。[3]

随着知性诗学西风东渐，知性成为建构中国现代诗学话语，体现新诗发展品格与途径的重要概念。中国现代诗歌以其忠实于现实生活基础上的知性与情感高度融合的精神，体现出区别于西方的独立民族品格，彰显出区别于西方知性传统的另一些实质性问题，穆旦的新的抒情正是这一诗学追求的最高体现。[4]汪云霞的《知性诗学与中国现代诗歌》（上海书店2009年版）以中西比较诗学为背景，从"知性"这一视角来研究中国现代诗歌的发展流变规律。1920到20世纪40年代，以艾略特和瑞恰兹为代表的西方知性诗学在中国得以传播和接受，这种"客观化"、"非个性化"的知性抒情主张在一定程度上契合了中国古典诗学中"以理入诗"的宋诗传统。在传统和西方的合力作用下，中国现代诗人开始建构自己的知性理论系统，并致力于创作实践。

外国现实主义文学思潮对中国现代诗歌也产生了深远的影响。初期白话诗、为人生诗派、政治抒情诗派、中国诗歌会的诗歌以及七月诗派的诗歌创作都是现实主义文学思潮在我国诗歌领域的具体表现。透过这些诗歌流派的具体形态，可以看出现实主义思潮在我国的发展轨迹。[5]结合不同时期基督教被中国诗人接受的情况，研究者从爱的意识、忏悔意识、救世观念和自我救赎等方面探讨了基督教文化在中国现代诗歌中的表达，并分析了由此给中国现代诗歌带来的新维度及其具有的意义。

---

[1]　王光东：《中国现代诗歌中的象征主义》，载《文史哲》1998年第1期。

[2]　王泽龙：《论中国现代诗歌与西方象征主义诗歌意象艺术》，载《社会科学研究》2005年第3期。

[3]　王泽龙：《论西方现代意象诗学对中国现代诗歌的影响》，载《中国新诗一百年国际研讨会论文集》2005年版。

[4]　周锋：《中国现代诗歌的知性与情感》，载《求索》2009年6期。

[5]　李标晶：《现实主义文学思潮与中国现代诗歌》，载《杭州师范学院学报》2001年第3期。

这种新维度从一个侧面显示了中国现代知识分子精神的成长。[1]此外，马利安·高立克、胡宗锋、艾福旗还探讨了《圣经》与20世纪中国现当代诗歌的关系。[2]

2. 一些具体的西方诗人、思想家对中国现代诗歌的影响

美国现代派诗歌的发起人庞德的意象派诗歌理论，对中国新诗的发生与发展产生了深远的影响。庞德为中国新诗运动提供了坚实的理论基础，其诗歌创作又对20世纪30年代现代诗派与左翼诗人产生程度不同的影响，而且一直延续到40年代的中国新诗派。意象是庞德诗论中的核心概念，表现为三个特点：它是独立于具体事物的复合体；表达现代人复杂多义的知性因素；往往采用意象并置或重叠的手法，避免西方逻辑中常用的介词、连词。这些均在中国新诗中得到了不同程度的贯彻与发挥。在诗歌的韵律与节奏方面，运用日常会话的语言，创作节奏新颖、形式活泼、具有诗情节奏与散文美的自由诗，是庞德及其追随者在诗歌形式上的追求。而这正好启发了许多中国现当代诗人，从而促成了中国新诗中最重要的一种范式——自由诗的兴盛与发展。[3]

在新批评派的诸位学者中，瑞恰慈与中国现代文学批评的关系最为密切，其批评学说由曹葆华等人介绍到中国后，迅速为一些中国学者所接受，对中国现代诗歌理论批评产生了非常深刻的影响。[4]叶芝是爱尔兰民族精神的象征，因其多变的诗风和多元的思想，他的作品影响了中国文坛的不同流派，对其作品的译评也从侧面反映了中国诗坛的艺术指针由浪漫主义向现代主义转化的过程。研究者追溯了从"五四运动"以来中国文坛和学术界对叶芝译介的历史，力图探索叶芝与中国现代诗歌发展和诗人创作的关系。[5]此外，也有研究者以荷尔德林的诗歌、论文、书信与哲学体小说《许佩里翁》为文本依据，对荷尔德林的诗学观点予以总结，并比照荷尔德林的诗观，从中国现代诗歌的内涵与形式两个层面，对中国现代诗歌缺乏审美特性的现状予以解析。[6]

---

[1] 蔡莉莉：《基督教文化与中国现代诗歌新维度》，载《中山大学学报》2006年第2期。

[2] 马利安·立克、胡宗锋、艾福旗：《以圣经为源泉的中国现代诗歌：从周作人到海子》，载《人文杂志》2007年第5期。

[3] 傅建安：《庞德诗学与中国现当代诗歌》，载《湖南城市学院学报》2009年3期。

[4] 刘涛：《瑞恰慈与中国现代诗歌理论批评》，载《河南教育学院学报》2006年第3期。

[5] 步凡、何树：《简论叶芝与中国现代诗的发展》，载《北京科技大学学报》2006年第2期。

[6] 蒯群：《荷尔德林诗观浅论——兼析其对中国现代诗歌现状的启示》，载《安徽农业大学学报》2008年第1期。

四、中国现代诗歌诗歌流派研究

新世纪十年来学界对中国现代诗歌的流派研究主要集中于以下四大诗派。

1. 新月诗派

新月派也称格律诗派，由朱自清于1935年在《中国新文学大系诗集导言》中提出。新月诗派先后以《晨报·诗镌》、《新月月刊》和《诗刊》为阵地，代表诗人有闻一多、徐志摩、饶孟侃、梁实秋、朱湘等。在具体诗歌解读之外，对新月派诗歌的研究主要集中在新月诗派与传统文化的关系之上。

新月派的诗打破词的固定形式，吸收了婉约词的音乐旋律的美。又把"花间词"的绸缪婉转与反封建的时代精神糅合起来，创造了一种新的东方情调。新月派诗的艺术实践，标志着中国新诗开始理性地对待民族传统，从时代高度综合中国古典诗词和西方诗歌的优点，为新诗的发展开辟了一条新路。[1] 新月派的诗歌理论相对于中国传统文化而言是"蚕蜕里的新生"：传统文化的某些材料被其用作理论支点和批评话语；新月理论家们用现代的话语对传统文论进行了转换；用现代科学知识对传统文化进行了重新诠释和说明，为其注入了活力。二者的这种关系体现出中国现代思潮和中国传统文化之间的互动，从中也可窥探中国新诗发生之源，并为中国传统文化的现代化、全球化和民族化提供了有益启示。[2]

2. 现 代 派

20世纪30年代，现代派诗歌上承20年代的象征派诗歌，下启40年代的九叶诗派，其影响一直波及20世纪70年代末至20世纪80年代的朦胧诗。事实上，现代诗派也和李金发一样，都是推崇法国象征主义的，只不过象征诗派并没有完整把握西方象征主义的真正精髓，也没有把象征主义与中国民族生活很好地结合起来，因而创作的象征诗更多地停留在外部形式与技巧的模仿上。罗振亚的《中国三十年代现代派诗歌研究》（国际文化出版公司1997年版）是对现代派诗歌的较为全面的研究专著。近年来学界对现代派诗歌的研究主要集中在两个方面：结合现代派诗歌的中西思想渊源论述其流派特色以及现代派诗歌的现代性。

在中国现代文学史上，现代派诗歌最重要的意义乃是开辟了一条古今融合、中外融合，古为今用、洋为中用的路子。它具有鲜明的艺术特征：一是唯美主义倾向；

---

[1] 陈国恩：《新月派诗与婉约派词》，载《重庆三峡学院学报》2003年第6期。

[2] 陈伟华：《蚕蜕里的新生——新月派诗论与中国传统诗论》，载《湖南大学学报》2005年第2期。

二是抒发忧郁的情思；三是追求纯诗的理想；四是远距离审美。[1] 现代派诗歌根植于中华民族的传统文化，尤其是传统诗艺，以中国艺术传统固有的价值标准和审美趣味为基础，在现代新诗中重构东方式现代诗的意境。[2] 其现代性主要表现在两大方面：一是文化上的现代性、批判性，构成了对 30 年代典型的幻灭感的超越；二是诗艺的现代性，构成了对五四以来主情的浪漫诗的超越，从而重新估定了它的原创性价值及其对中国现代诗歌的发展带来的深远影响。[3]

3. 七月诗派

七月诗派是围绕《七月》发展起来的一个独特的现实主义诗歌流派。他们注重诗歌的战斗性，同时坚守诗歌的艺术性，在创作中坚持不懈地进行艺术探索。他们力求以真情实感拥抱生活，自觉追求诗歌语言的丰富性，从而形成了质朴、纯美、充满战斗力的语言风格。对七月诗派的研究主要集中在七月诗派与九叶诗派的比较以及七月诗派的思想与艺术特色中。

七月诗派与九叶诗派作为 20 世纪 40 年代对峙的两大诗歌流派，共同扎根于动荡的社会现实中，或侧重于乡村和对光明的歌颂，或侧重于城市和对黑暗的诅咒。在艺术上表现为心灵"突入"生活、抒情的张扬、自由诗体与心灵"溶解"生活、玄学的沉思、格律体的对立。七月诗派在创作中坚持现实主义原则，主张发扬主观战斗精神去能动地影响和改造现实，达到主客观的密切融和；而九叶诗派则致力于新诗的现代化建设，旨在使诗成为现实、象征和玄学的融汇。[4] 七月诗派在抗战诗坛上异常活跃，不但创作出大量的诗歌作品，而且在诗学理论方面也取得丰硕成果，形成了自成体系的七月诗论，其中生活一元说影响巨大。[5] 七月诗派的理论基石是胡风以主观战斗精神为核心的诗学思想，在总体创作中明显地表现出共同的价值取向：讴歌抗争，呼唤解放，展示出一段中华民族苦难艰辛的心路历程；抨击丑恶，揭露黑暗，在一幅幅呻吟挣扎的祖国母亲受难图中，潜伏着深切的忧患与悲愤；对革命烈士的歌吟与赞美，表现出诗人壮烈的生死观和崇高的人格境界；歌咏自然，礼赞

[1] 蒋益：《中国现代主义诗歌的艺术特征》，载《长沙大学学报》2000 年第 3 期。

[2] 李春丽：《意境生成：意象选择与悟觉思维——现代派诗歌的古典阐释》，载《阴山学刊》2004 年第 2 期。

[3] 姚万生：《30 年代现代派诗歌的现代性：超越幻灭超越浪漫》，载《西南民族学院学报》2001 年第 12 期。

[4] 王坚：《七月诗派与九叶诗派之比较》，载《宿州学院学报》2005 年第 1 期。

[5] 赵作元：《论七月诗派的"生活一元"说》，载《齐齐哈尔大学学报》2009 年第 2 期。

光明，在一脉坦诚而纯真的鸣唱中，传达出浪漫的赤子之心。[1]

4. 九叶诗派

作为 20 世纪 40 年代中国最重要的新诗流派之一，九叶诗人群以"自觉的现代主义者"姿态承接了现代主义诗歌的发展使命，在都市人的自我意识与社会群体的普遍意识之间实现了艺术的平衡，为新诗的现代化抒写出精彩的一笔。研究九叶诗派的专著主要有：游友基的《九叶诗派研究》[2]、蒋登科的《九叶诗派的合璧艺术》[3]以及马永波的《九叶诗派与西方现代主义》[4]。目前国内对九叶诗派的研究主要关注九叶诗派的思想渊源和诗学追求以及九叶诗派的艺术性。

九叶诗派以艾略特的诗歌主张为参照系，推崇新诗现代化的诗学理论，探寻并确立了现实、象征、玄学的综合这一新的诗美原则，在特定的战争年代建构了中国式现代主义的诗歌与诗论，他们是新诗现代化自觉的提倡者和实践者，有力地推动了新诗的现代化进程。九叶诗派从西方现代派大师那里得到重要的启示，提出"客观对应物"和新诗"戏剧化"。现代诗中的"客观对应物"，在于扩大并复杂化了人类的感觉能力，而引入新诗"戏剧化"，能有效规避当时诗坛流行的"直接的叙述或说明"诗歌流弊。难能可贵的是，蒋登科论述了九叶诗派与中国诗歌传统的继承关系。他认为，道德审美理想是一个民族的文化传统的重要构成要素，也是诗歌在文化思想方面的主要构成要素。九叶诗派在借鉴西方现代主义诗歌艺术经验的同时，也在很大程度上发扬了中国诗歌关注国家、民族命运的艺术主题，尤其是在揭示现实的负面因素方面显示了独特的艺术特色。[5]罗振亚指出九叶诗派的诗歌本体是一种提纯与升华了的经验，一种心灵与外物对话的情感哲学。以诗的方式把握世界，切入人生，是九叶诗派对中国新诗最独特的贡献。[6]九叶诗派诗人独特的流派特征主要包括：追求诗歌的"综合"效果；直接借鉴与间接采纳相结合；既关注外在现实又注重内在深化，共时借鉴使他们的诗歌艺术探索处于同时代诗歌的潮头。[7]

---

[1]　吴井泉：《论七月诗派的情思世界与价值取向》，载《北方论丛》2001 年第 3 期。

[2]　游友基：《九叶诗派研究》，福州：福建教育出版社 1997 年版。

[3]　蒋登科：《九叶诗派的合璧艺术》，重庆：西南师范大学出版社 2002 年版。

[4]　马永波：《九叶诗派与西方现代主义》，上海：东方出版中心 2010 年版。

[5]　蒋登科：《九叶诗派与中国诗歌的道德审美理想》，载《贵州社会科学》2005 年第 2 期。

[6]　罗振亚：《在现实与心灵的二重空间鸣唱——九叶诗派的本体世界特征》，载《天津大学学报》2001 年第 3 期。

[7]　蒋登科：《西方现代主义诗歌与九叶诗派的流派特征》，载《社会科学研究》2000 年第 1 期。

五、研究的基本方法

1. 历史还原与现实观照及超越相结合

很多研究文章在"还原"的基础上，全面地揭示了研究对象的时代意义，进而联系现实指出其现实意义，功利色彩浓郁，似乎诗歌都是为了一种实用的时代目的而存在。其实优秀的诗歌不仅仅是时代的结晶，它还拥有其他的存在维度，即作为作品本身的自为存在（此为以作品为本体的新批评理论的基石）。如何通达作品的自为存在？将作品从其特定的时空中悬置出来，让人们只聚焦于作品本身的意味。当一首诗被悬置之后，诗歌本身的魅力便放射出灿烂的光芒：它的形式意味（节奏、韵律等所体现的情感），它的形象意味（诗歌的意象所蕴含的人类特定的情感）以及它的形而上意味（超越性的哲理）等。

2. 继承与批评相结合

从马克思到毛泽东，无不贯穿着一条思想的法则：批判继承，推陈出新。然而对于乐于报喜不报忧的人来说，批判还没有真正形成气候。其实只要我们承认一点就可以把批判作为我们的常规工作来做：批判也是一种继承。其实，继承该有两种方式，一是吸纳肯定性的营养；二是借鉴否定性的经验教训。批评是完美情结的一种反映，批评不是打击，不是捕风捉影，不是人云亦云，而是立足文本，仔细体验，抛却主观偏见，对文本进行客观公正的辨析与评价。

3. 学术与思想相结合

学术论文的评价标准向来就把学术性和思想性放在核心地位，但现实往往是学术有余而思想不足。就事论事，故步自封，画地为牢的学术研究虽然可以做到精致，但不够大气，也难以令人回味。除了思想性的缺乏，很多研究文章都表现出表达的问题，枯燥无味，甚至诘屈聱牙。思与诗的结合是学术论文的高品质所在，它是很多伟大哲学家身体力行的理想追求。学术文章的诗性何在？在于表达的活泼灵动，在于其鲜活的创造性，此乃学术文章的艺术性，它和学术性与思想性一道构成优秀学术文章的三大法宝。研究诗歌的文章，如果不能做到像诗歌一样，对阅读者来说是一种悲哀。原本读诗就是一种发现之旅，是即心见性的事业。要是所写文章不能给予读者阅读的快乐以及体悟的智慧，还不如让读者直接去阅读诗歌。说易做难，但有自觉意识，并努力实践，我们就会与目标不断接近。

第二部分　诗集：潜行大地

靠争取来放弃
靠前进来后退
靠失败来成功
靠远观来亲近
靠生活来理论
深入心灵以洞察世界
隐居都市
却高吹乡村喇叭

——《瞧，这个人！》

第一辑　少年心事当拿云

本辑选录 1988—1997 年诗歌 18 首，有些稚嫩，但也充满质朴和青春气息。

希　望

希望是无稽氛围里孤独的客人
决不道听途说
希望是原野上快乐的天使
决不辍犁停耕
希望是沉默健将
决不故弄玄虚自欺欺人
希望是人生答卷空白的填空者
决不故步自封
希望是历史车轮前的螳螂
决不苟且偷生
纵然一切困难都来相亲
即便是烦恼的伴侣
希望也决不奉承顺利

1988-7-20

雷与钟

雷声轰隆
钟声滴答
雷嘲笑钟

钟漠视雷
雷停了
钟声如故

1991-4-20

今春，我不再写诗

春天是诗
雏燕呢喃一剪俏丽的尾梢
长长的韵脚
少男少女摇曳多姿的心事
明亮的诗眼

今春，我不再写诗
不想再欺骗自己
径自躺在象牙塔
欣欣然摆出诗人之心
罗列风残柳絮
渲染流水落花

今春，我不再写诗
不再将头
伸进自己编织的冠冕
我要伸展无形的触角
攫取原汁原味的诗蕊
运进心的作坊
提炼自己的诗魂
今春，不再为赋新诗强说愁

今春，我不再写诗
我要扎根时间
汲取大地营养
顶夏日
滋滋光合
延伸倔强的年轮

我渴望，某个深秋之夜
星月高歌
风虫低吟
怀抱静穆和谐
落我辛酸一世的眼泪
或者一场雪
洁白我追寻已久的失败或成功

1992-4-21

五月：给22岁

娇嫩艳丽中你来了
绿盈盈蝶飞飞
多像葱茏的梦

你鼓舞蒲公英勇敢追寻乐土
你循循善诱油菜花苦练内功
你热情可炙催促锋芒毕露的麦穗超越自己

肥绿了山水
浓绿了草木
收割镰刀的欢畅
散播满天的布谷鸟
你有春的饱满夏的狂悍
你也镶有秋的赤诚冬的单纯

五月呵
我是你永远的孩子
五月呵
我是你永远的使者

1992-7-19

教师的我

不愿是蜡烛
弱不禁风
不愿是春蚕
作茧自缚
也不愿是港湾
只停泊驯顺
情愿做悬崖绝壁旁的铁索
全身心串起一群群永远向上的攀登者

1993-2-14

燕子，你怎么不来筑巢

燕子，你怎么不来筑巢
这儿已是春天
四十里城郊四平方米陋室
没有电视没有大哥大也没有股票
但有书有凯风[1]有蓝天白云红花绿草

燕子，我想卸下蓝蓝的失落
让你孵成天边亮丽的彩虹
燕子，我想胸怀绿绿的纯真
随你放飞三春的风筝
燕子，你怎么不来筑巢
凯风的思想是强有力的大梁
凯风的感情是坚固的材料
凯风的心灵会时时依你耳语伴你孤独
凯风的豪迈能与你梦幻缤纷的流浪直到天涯海角

燕子，你怎么不来筑巢
双双明眸闪烁火热的祈祷

---

[1] 凯风，源自《诗经》，即南风。凯风和暖，使草木欣欣向荣。

祈祷你轻盈盈地飞来
用柔柔的嘴角
吻去海的诱惑
吻来山的执着

燕子
这里一天风筝
一地孩子
一天一地的春
你为何不来筑巢

1993-5-15
（原载于《教师报》第 526 期）

漫游者（一）

脚与路并行
人与家同在
汗与梦共生

山是脚海是脚
风是家雨是家
日是梦月是梦

不要问我从哪里来
回首觉路窄
举头路成天

1993-7-3

刑天（一）

刑天与帝争神，帝断其首，葬之常羊之山。乃以乳为目，以脐为口，操干戚以舞。

——《山海经》

远见刑天无头
挥舞壮志未酬
流水亿年
巍成灵魂不朽

一口气
也要呼出倔强
一滴血
也要流出希望

1993-8-10
（该诗获得1994年《写作》杂志青年写作大赛优秀奖，此处有删节）

少年心事当拿云

如果你愿意
打点行装跟我走
别问走到哪里头
让炊烟系住梦幻融入彩霞
让小桥流水汇入血液
让枯藤老树凝眸中发芽

如果你愿意
打点行装跟我走
踏实人生活出滋味
享受苦难脚下呻吟
享受挫折眼前奔命
享受思念时时叩响爱的风铃

如果你愿意

请跟我走
让梦在微笑中开花
让花在汗水里结果

如果你愿意
请跟我走
背着太阳去流浪
洒下一路星光

1994-4-15
（原作于 1994 年 12 月 2 日在合肥人民广播电台《艺海泛舟》栏目中发表）

蝉

挣脱古希腊神话
再次抖擞歌喉
爱情应声迸发绿芽
相思疯长　花开满天星光
也许螳螂正磨刀霍霍
也许白眼正黑暗中射来
也许气枪正来回扫描泥土中生长的胸膛
只要不死就永远歌唱

1994-8-18
（原载于《教师报》第 526 期）

在水一方

孤独的血脉
流淌爱的火焰
整个身躯
俨然一座休眠火山

清晨望你东方
黄昏望你西方
夜晚望你梦乡

在水一方的姑娘
长发是否依然藏躲笑语
眼眸是否依然闪烁身影
芳心是否依然浸透甜蜜

何时能在温馨的眸中
爆发酝酿已久的相思
在水一方的姑娘

1995-3
（原作入选由《知音》杂志社出版的诗集《爱的呼唤》，此处有修订）

惊蛰·春分

大地呼出的温馨
苏醒万物

虫儿探头蛰居一世的房子
草木萌发压抑一冬的心事
顽童甩掉厚厚的皮袄满野撒欢
将眼睛放得好高好高
谁家丫头
凝眸窗口心随云游

越来越饱满的阳光
涨破严寒
远方的姑娘
你可知
我心也已长出胸膛

春分一过
白天将比黑夜多

（原载于《淮南日报》1995 年 7 月 10 日）

回　乡

如同写诗
写好了
就到家了

一读
却不是心中的感觉
字里行间
流露华丽的空虚

（原载于《淮矿文艺》1997 年 4 月 15 日）

生　活

滚热的锅
白白净净
渐渐黄老
幻想煎熬着
骨头依旧

（原载于《淮矿文艺》1997 年 4 月 15 日）

窗　口

我　伫立成
一株向日葵
你　一团火
飘进又飘出
牵动心弦
弹奏春夏秋冬

（原载于《淮矿文艺》1997 年 4 月 15 日）

闲　居

三杯两盏淡茶
身体跟着太阳转
心血来潮
也铺开稿纸写写风花雪月
词不达意
便吼几声
吓得麻雀乱飞
向往青山
不停赶路
春夏秋冬
是我的四套便服

1997-5-15

静　坐

碧绿的草地更绿了
成行的柳树撑开伞
凉爽的晚风翻开
一片美学的田野

墙外几株白杨
高大而浓密
正交头接耳
谈论这个孤独的人

1997-6-14

凝望一场麦穗

请用连枷抽打吧
我锋芒毕露
故乡的麦穗仍在心中

麦穗灼烤炎日
"请用连枷抽打吧"
我分不清谁在呼喊

1997-6-14

第二辑　可能并非呓语

本辑选录诗歌 62 首，是心灵世界的呈现，又与日常生活密切相连，主要记录的是 2006 年至今的心路历程。

三十五岁抒怀

（一）
明净的天空
写满秋天的落叶
无边的胸怀
刻镂风沙的苍茫

（二）
当岁月
拂去往日的灰尘
曾经的风雨那么亮丽
那是　汗水在熠熠闪光

（三）
瘦弱的身躯
永不褪色的灵魂
茫茫黑夜中的一团火
澄明着孤独的心

2006-11-12

一只蜘蛛

三尺天地
一只蜘蛛正在吐丝
心底藏着一个秘密

红蜻蜓不断飞走
一批又一批
跌入金黄的大地
沉沦江湖　无声无息

还有谁在茫茫阳光下
体验一只蜘蛛
还有谁在静静夜晚
遥想一只蜘蛛

一只火红的蜘蛛
一只咬碎牙齿的蜘蛛
一只面对虚空也常口若悬河的蜘蛛
一只满脸皱纹的蜘蛛
一只呓语的蜘蛛

2006-12-1

黑客来信

四年前的一个午后
电脑突然跳出一个信息：
"你成天在搜罗什么？
小心黑了你的机子！"

生命日渐消蚀
道路依然纵横
风从四面吹过
人心飞来飞去

四年了

惶恐与困惑还在：
"你成天在搜罗什么？
小心黑了你的机子！"

2007-11-12

活着救赎

一年后又惊闻大学生自杀。夜半醒来，再难入眠，摸黑草就此篇。

又一阵悸痛
仿佛是自己的过错
一朵苍白的花
从此坠入岁月的黑洞

其实每个人
来到世上都得学会
慢慢扛起沉重的石头

无论谁活着
原本都要反抗绝望
因为每颗心
都一样容易破碎

2009-6-1 深夜

怀念风雨

十年之前的之前
一个偏僻的煤矿中学
日子在诗酒花与 ABCD 中飞逝
后来爱情提着我坐了趟过山车
一条崎岖的弯道
一个个没有星星和月亮的夜晚
那些风雨
骑着骑着就变成了彩虹

2009-6-17

回　归

柳絮弥漫青春的天空
所到之处
双脚留下的全是稚嫩的诗行

生命中的诗元素一天天消蚀
对世界的感觉
越来越荒芜

不是所有的人
都能成为纪念碑
做一朵荒野中的无名小花吧
和着大地的心跳
把生命开到极致

2009-7-5

无所适从：给贝贝

看着你
我身不由己

和你在一起
成了另一个你

也曾雷霆万钧
旋即春风化雨

你让我无所适从
又忘乎所以

2009-8-12

黯然神伤

黑暗洒在忧伤的心间
体内的海水到处冲撞

践踏善良
乃双重犯罪

虫噬的花朵
为何丢掉又拾起

图书论斤称的时代
为何固守一个幻象世界

2012-7-18

冥　　思

（一）
冬日晴朗的晌午
我总喜欢端坐飘窗
静静
长成身旁一株芦荟
我们惺惺相惜
一起倾听
渐渐
内心一片苍茫

（二）
书房正对一株樟树
一株移民来的樟树
每天只要坐下
总要和她打声招呼
免得她反感我有意无意
长久的凝视

（三）
如果可能
下辈子变成一株树
守护一方水土

（四）
那些奔跑的树
叶子纷纷凋落
枝干日渐折断
电锯的火花中
所有无用的东西都被淘汰
器具诞生

（五）
纠结于有与无、名与实
雾霾太多
心已不再纯净

2013-2-2

想象一种生活

做一个无用的人
做一个没有头脑的人
深爱一个不让 ta 知道的人
或是一个不在的人
像蜗牛一样匍匐大地

2013-2-4 凌晨

炼　狱

一只河蚌
潜在岁月深处
胸怀渐渐成形的珍珠
守望动荡不安的天空

朋友都上岸了
幸福被晒得越来越萎缩
一只只乌龟
静静等待天上的馅饼

爱也在不断观望
那些口吐莲花的过客
看看谁能将之驮向彼岸

一只河蚌
默默将孤独埋葬
河流潺潺
呼唤无声

2013-2-17 凌晨

"上帝之花"

一个寒冷的早春晌午
一只海洋馆的鱼
游走中和街

来来往往　陌生人
漫不经心行色匆匆
忽然头脑闪现四个字
"上帝之花"

中午小区门口

一群少年飘然而过
一只白狗伏在春天胸前
"上帝之花"
再次脑海突现

"上帝之花"
来自何方
究竟意味什么
"上帝之花"

2013-3-22修订

断　　章

（一）让
让汽车变成甲壳虫
让飞机变成蜻蜓
让时间停栖两岸的风景

（二）梦
梦与人相关的东西一夜消失
梦地球再次蛮荒
梦文明一步一个脚印

（三）把
把春天还给孩子
把孩子交给大地
把眼睛挪向天空

（四）我
你
他 / 她
它

（五）逆流而上
有一种鱼

高高的山上产卵
许许多多的梦
破碎悬崖间

2013-4-19

形消神立

有一种爱背影后的背影
有一种忧伤黑夜的眼睛
有一种意义毫无意义
有一种成功叫记忆
有一种人注定形消神立

2013-4-21 凌晨

一 个 梦

高坐一尊
古希腊塑像肩上
掰开一块块残片
扔向下方
大声疾呼
"Frank,
The Life has been ruined,
You must rebuild it."
然后被围捕
像蜘蛛一样消失

2013-5-2 凌晨

远方来电

太多太多的人
生活即打猎
影子却不知不觉溜走

深处静谧者
倾听万物之音
独自舞蹈无尽虚空
直到应和降临

追逐之物
抵达时便已消失
寂然独立的心
乃夜空最亮的星星

2013-9-12

倾　听

被无形力量撕扯
生活难免失落

索性闭上眼睛
成为高楼一架长着双耳的靠椅
倾听万籁
汽车飞机……
轰轰隆隆
人声狗吠……
窸窸窣窣

慢慢沉淀
渐渐空旷
风过林梢
鸟鸣空中
那些人类的声音
飘飘渺渺恍若隔世

有时也会一无所听
大脑总在思考算计

2013-10-19

独　白

面前横着一条大河
百舸争流千帆竞技

直直的目光背后
深深的空虚
声音全在里面

半夜爬起
抓取闪光的诗句
多少人还在沉睡

2014-1-17

痰

有口痰
无处下口
衔着
熙熙攘攘的人群
目光越来越锐利
心却越来越谦卑

痛恨那些暴吐
铭记每一口被咽下的痰
也深深体会
那些没有吐出的
正在侵袭脆弱的心灵

2014-1-25

梦之门

浑身钉满大头刺
一颗一颗拔掉
血
浸透了衬衫的洁白
相拥时
肩膀颤了又颤
许许多多的人
许许多多的男女老少
排队马步前行
穿越前方那扇门

2014-2-26

我的寂寞很孤独

"平林漠漠烟如织"
一棵树独自行走着

你开花
我默默呼吸

你飞舞
我也跟着飞舞

你衰落
我眼光碎一地

你是我的寂寞
我是谁的孤独

一棵树独步天下
无视耳畔一阵阵风吹

2014-4-28

分身无术

一年被扯成五季
岁月布满皱纹

五个我
一个研究生活诗学
一个研究外国文学
一个研究儿童文学
一个研究影视文化
还有一个拒绝理论
只想漫游看看风景
写写诗喝喝酒

五个情人
不定期约会
五根手指
总有一天
握成拳
挥舞日月

2014-6-11

自由行走的花

列车轰隆而过
轰隆而来
一棵自由行走的花
一道风景
闪亮每一位相逢者的记忆

2014-6-18

隐　　居

有位诗人
瘦成一双眼睛
有双眼睛
守护一棵大树
有棵大树
召唤一只小鸟
有只小鸟
雾霾中不见了

化身尘埃
隐居宇宙
化身小鸟隐居地球
化身大树隐居江湖
化身眼睛隐居星星
化身诗人
隐居心灵

2014-3-12 凌晨

重　　生

像阳光一样大把大把洒金子
像雨丝一样慢慢滋润
像大地一样爱
像山峦一样苍茫起伏
像海洋一样吞日吐月
像狗一样忠诚
像鸟一样飞
像原人一样
重新
降临

2014-7-12 凌晨

树　　人

树根织成的笼子
金字塔般的网络
上端开口处
我的头伸出去
我的手伸出去
四处张望
找小朋友打仗
笼在马路中间
有车开来
我担心挡路
（其实车可从旁边开过）
多日之后
终于嚼出梦的味道

2014-8-28

年老时的情诗

我曾经
爱过一些人
她们都不知道

有的去了天堂
我曾长久注视
无数次回想
那生命最后的荣光

有的是年少的梦
几十年后又突然
造访渐显荒凉的心房

有的像春天的旷野
照着太阳感觉
也像花儿慢慢绽放

我曾经
爱过一些人
她们都不知道
这是多么美妙

2014-9-19

冰箱里的山核桃

（一）
渐渐成冰变味
天光云影
退入越来越小的核心

也曾锲而不舍
将一块块悠闲怜爱塞进张大的小嘴
现在谁也不愿耗时打碎那坚硬的壳

日子如弦
手脚并奏
现在谁也不愿费力打碎那坚硬的壳

（二）
坚硬抵抗命运
冷是冷点终究
还有颗完整的心

同时出山的弟兄们
早被机器集体蜕壳
生活支离破碎

静静等待
一双手的温暖
一颗心的温情

2014-9-28

井外之蛙

有一口很深的井
我就是从那爬出来的
没人知道内幕
仰望攀援
攀援仰望
如今头再也无法低下

有一池碧绿的水
我挥霍泼洒
却发现浇灌着横无际涯的空虚
仰望的东西依然高高在上
井外之蛙
不断回望那口深深的井

2014-8-24 凌晨

我的太阳

那个小男孩
被坐在最后一排
已经一个月了

我一遍遍想象
他上课时的模样
他有着我快乐的影子
也照出我心底的忧伤

鹦鹉从不反驳
机器绝少歌唱
那个被坐在最后一排的小男孩
是踩着风火轮的哪吒

那个被坐在最后一排一个月的小男孩
依然光芒四射一路欢唱

他想用意大利语
像帕瓦罗蒂那样演唱《我的太阳》

而我
每一天每一夜
都在倾听"我的太阳"

2014-10-25 清晨

细沙滩

儿子叱咤风云
那是他的沙场
创建城堡
挖掘地道沟渠
说着自己的故事
乐此不疲

一对情侣并排把身体埋进沙里
只剩下头
嘴巴不知在说什么
一群群男女老少
围坐一起吃喝玩乐
不时有人爬起
奔向不远处的孩子

一转眼五年溜走了
天门山下那片细沙滩
一遍遍被长江删除刷新

2014-11-16

掌心的秘密

一把抓住
满满的感觉
渐渐
从指缝间溜走
摊开手
掌心氤氲一片
细沙闪烁微光

2014-11-26

心灵处方

（一）
一百年后
尘土飞扬

（二）
失眠最深处
悄悄绽放一朵花
妖艳灼人

（三）
想在梦中爱一个人
总会梦空
半夜蛙鸣
仿佛在开批判会

（四）
致命伤
永远来自爱
深不见底
或渗血而死
或结痂而生

（五）
开一朵干净的花
在污泥
开一朵高贵的花
在市井
开一朵行走的花
在大地

（六）
乌龟匍匐网中
鸽子天空飞舞

（七）
扑在大地胸口的草
没有名字
却把墓碑挤到一边

（八）
入世即修行
修一颗大海的心
行一条草原的路

2015-4-16

重逢：纪念 21 年前的相遇

生活的影子
总不断重现
呼吸过去
只为吹响现在和未来

总在奔波
我们忘了纪念
或为纪念而纪念
岁月漂白了许多梦想
回忆永远斑斓

21 首诗飘香时光
21 朵睡莲躺在河里
纪念
那一个个不断变老的重逢

2015-4-30

潜行大地

每天清晨
朝阳还在高楼间逡巡
只要时间允许
我就迫不及待
把自己送到滨江公园
一路迎过去

露宿的草，我来了！
婆娑的树，我来了！
歌唱的鸟，我来了！
偶遇差点踩着的小虫子：来啦！
悠长的防洪堤：来啦！
浩荡的长江：来啦！
这是我一天最美的诗行

如果天公作美
我也会去江边
让夕阳帮我划上一天圆满的句号
只是那巨大的圆
好像有时也有些惆怅

2015-5-8

我常常不相信

Believe It Or Not
我常常不相信
一些突然发生的事情
一些一直发生的事情
一些被默认的事情

不相信小孩出生就是为了教育和考试
不相信教授比讲师优秀
不相信分数比快乐更值得追求
不相信大道理比生命更重要
不相信人死后就不再存在
不相信走遍世界就可洞悉大道
不相信宣誓表态
不相信著书立说有什么了不起
不相信现实一定比梦想真实
不相信农夫比总统卑微
不相信人比动物植物甚至石头更高贵
不相信趋之若鹜就是生活
不相信诚实善良正直成为人类最困难的事业

并非怀疑一切
只是不愿相信未经过滤的一切
许多可能存在于未知
许多荒谬存在于严肃
Believe It Or Not

2015-7-1修订

寻寻觅觅

（一）
稀世难觅
一种药
名叫人丹

（二）
半夜醒来
生活千疮百孔
孤独越陷越深

（三）
每每听到汽笛拉长嗓子叫嚣
我就感到所做的一切
全是白费

（四）
有一个人
手里紧攥许多线
五颜六色的气球
却看不到

（五）
非关生死
秋天的心酝酿抉断
寒冷结集
我想做雪人

2015-10-7 修订

桂 花 茶

小区桂花落了
秋天倏然落幕
一地小星星
我将它们捧回家
慢慢烘焙

泡茶时放上十几颗
白开水就有了故事
时空慢慢对接
春秋渐渐携手

凝视一杯
绿茶与桂花的爱情
我心神涣散
忘了喝茶

2015-10-27 修订

向 前 看!

后悔从不打招呼
不要老是往后看
除非倒行
后视镜只在变道时才非常重要
前方不远处
致命邂逅
也从不打招呼

2015-10-30

可能并非呓语

我希望屋里所有蜘蛛都能尽享天年
我希望夜晚开着门欢迎所有到访者
尤其那位总在夜间偷偷溜到阳台咬我吊兰新芽的神秘者
我想请你进屋坐坐想和你谈谈因为
我有时候也想咬东西

我想让房间布满灰尘赤脚走过地板就会留下清晰的足印
随手一摸就能让指纹四处开花
我想无所事事东游西逛只为将时间拉长
我想和所有喜欢的人谈恋爱却与恋爱无关
包括那些连路都走不稳的天使们

不是所有的人见面都会拥抱
不是所有的人来都喜欢花茶
我希望幸运地遇到你也希望你幸运地遇到我

我希望一年三百六十五天天天都能喝上几口

我喝酒与酒无关
我写诗与诗无关
我爱与爱无关
我与我无关

2015-10-29

爱　　人

那个笑起来掷地有声的人
那个读小说哽咽不止看电视眼泪直淌的人
那个生气会大闹高兴就手舞足蹈的人
那个每天出门精益求精穿戴光鲜的人
那个较起劲来一星期不和我说话的人
那个为朋友为集体风风火火忘了时间的人
那个能把房子的每一个拐角掏得干干净净
连我和儿子的耳朵也不放过的人
那个柜子装满衣架挂满衣服的人
那个渴望独享一张梳妆台的人
那个憧憬在阁楼安装浴缸想躺着就能透过天窗看星星的人
那个我认识时不到20岁20年后说我骗了她的人
那个美起来甜死你狠起来要人命的人
那个我喊她大傻她叫我二呆的人
那个和我一起登上九华山黄山天柱山
到过长城故宫游过西湖一起哭过笑过闹过的人
那个淮北江南搬来搬去和我一起蜗居斗室10年之久的人
那个上中学后就朋友如云慕者无数现在还有时让我心神不宁的人
那个说我对别人比对她好而我觉得她对别人比对我好的人
那个喝起酒来肝胆相照一口就能让酒杯底朝地的人
那个会织围巾织毛衣会绣花绣鞋绣八骏图的人
那个会看病会打针会吊水的人
那个会自制各种咸菜会做米酒葡萄酒的人
那个36岁考上硕士毕业论文优秀通过能在显微镜下看懂各种轮虫的人
那个琼瑶小说烂熟于胸连韩国人都可能没那么迷韩剧的人

那个记日记会用符号标记秘密的人
那个为我生了个哪吒还想为我生个小妖精的人
那个……
一个永远说不清道不完妙处的人
一个总在身边的人
就是你的爱人

2015-10-28

无 之 伤

银杏叶落光了
高贵的存在
我要到哪里寻找

枯守街道
动弹不得

仿佛罚站的儿童
旁逸斜出的力量
再强大
也无法挽回断送的天空

2015-12-4

冬天的心

手舞足蹈
洗冷水澡的人
就这么一步步亲近隆冬
呼唤冰天雪地

水枯山瘦
草木飘飞最后的絮语
冬天的告白
如此彻底又无私

大自然做减法时
人类拼命做加法
洗冷水澡的人
跳动一颗冬天的心

2016-1-6

多少恨

有多少爱
就有多少恨
触角就是天空
一茬茬恨
剪进年轮
就这样原地站着
复制生活
连路过的寒风
都带着忧伤的气息
有多少恨
就有多少爱

2016-1-15

瞧，这个人！

靠争取来放弃
靠前进来后退
靠失败来成功
靠远观来亲近
靠生活来理论
深入心灵以洞察世界
隐居都市
却高吹乡村喇叭

2016-1-22

无声的对白

人群中
我常常出神
倾听
心在别处跳跃

所有问题
都需回应
天地
人心似无灵犀

想把太阳给你
又怕引爆你
等待
纯洁漫天雪飞

2016-1-29

亲爱的生活

黑夜，一双星星
可惜，你看不到
朦胧中，有人头戴矿灯满屋摸索
睡梦里，我把所有的大刀和宝剑
装进蛇皮袋

黑夜的镜子
照见无数个自己
如长城绵延
仍在抵制，情人节
只想对生活说
亲爱的，我想喝干大海

2016-2-14 夜半

活 化 石

就这样笨拙地活在
石头之间
毫无光泽棱角已平

猎人远远走来
上下左右打量一番
又远远离开

风中行走的标本
活化石固守自己
日夜澎湃

2016-4-1

宣城溪口

我为喝茶而来
泡一杯
云雾蒸腾泉水叮咚
佛音缭绕山民笑语

我为喝茶而来
顺便爬爬朝天洞
常常半途而废
我亦乐此不疲

把城市的风尘
运来过滤过滤
再打包原路返回
四元共舞又一岁

2016-5-1

联　系

真的与己无关吗
那些眼泪淤青和血迹
千里之外
忧伤的飞机倏然而至
很多很多午后
唤醒一本书一杯香茗一棵老樟树
儿子渐渐长大
父亲渐渐变小
又下雨了
最后十条蚕
我猫进小区各个角落搜索桑叶
默默穿行
不想打伞

2016-5-11

写一首诗给猪

E•B• 怀特让一头
小猪永生救星
是一只会织字的蜘蛛

人类欠猪太多
骂人时说猪
进餐时却又吃猪

多少人变成了猪
多少猪比有些人还像人
憨态可掬像个孩子

人类欠猪太多
无论猪人
还是人猪

2016-5-13

守　神

我看见无数白蛾
空飞
那些行走的茧上
洞口大开
我看见无数白羊
野跑
孤独的牧羊人
死死抱住头羊

2016-5-17

金庸来我家

晚睡前给故乡打了个电话
想象父亲蜷缩床头
看着声音越来越大图像渐渐模糊的电视
回忆父亲年轻时四个车轮
辗过大半个中国
经常带回一本名叫《武林》的杂志

听说金庸要来我家
父亲早早去了村西口
道路泥泞
我在家左等右等
正准备开车迎接
大侠却从东边驾到
他盘坐长板凳
腿脚收放自如
侃侃而谈
我唯唯诺诺
光顾盯着他看
什么也没听见

不管怎样

金庸曾经来过我家
这是我做过的
最真的梦

2014-12-30 记梦

小小花国国王

二十二年
生活多次换土
花依旧
我变成一片叶子
瘦弱
但从未放弃生长

这个春天
爱人痴迷养花
凤仙花栀子花
月季绣球天竺葵
……
美丽不停召唤
花国仿佛眼前
爱人越来越像花仙子

眺望世界
想象自己
小小花国国王
内心渐渐爬满忧伤的蚂蚁

2016-5-25

日 – 月 – 年 – 月 – 日

喜欢有诗的日子
一首首诗
打磨时间

装点微笑和欢欣
抚平皱纹与创伤

喜欢没有诗的日子
单调无聊孤独
伤感焦虑甚至绝望
一个个钻头
探测存在的维度

学着喜欢每一个日子
黑夜诞生大红灯笼
"忍耐就是一切"
生死之间一根弦
命就在手上

拥有和等待
两支如椽巨笔
正在交替书写同一个字
收放自如撇捺到位
方能完美收场

2016-5-27

惊鸿一瞥

西湖大道高举西湖
小妖精们到处蹦跶
雷峰塔下
早已空空如也
波光碎影
千年岁月
长啸无声
一只孤鸿
掉头北飞
十一年前的影子
闪电追随

2016-5-29

纪 念 日[1]

故事从偶然开始
22 年前的我们
渐渐走向必然

车过中年
雪已飘到额头
心还在春天

有了家
日子就有了根
有了花
家就有了事业

2016-5-30

重　量

客厅有台电子秤
全家轮番上场
每天都要称称重量
稍有下降爱人高声欢呼
稳步提升儿子面带微笑
总是起伏不定我的重量

其实我清楚
我一直在缓慢增重
内心的白鸽子和猫头鹰
总在旷野呼号
电子秤永远不能理解
我最瘦时也许最重

---

[1]　第十七个结婚纪念日，买了两盆花，凤仙和海棠，以志纪念。

到底肉体领跑精神
还是精神统帅肉体
其实都不是问题

2016-6-4

一　别

一生有多少分别
像刀
断开世界
空留蚕茧一枚
无日无夜

而今一别如勾
面戴阳光心却风声鹤唳
唯愿
天尽头那一点
越来越大

2016-7-10

醉

每当喝酒像李逵
席下我必成李鬼
拿鞭狠抽自己

总有人让我丢盔卸甲
酒是浓缩的海
我本就是透明的小脚杯啊

2016-7-18

一切并非想像中那么坏

买了把电动车锁
放家备用
两把新钥匙
忽然不见了
车胎刚补
一夜过来气又瘪
这两件事
几乎同时被发觉

爱人说你运气还挺好
要是用新锁锁上车
丢了钥匙就更糟
心一放宽
往好处丈量
一切就并非想像中那么坏

2016-8-6

视今生如来世

如果小时候那次溺水
未被及时发现
我早已不存在
尤其是母亲走后
更不存在

于是有时候我索性
视今生如来世
此岸就成了彼岸
无法释怀
全被吁成一口气

2016-8-12

第三辑　玉兰情结

本辑选录写玉兰花的诗歌 10 首，在最寂寞和孤独的时候，玉兰花滋养了我的灵魂。

梦中的白玉兰

默默打着花骨朵
火火放射馨香
轰轰烈烈凋零一地

远远凝视
苦苦牵念
想象面对面的美

当孤独与无名袭来
白玉兰
就是我最近的兄弟

2007-3-30

三月的献歌

一直想写一首诗
献给你
每年三月
你将我心底的浊气涤荡
让我重放光芒

随时随地
猛一抬头便会邂逅
纯粹的燃烧
静静伫立
只为全部绽放
最后交给风雨的大地

你走过的春天
我终年守望

2011-3-17

万树繁花

（一）
不要太多风
不要太多雨
思想贫乏的时代
请随她们说吧
让所有经过的人
驻足谛听

（二）
无涯旷野
孤独的牧羊者
一遍遍数着星星

（三）
越来越拥挤的城市
越来越小的我
每天早晚
用脚步弹奏大地

（四）
当世界成了重金属
我独坐窗前

一遍遍默念
万树繁花
万树繁花
……

2011-4-6

玉兰　玉兰

三五一群高举火把
春天顿时来临
整个滨江公园欢呼雀跃
堤外长江无语东流

从未见过如此坦诚的表白
毫无修饰
只把心高高捧着

在说什么呢
这一年一度的开场白

2012-6-11

纯粹的绽放

迎春花角落沉醉
茶花风中怨怼
梅花在最后告别

猛然间星星闪烁
一树树白
一树树红
所有趾高气昂的人
都应低头走过

大地静静倾听

为这纯粹的绽放
天空已守望太久太久

2013-3-15

一棵秋天开花的紫玉兰 [1]

一群紫蝴蝶
枝头跳得欢
罕见的酷暑叼走大多数的绿叶
头顶的樟树遮天蔽日
道路就在旁边
却无法拔腿迈出
如同梦魇

人们从身边走过来走过去
视而不见
也许压抑开口呐喊
季节已不重要

今秋刻骨铭心的一首诗
挺立窗前
仿佛大地深处的秘密
正伺机吐露端倪

2013-9-27

三 月

三月，是我的季节
无数次心语
三月，只为我而存在

---

[1] 紫玉兰，又名木兰、辛夷，是过去江南宫廷庭院的名贵观赏花卉，每年早春开花，花先叶开放。

三月
长满凝望的眼睛

那个灰蒙蒙的早晨
空阔的滨江公园
你们玉树临风
高调袒露洁白的心事
阳光从高楼窥探
我的心也直奔而去

那个温暖的午后
中山桥旁
忽然一树白鸽子
一树飞舞的白鸽子
一树扑棱棱飞舞着的白鸽子
让我驻足良久

那个风雨大作的夜晚
无数次神游探望
所有今春邂逅的白玉兰

那个寒冷的早晨
枝头忽然空空荡荡
一地羽毛
一地黯淡的目光

三月走后
我忽然明白
那些落暮的日子
只为三月而存在

2014-4-6

见　证

不能说爱
尽管春天早已将你我
气脉相连
语言早已泛滥
我只想见证
一个人和一种树（白玉兰）的相思
在三月的大地
尽情倾吐
每一个意想不到的时刻

2015-3-16

对　视

很想和你说说话
春天
身不由己

不用言语
不用相拥
甚至也不必用心

只想和你
一起失魂落魄
春天已不理智

2015-4-2

玉兰情结

如果我是国王
会让白玉兰成为国花
成为省花
成为市花，成为村花
成为校花，成为园花
要不，成为家花也好

如果我有足够的土地
会种成千上万棵白玉兰
每年春天让洁白统治世界
把喜欢的人
从全世界喊来
静坐，倾听，拥抱，舞蹈

如果有幸化身一棵白玉兰
我会对每一个遇到的人
微笑
尤其要对那些愁眉苦脸眼泪汪汪的人
以及那些盲人
微笑

2016-3-4

第四辑　失眠的乡村

本辑选录写故乡及父母的诗歌24首，曾经的精神故乡，如今充满忧伤，让人失眠。

拯　救

一棵松树
从异乡迁来
这都市森林

一如病床上的母亲
头发枯槁
枝干被局部切除
身体在绷带里抗争
营养液风中飘摇
西侧枝叶已枯死
向东一侧仍在坚持

不敢想象
她所在的地方忽然空无一物
留下的虚空
需要多少时间才能填满

2009-7-31 修改

和　声

母亲贴在床上
骨头根根可见
我打江南把贝贝和电子琴接来
我要为母亲最后开一场音乐会

岁月流淌
此时真想上前看一眼
看她微笑或流泪
可我做不到

我们都在静静等待
内心一片海水
谢幕之前
让我们用心聆听并咀嚼
那些血脉中绵延的和声

2012-6-21 深夜

天堂之路

当肉体只剩下骨头
此刻
灵魂已经上路

痛苦伸进梦中
嘴唇翕动定是叱咤风云
天堂之路并不平坦
我只能在梦外
为你助威呐喊

没有人能战胜死神
但我坚信
良善者皆能升入天堂

今世未了心愿
今夜全都兑现
天堂之路已为你打开

所有苦难
幻成灯笼无数盏
所有欢笑
如烟花般盛开
为你送行
在这静静的子夜

此岸到站
彼岸延续
五百年后
让我们从头再来

2012-6-29 子夜老宅

伤　　逝

故乡的老屋
燕子已多年不来
空梁落燕泥
尘封老去的记忆

相依为命的老人
如今又少了一个
忽然多出的空间
坠满无尽的寥寂

老屋的心
开始走走停停
日夜守望
城里的儿孙
不间断将春天衔回

2012-9-5

2012 中秋之殇

回望中秋
每一轮满月都叠印母亲的双眸
守望
远在他乡的父亲
身处都市的儿孙

2012 中秋
透过乡间马路的车窗
一轮永远难圆的疤
高悬心中

夜深人静
遥望皓月
泪眼涟涟
从未如此痛彻体会
被守望是一种幸福

2012-10-6

致母亲

我相信
你已变成一朵洁白的云
飘在故乡上空
迟迟不走
还在守望燕子偶然的回归

我相信
你已变成一颗耀眼的星
夜夜凝视众多儿孙
一刻不息
风雨如晦的日子
你比谁都着急

我相信
陌生的城市
那些熟悉的背影熟悉的面容
都是你
都是你在同我打招呼

母亲今夜
希望你能再次来到梦境
让我再看你一眼再喊你一声

2013-5-12 午后

故乡（一）

一条巨蟒西方游来
途径故乡向东扬长而去
母亲就在这年去了天堂

童年放牛的小山岗
如今烟囱高耸机器轰鸣
一双双浑浊的眼睛
观望越来越少的庄稼

都市飞出的一只麻雀
故乡
只在梦里
才让人无限怀念

空荡荡的老屋
各种农具依然原地等候
那个劳作一生的妇人
父亲偶尔来摸摸
带他们到菜园转转

没了母亲的故乡
土地渐被蚕食

父亲不离不弃
还在守护什么

2013-7-13

这世界我们都成了说客

你说我说 ta 说
大家都在说
微信说微博说
QQ 也在说
世界正变成一张张嘴
与存在越来越远

夏夜田野
萤火虫闪烁不定
忽东忽西
忽南忽北
那个摸黑插秧的妇人
手像缝纫机针头一样上下翻飞
刷刷　刷刷　刷刷
每一声都亲吻大地
每一声都实实在在

这世界我们都成了说客
这让我想起夏夜劳作的母亲
那时所有的人
都有一双粗糙的大手

2014-3-14

失眠的乡村

失眠是我现在的故乡
夜晚老鼠啮噬着我的脑袋
记忆全部复活

覆盖荒凉的土地
明晃晃空荡荡的太阳下
忧伤在写诗

2014-11-30

2015 清明

乡村短暂复活
稀稀落落噼噼啪啪
鞭炮走后
寂寞与荒凉再次疯长

雨在屋外
到处找谁呢
乡村的主人
淅淅沥沥淅淅沥沥
到处数落家长里短
日光灯不明白
一个城里来的人
为何也一夜亮着

2015-4-5

挂在树上的风筝

每一只挂在树上的风筝
都牵系一段心痛的故事

滨江公园
一位年轻妈妈正在放风筝
忽然眼睛齐刷刷跌入大树
有力使不得
上下左右妈妈不停变化拉扯的方向

擦肩而过

我远远回了一下头
发现母亲
仍在一端牵引孩儿的目光

2015-5-11

乡村之眼

夜半酒醒
黑暗中两只眼睛
默默盯着我
一左一右
仿佛已很久很久

狗吠阵阵虫声四起
飞机嗡鸣火车轰隆
那两扇渐渐老朽的窗口
是谁的眼睛
如此深情又温柔

梦在那
人不在
四目相对
思绪如海
漫入无边空寂

2015-7-22 凌晨

天老地荒

田里的石头
太多
瘦弱的农夫
瑟瑟

越来越冷
有时冻得没了手脚
也许寒冷叠加

就成了火

只怕到来的不是寒冷
只怕连寒冷也失去
寒风四起
天老地荒

2015-12-18 修订

2015 冬至

还是小时候的床
只是夜更黑
眼睛没了
老屋心潮澎湃
父亲的呼吸越来越老
我像年少时那样辗转反侧
只是再无回应
没有母亲的世界
我渐渐学会
守护黑夜

2015-12-24 修订

麻 雀 树

东西南北，麻雀
飞向故乡的大树
叽叽喳喳，叙述
各自生活的变故

故事落地生根
成木，成柴，成火
一个个拉长的日子
弓着脊背弹奏如歌往事

2016-2-5

故乡（二）

清明回了趟老家
发现好几个人不在了
我们曾在一个村子生活
抬头不见低头见
虽然也没说几句话
就像那些大树
曾经的位置忽然空空荡荡
回记让人神思恍惚

亲人渐渐老去
村庄不停位移
走出去的村里人回乡
现实与记忆不停碰撞
火花酒杯里尽情燃烧
所有的眼泪或欢笑都喝进肚里

每个人都需要故乡
每一方水土
都需要几棵大树
收揽阳光
召唤鸟雀
抓紧每一块可能流失的土地

怀念每一棵故乡的大树
珍视每一位故乡人
那些健在的
我会带上孩子不停探望
我们可能不说一句话
但总会点头微笑

2016-4-13

一次流泪事件

液体珍珠清心明目
韧者把泪流成血或汗
泪也会反叛
正如诗不受操控
想写的迟早出现

有一次上课
谈生死
说着说着
说起母亲
她临终前却唱着儿女的赞歌
用的是《妈妈的吻》的歌曲
她把"妈妈"全换成"儿女"
我突然哽咽不止
教室雷静

很长一段时间
我都无法正视
当众流泪
不能原谅形象损毁
可慢慢慢慢慢慢地
我竟暗暗珍惜这次情不自禁
并将之命名为一次灵魂事件

2016-4-26 修定

过滤：写在母亲节前夕

小时候家里熬糖
一个大布筛吊着屋梁
过滤芋浆糖水
一大堆山芋最后只变成半锅糖稀
母亲灶前灶后的身影
满屋香味

都被记忆通通过滤

常常怀念
那个母亲手中左摇右晃的布筛
觉得越来越像自己
我在过滤什么呢
那浓稠温润的糖稀
只是存在的一半
甚至一半的一半

很想学弥达斯的理发师
去郊外挖一个坑
把头伸进去
倾吐倾吐再倾吐
只是那坑上面
长出的可能不是芦苇
而是雏菊

2016-5-6

母亲星座

黑洞
不经意席卷我
母亲星座
可望不可即

把父亲当母亲
父亲的胡子总戳人
把兄弟姐妹当母亲
我们曾在同一筷筒相依为命
如今都有了自己的筷子

把喜欢的人当母亲
和儿子一起分享他的母亲

甚至把窗外天天对视的樟树当母亲
星转斗移
我越来越像母亲

2016-5-8

520

不知何时
五月二十开始有了变异
正如其他一些日子
数字与爱相互兑换
好好的日子再不安分
多少人暗暗等待
等待色香味美

520，我想
对世界说
对窗外的樟树说
对忧伤的人说
对所有喜欢不喜欢的人说
你好，520
这句问候无关痛痒
甚至遭到唾弃
但唯有世界有你们
"我"才存在
而
那个把我赠予世界的人
我还从未言谢
也再无机会

2016-5-20

父亲·老屋

父亲 80 了
要雷声说话才能听到
从小到大
我动不动就和他抬杠
互不认输
现在回乡更多地陪听
再无反驳

母亲走后
老屋渐渐衰老寂寥
到处起皱
一只老猫不停地生产小猫
四下乱蹿
父亲与电视日夜相依为命
不愿进城
每天在母亲像前烧三炷香
从不间断

父亲越来越像个孩子
我们却成了当年的他
逢年过节星星和月亮才能回来
父亲笑开了花
甚至哼唱几句谁也听不懂的话

当父亲成为婴儿
我们就抱他进城抚养
可老屋怎么办呢
没有老屋的魂牵梦绕
父亲何以安心呢

2016-6-11

粽　子

一个人降生后
就不停被重重包裹
父亲用叶母亲用线
然后投进时间的水里
熟透之际
也是献身开始
生命不停轮回
粽子永恒

2016-6-8

梦断故乡

半夜惊醒
月亮
月亮
好像找了我很久
一群外星人伏在
小山丘上
到处打桩
那是三十年前放牛的地方
如今无迹可寻

2016-7-23

忠诚之殇

隔壁大叔锁上门
去了合肥
陪读孙子
把狗丢在了乡下
日夜守望
失魂落魄
空无一人的庭院
父亲常去
喂些饭菜
可寒冬来临忠诚
如何抵挡
外人掠食

2016-7-24

第五辑　重新命名

本辑选录的 43 首诗歌是我对天地人之象的重新命名，希望找到自己道路的路标。

草　人

……
世界在远处
生活在远处

！！！！！！
一群杂草
任凭大风吹过来吹过去

2007-4-3

无名者（一）

与其被践踏
莫若默默无闻

深深鄙视一个人是一种幸福
深深暗恋一个人也是一种幸福

黑夜因爱而光明
心灵因怀念而忧伤

2008-6-8

无名者（二）

一只老乌龟
闲在海滩上
关注可能是地狱

活在广袤中
无名者形同虚设
来无影去无踪

被所有人吸纳
却从不出镜
除非污染

2016-4-8

"为了"

出生为了长大
长大为了读书
读书为了考学
考学为了毕业
毕业为了工作
工作为了票子
票子为了房子
房子为了结婚
结婚为了出生
······
有多少人
生命就这样轮回衰老
难道人的别名叫"为了"

2009-6-24

读《特朗斯特罗姆诗全集》

忽然想做一个诗人
穿行日常森林
天光云影林中路
纷纷系着风铃吹着喇叭迎向我

好诗让人沉默并屏息
感受生活中的每一丝震颤
洪流之中永葆一颗蚂蚁之心
只要能贴近大地
只要能找到家的方向
只要能谛听远方无声的呼唤

神秘的联系
感觉的果盘
存在的静谧
让人措手不及
蓦然回首茫然又欣然
"此中有真意
欲辨已忘言"

2011-12-26

孤独的牧羊人

张开双手
挺成一棵大树
朝阳是跃动的心

凝望远方
心随云游
默念如脚下溪流

星海沉浮
头枕梦想
山川应心起伏不定

2012-6-11

给 屈 原

美人香草
最终沉溺污淖
空留无数忧伤的传说
多少高贵而单纯的灵魂
纷纷奔你而去
屈原屈原
你是屈服的原型吗

当节日都成狂欢
你也如同陈年艾草
只在角落散发幽香
被所有的人吃着
却没有谁咀嚼出
那些粽子其实是你忧愤的心

无数次凝视历史
无数次扼腕叹息
难道血肉之躯
注定成为诗人最后的诗行

（原载《大江晚报》2012 年 6 月 23 日"端午诗会"）

诗之道（一）

年少的心爱作老成
稚嫩的诗故弄玄虚

晃来晃去
只为呼唤

写出的无非文章
流出的才是生命

2012-9-12

诗之道（二）

表达只为隐藏
诗人行走着思想

诗在语言之外或之间
作为翅膀
语言只协助飞翔

诗不可觅
诗主动到来

不再命题作文
我豁然洞悉
那被遮蔽的存在

2014-5-4

诗 之 殇

（一）
从古代走来
诗之美
不容占有
只得到处流浪

（二）
密涅瓦的猫头鹰
早已不知去向
一只只八哥
笼中复制
乐此不疲

（三）
思痛心疾首

诗正被诗吞噬
无数被收买的灵魂
醉死趣味和风花雪月

2014-5-4

朱湘故居行

一位情绪激动的老人
固守百草繁盛
一个劲告诫：
教育子女爱国爱民

一匹雪白的狗
穿来穿去
放佛在寻找

一群专家学者
盘旋一番
留个影走了
像一阵风

那匹狗送到路口
撒一泡尿
掉头往家跑

2013-5-24

谒朴老墓

生固欣然　　死亦无憾
花落还开　　水流不断
我今何有　　谁欤安息
明月清风　　不劳寻觅

　　　　　　——摘自赵朴初遗嘱

九十三级台阶之上
便听见脚下泉水玎珰
仿佛来自彼岸的回响
澄明空灵神秘
眼前花亭湖心潮起伏
身旁草木摇曳鸟雀欢唱
一切都在应和
自然的呼吸

2013-6-16

香格里拉普达措之行

属都湖　碧塔海
两只明亮的眼睛
从远古看到现在
天光云影
全部印入眼底
如梦如幻
等候深情凝视

熙熙攘攘相机手机
五湖四海涌来
拼命摄取
造化的神奇与美丽
总是不能总是不够
再用心也不行

那些带胡子的大树
悠游林间的松鼠
徜徉花甸的牛羊
为何短暂的相遇
总让人无限神往

2013-8-26

失 眠 者

没心没肺
盾牌张成遮阳伞
剑伤了自己人

忧伤痴迷
爱
翻天覆地

2014-4-4

焦 虑 者

（一）
高高的山上
锅炉工
迫不及待烧水蒸饭
有人要办个人画展

（二）
干涸的池塘
一副长长的龙骨
不停打转
寻找出口

（三）
白雪公主的森林
名叫爱情的精灵
脸皮打皱
找不到回家的路

2014-9-18 记梦

无望而望

人间绘成天堂
血迹歌声中洗刷
荒凉谋杀乡村
人心被纸囚禁
四肢变小嘴巴越来越大

地火奔突世界
无尽黑
绝望活在珍贵的人间
无望而望

2015-2-22

东施 VS. 西施

有什么错
想离美近一点
一颗向往的心
被耻笑了几千年

从越王到吴王
倾国倾城
就是无法倾顾自己
笑也长在别人眼里

2015-6-5

崂山道士

痴迷
最终撞成大包
疼痛
还有什么比疼痛
更让人认清坚硬的现实

撞墙
还有什么比撞墙
更让人感触生命的重量
虚空
还有谁比崂山道士
体验得更多更深又更广

2015-6-14

单枪匹马

长长隧道
前方一辆汽车
闪着大灯
呼啸而来呼啸而去
后方一辆汽车
按着喇叭
喧嚣而来喧嚣而去
唐吉诃德
老泪纵横
紧紧伏在心爱的马上
死死握住生锈的长枪
默默大吼一声
冲向黑洞洞的远方

2015-8-25

盲　人

喧闹的世界
能听出小鸟的喜怒
能听出小虫的哀乐
是多么快乐的一件事
可我们总听而不闻

广袤的宇宙

拥有一个家
一个爱人或朋友
一个孩子
是多么幸福的一件事
可我们总视而不见

即便一无所有
还有自己
存在
这是多么神秘的一件事
存在于无尽苍穹
可我们总无动于衷

2015-9-13

漫游者（二）

梁坝的水满了
栅栏岌岌可危
乌云伸着黑鼻子
不停打喷嚏
漫游者
怀揣水和泪
走还是守
是个问题

2015-10-19

角　色

一位父亲的儿子
想变成母亲

一个孩子的爸爸
想成为孩子

一位妻子的丈夫
想变成妻子

一个写诗的老师
想把自己写成诗

角色吞食角色
角色呼唤角色

2015-11-3

玻璃人

锈侵噬世界
星星越来越高
玻璃人
可以傲视一切金刚

玻璃人
吹尘世之歌
破碎边缘
迎风而唱

2015-11-12

刑天（二）

刑天没死
到处都有
只是
再不舞干戚
手成触须
拼命抓

2015-12-11

精神修炼：致皮埃尔·阿多

活在自己的世界
与世界相通
风雨如晦的日子
让小屋
星光灿烂

2015-9-16修订

养花人：献给天下所有养花人

我认识一个养花人
不能居无花
把心事养成几十盆花
把四季都养成了春天
养得最好的
是一株满屋跑的喇叭花
粉嘟嘟的小脸
笑靥常开馨香弥漫

道路是藤
养花人到哪
花就到哪
小喇叭吹到哪
养花人的藤就游到哪
万水千山也能一路绕过去
一生一世
永不停息

2016-1-26

马后炮

那些半途而废的千里马
那些满腔热忱无法言说的大炮
孤独中衰老死亡

真的无路可走吗
回溯自己最终只是一点
通达别人道路千千万万

尘世之债还清了吗
甘居人后
使命却在前方

2016-2-26

周梦蝶

读透山河岁月
捣碎酸甜苦辣
味道全在无字处
单薄如纸的老人
一天天
把书摊坐成了圣殿
把世界坐成了菩提

一袭长袍
让天下诗短了又短
破蛹成蝶
诗已不再为诗
人也不再是人

2016-3-14

赌　者

即便赢了过去
赢了现在
也会输给未来

即便赢了一国
赢了世界
却输了故园

即便赢得"你"
赢得"ta"
也终将输掉整个"我"

2016-3-18 夜半

锤炼者

要把"人"写到天上
就得变成大雁

"神""仙"已下凡
蚂蚁成"教授"

天地为炉
锤炼者只想重新做"人"

2016-3-22 修定

盗墓者

有多少被埋没的灵魂啊
一想到此
盗墓者心如弦月

与黑夜战斗

与死人战斗
还要与自己战斗

来自大地深处的呼号
来自心灵深处的回应
相遇也许就是重生

被无数手翻阅
却没有人看到
每位出土的宝贝都流着盗墓者的血

历史是一位最健忘的老人
无声无息盗墓者
诞生的宝贝却与日月争辉

盗墓者越来越少了
一想到此
我就心如弦月

2016-3-24

播 种 者

每天都是一粒种子
从过去种向未来
这些种子可能发芽可能沉睡
也可能烂掉

种瓜不一定得瓜
种豆也不一定得豆
如果播种成为生活方式
开花与结果就不再重要

日复一日年复一年
播种者
最终把自己种进大地
等待后人收割

2016-3-24 修定

攀登者

人类总在仰望
山峰充满诱惑
追逐太阳忘了风景
像一把刀从山脚划上山顶
眼光越来越高
攀登者最终倒在自己的影子里

2016-3-27 修定

无冕之王

这个世界帽子太多太多
多了就可能不再是帽子
可能只是一块布
布下空空如也

看见皇帝新装的人
冠天履地
从未如此积极
活在这虚妄的世界

2016-3-29

抄　　家

儒家
道法阴阳家
作家画家音乐艺术家
文史哲学思想家政治教育家
阴谋野心家革命家社会活动家
数理化学家植物动物生物科学家
出版收藏家企业银行资本家各行专家
农家渔家船家客家酒家店家厂家商家

国家皇家庄家管家大家名家买家卖家
公家私家上家下家东家西家赢家输家
世家娘家冤家仇家男人女人姑娘家老人孩子学生家

2016-4-14

招 租 者

几十年光阴
一个时光铺子
免费招租灵魂
无数飞机大炮路过
一句话也没有
很多风握过手
再没回头
少数兔子总在那
尽管已不知去向
只有一个人
分秒不离或隐或现
陪伴
追随
驱赶
并将最终取代招租者
游走大地
继续招租

2016-4-17修定

诗者 VS. 诗人

诗者丛生
诗人独行
诗者沉迷写诗可能毁掉生活
诗人热衷生活反而成就诗歌
诗者之过罄竹难书
追逐华裳

玩弄趣味
贩卖鸡汤
那些用脚抒情以孤独押韵的诗人
惟愿汗水开花足迹发芽
但时间之剑也常盲视
甚至误杀诗人

2016-4-20

学者 VS. 学人

学者走穴学人坐忘
学者书是世界借书生书
学人世界是书以书养人
学者寻章摘句
学人输血还魂

2016-4-21

专家 VS. 杂家

尼采说，专家必驼背
专家也近视，我说
全世界的专家都在挖井
然后，把自己关成青蛙

杂家，已凤毛麟角
一头触须
一肚子墨水，悠游
无人知道的海底

2016-4-23

诗评家 VS. 诗人

诗评家以评打鸣
诗人以诗为食
狭路相逢
一个横挑鼻子竖挑眼
一个不停吐槽
里尔克泰戈尔帕斯布罗茨基
大诗人都能评
诗评家未必能诗
站在金字塔顶的诗评家
一本正经
却一不小心走了光

2016-4-23

重新命名

人出故障
地球生病
安野光雅的奇妙国
情感与理智都已抵达底线
无所皈依
为确保有路直立行走
必须说服自己
一切过往皆表象
尽其所能重新命名
一个又一个路标

2016-4-22

小孩 VS. 大人

肩膀上能转动的东西是什么
胸口怦怦跳的又是什么
人最多有几只手

如果问小孩必定争先恐后：
是头
是心
两只手

如果问大人估计
许多人骂我无聊
许多人哼哼哈哈
但一定有人心领神会

2016-4-27修定

吞火者

小区广场突现
吞火表演
一辆货车守在一边
风尘仆仆
像父亲

锈迹斑斑的记忆
一下重彩刷新
仿佛阿尔蒙德笔下的吞火者
异地涅槃重生
多了手艺多了话语
也多了个女人

这是最后的民间艺人吗
走天下路
放自己的风
用火灸着所有观众神经
看不见的震痛
在时空之外

2016-5-15

第六辑　作为意志和表象的世界

　　本辑所选 32 首是对时空意象的精神化。我们每个人就生活在自己的精神化的世界里。

小 台 扇

横竖角落
满身油污
连影子都没有

流火岁月
随遇而安疲于奔命
甚至壮烈牺牲

2006-11-22

后天大雪

　　现存的银杏其历史可追溯到 7000 万年以前的古新世。到了白垩纪后期及新生代第三纪，银杏逐渐由盛变衰。

后天大雪
金黄的银杏叶
时不时从高空敲击
行色匆匆
没有多少人聆听

后天大雪
银杏昂首矗立
没有多少人驻足
聆听一颗银杏的心

七千万年的沧桑
七千万年的坚韧
七千万年的守望
七千万年后
寒风中孤独凋零

2007-6-8 修订

路边的土山

每次骑车路过这堆土山
总禁不住问候几眼
春天刚被铲车抛来时
泥土味直逼童年
夏天风雨洗刷雷电袭击
遍体鳞伤道道皱纹
秋天的萧杀冬天的炎凉
已在不远处等候
当外来者放着鞭炮搬进高楼
大地的游子土山
早已被忘记

2009-6-26

倒在地上的十三层楼房 [1]

凝神躺倒的巨人
忽然悲凉丛生

---

[1]　2009 年 6 月 27 日 6 时左右，上海闵行区莲花南路罗阳路口一幢 13 层在建商品楼发生倒塌事故。

高楼耸立的时代
从此一蹶不振再也抬不起头
整日整夜抗争
也没挽回颓败的命运
有谁体会那轰然倒塌的
最后的呐喊

2009-7-3

雨

万物苏醒细细绵柔
织就五彩缤纷的诗篇

江河饱满
长篇小说一页页翻滚

枯荣交接
大地之子血汗挥洒的散文五味杂陈

最终是悲剧抑或喜剧
全仗内心的温度

2009-7-2

看刘谦表演魔术

（一）
如此神奇
令人颤栗
该有多少未知
蒙在鼓里

（二）
掌握秘密的人
面对满堂的喝彩

正暗自窃笑

（三）
合法的以假乱真
勾人魂灵的骗子
迷惑，被迷惑
都是一种幸福

2009-7-11

在 路 上

高速公路
一辆大巴正风雨兼程

车前挡风玻璃
雨点密密麻麻
或深或浅或大或小
雨刮一页页翻着

两侧玻璃
横空抛来的雨点
被风裹挟奋力向前
像在寻找什么
或与其他雨点汇成溪流
或独自游荡
最终跌入大地
或被风吹走

一辆大巴
载着互不相识风雨兼程

2009-7-25

病入膏肓

头脑有虫，成天想往名利色权财势
眼中带刺，看什么都有阴影
喉咙有鲠，经常发出稀奇古怪的声音
心脏有病，焦虑和恐惧已让其慌了阵脚
有肝胆病，血气不足
有胃肠病，食而不化
有关节炎，曲而不伸
……
一个病入膏肓的人
城市暗处喘息

2009-8-13

城里的银杏

寒风到来前
让我整理整理
无头的思绪吧
那些单薄枯燥的话语
任其纷纷跌落

远离家园
我只想直直站立
让所有枝干伸向天空
唯愿深深扎根
好迎接无常的风雪

空间越来越窄
鸟儿不知去向
高楼大厦的阴影
横扫我数千万年的荣光

那时
日月还是我腰间宝物

星星缀满梦的衣裳
我头颅昂扬
臂膀毫无阻挡
可现在
······
将我移植的人啊
何时停止赶路
拾取那
早已丢弃的草鞋

2011-11-14

至高之物

流沙之上
还有谁筑造高楼

早已变身困顿的面包
理想，成了众人
周而复始的老路

谁能在蔷薇之丛
寻找最后的玫瑰
谁能在几十年的河中
打捞年少的诺言

那些破碎的梦
那些奔跑的欲望
如今尾气十足

至高之物
可望而不可即
可以登顶的山峰
也必将渐渐远去

2012-9-7

召　唤

（一）
当蝴蝶爱上蝙蝠
注定以黑暗为生
直到美丽耗尽

翅膀迷上花粉
蝙蝠再难高飞
唯有低空滑行

（二）
被摘去芯片
只要有电
手机依旧闹铃
一声声
召唤着过去

（三）
每条道都会有人
重新来过未必花香满路
风景只有在走的时候
才会越来越丰富

（四）
好久好久没看到地平线
日出日落都在远方之外
不断切割的时空
人成了奔跑的机器

（五）
那深不见底的天坑
一声巨大的叹息
大地留下的
一个透气孔

那些行走的天坑
无人能见
灵魂坍塌
黑洞越来越大

2013-6-28

心·城

每颗心
都有一座城
街头巷尾跳着一颗心
精神同居
心心相悦

每座城
都有一颗心
牵念远方一座城
灵魂赴宴
城府何为

2013-9-4

防空警报

一年一度
空中鞭打
一而再再而三
所有战争的记忆
仿佛只留下这条尾巴

像一句口号
喊了又喊
人们各自忙活着
大脑塞满欲望

防空警报
羞涩地
安静地走了

2013-9-18

汽笛·蛙鸣

惊醒半夜，汽笛
啸成防空警报
无数硕大的苍蝇横冲直撞
眼睛次第睁开
空洞无力的枪口齐刷刷对准
那只魔爪
这可是春天的夜晚！

忽然，枕中跳进几声蛙鸣
清脆，有力
旋即，消逝
顿然七窍伸张
那来自胸膛深处的声音
已好久不闻

2014-4-26

黑夜的火车

龙一般
洞穿黑暗
碾过一个又一个小站
漫漫长野
梦在颠簸
醒来
窗外风景流变
星月
——退后

2014-5-7

在

在街上看到秃顶我时常会出神
在课堂一只杯子摔到地上被打碎
在路边苍蝇聚集腐鼠
在地道在桥头那些磕头如捣蒜的硬币
在电视在银幕那些撕心裂肺
在酒桌在战场喝到肝胆相照
在内心在远方
在深深的井
……

2014-6-8

飞机·网·小鸟

飞机场外围
一道高高的网墙

曾经的血
悬挂着，这里，那里
皮囊，骨头，羽毛
仍在风中较量

刚撞网不久
挣扎惨烈
巨大而沉重的飞机
起飞，降落，起飞，降落
渺小而单薄的小鸟
挣扎，挣扎，挣扎……

以前我总是不明白
为什么那么大飞机
竟惧怕如此小的小鸟

2014-8-26 修订

幻象或怀念

羽毛越来越少
天空越来越低
老鹰头颅高昂
盘旋而过
矮树林的野鸽子
扑棱棱到处猎食

2015-1-27 晨

作为意志和表象的世界

（一）
小鸟啁啾
我在枝头眺望
青蛙鼓鸣
我在池塘优游
当花含苞待放
我在其中韬光养晦

（二）
醉后醒来
我看见更深的黑夜

（三）
用笑脸说孤独
用玉兰说忧伤
用银杏说坚守
用长江说故事

2015-4-19

曙 光

只要活着，公鸡
每天高歌三遍
哪怕阴雨绵绵

只要活着，小鸟
每天啼醒清晨
哪怕狂风阵阵

匆忙势利的人啊
濒临死亡
才开始珍视每一线曙光

2015-6-22

溃疡大神

好像有位溃疡大神
潜伏体内
金刚怒目
随时可能横戈立马
薄弱地带纷纷破败
怪谁呢
寄居的正是共同的身体
也许
每个民族深处
甚至地球深处
也都潜伏着一位溃疡大神

2015-8-3

X+Y=1

大地上一道
不停变更的方程式
无解
因无数解

猛回头
每一步都似必然
其实
都是偶然

2015-9-20 夜半

断　　层

凝视断层
何等巨大的力量
断续之间
空灵响起

一环扣一环
一块码一块
没有腾空
日子便成了链条或积木

2015-11-20

结　　香

只叹相知太迟
打听过你的名字
想象过你的名字

多少人怨声载道
你却俯首天地
默默结香

毫不遮掩
一个个小风铃
摇响寂寞与寒冬

2016-1-8

盲　　道

人行道上的盲道
是大街的盲肠吗
从未看见盲人走盲道

我却经常
想象成盲人
走在文明的盲道
一走到底
只不过睁着眼睛
而且武功高强
盲道领着我
一会打个太极绕过凸形弯道
一会来个穿墙术
越过自行车电动车小汽车小摊小贩
甚至磕头的乞丐
红绿灯街口人车争行
我只能使用轻功蜘蛛侠般一步跨到对面

盲道带着我悠游文明的各个角落
可很多时候却无路可走
盲道戛然而止
这是我最迷茫的时刻
真想有个真正的盲人
帮我指点迷津
如何走过没有盲道的地段

2016-4-29 修订

蚕　道

心心念念
嚼着寂寞
时刻一到
再把时间拉长
一根一根
一圈一圈
捆绑自己
捆到没有太阳和月亮
捆到自己成为世界
成为公主或王子
一个无人知晓的瞬间
思念
悄悄开成
一朵苍白的蝴蝶
脱胎转世
只为找寻最初的自己吗

2016-5-5

河　道

许许多多故事
永远发生在河道之内
从哪来到哪去
中间要经历哪些关口
全部设定

即便如此
故事仍然滔滔不绝
魅力无穷
角色随时出现
节奏不停变更

最惊艳的故事
总中途改道
龙一样吸纳吞吐
广袤与可能

入海之前九死一伤

即便如此
改道仍然前赴后继
发人深省
无心情节结构
出口成了命运

2016-6-10

倾　　心

白茫茫
一株大王莲
雍容华贵
空荡荡
一颗大珍珠
晶莹剔透

太阳渐渐升高
风起云涌
大王莲空中曼舞
越来越大
珍珠兴奋打着鼓点
越来越小

2016-6-7

沙　　漠

一眼扫过去
流沙漫飞
海市蜃楼
可望不可即
本可成塔
却被风吹成了灰

2016-7-11

蒲公英

风一吹
一株大梦
碎成无数小梦

风一吹
一颗小梦
渐渐长成
一株大梦

风一吹
大梦小梦
夜空眨着眼睛

2016-7-17

紫　　藤

纠缠自己
只为向上攀援
时间最终也被凝成一股劲
所有扶过一把的人
我都会回馈绿色的拥抱
而那些为我而存在的柱廊
我珍惜每一片骨头架构的天空
我会无日无夜织满所有的柔情
也让我为你而存在
也让彼此为世界而存在

2016-7-26

远　行

打开世界
一路
饱览风景
归途
火速拉合
世界
被打包带回家
等待再次开启

2016-8-19

第七辑　微型诗选

　　本辑选录的48首诗歌，最多不超过4行，可谓之微型诗，它们是生活大海里的珍珠，是思与诗的结晶。

磨　　剑

日月作砧
人饱蘸血汗
磨着自己的骨头

1997-6-8

帷　　幕

浩浩荡荡气势恢宏
以人为词的宏大叙事
遮蔽了什么

2008-8-20

母　　亲

电力早已不足
靓彩早已不再
仍时刻接收远方的信息

2009-6-20 修改

专　家

戴着眼镜的盲人
提着放大镜
生活脚下无能为力

诗　人

以文字写诗
死在纸中
用生命写诗
活在心中

地　龙

当所有眼睛
对准天空
我独潜行大地
凭吊失去的记忆

人

撇是减
捺乃抑
人之道贵在简约

2009-8-2

尼　采

一生只写一首诗
所有看到的人
都异口同声
孤独的牧羊人

心　思

许许多多心思
开花结果成诗
许许多多的诗
在心里开花结果成思

游　心

孤独是后花园
交流乃会客厅

赠　言

只要有天空
就有机会放飞风筝

一棵错过花期的树

酝酿一夏
终于可以开口吐露
沉睡已久的春

沙　漏

想抓住的渐渐溜走
剩下的越来越空

伤　风

风吹进身体
到处乱撞
寻找出口

陀　　螺

为了直立
不惜高速旋转
一只手
一旁静静等待

2013-11-25

茶　　壶

曾经何其雍容大度
高山流水
渐被淡出生活
奔波的杯具越来越多

梦·诗

写着诗做梦
做着梦写诗
那些消失的诗行
梦中历历可见

无言之美

口若悬河
淹没群众的眼睛
无言之美
日薄西山

地平线或生活

一艘不断漏水的船
我们不断往外舀水
无尽的大海
高悬一只金苹果

足球世界杯

神话或童话
都将不断重写
多少爱多少恨
滚滚红尘

底　　线

没有了夕阳的地平线
愈发仓皇

蜘　　蛛

默默吞没黑暗
编织存在之网

盛开的加拿大一枝黄花

存在没有界限
自在方显高贵

2014-12-27

街口一株茶花

一直挺立在此
静观流变
只想开好胸中的花

2015-1-24

微　　笑

所有的笑都很美
保持一颗微笑的心
花就开在脸上

星　火

荒野矗立
一颗一颗种树的牧羊人
把星星锤进石头

祈　祷

世界
请给我一些故事
那些说说多像柳絮

榨汁机

把岁月去皮涤净
会榨出苦水
却榨不出诗

大　雪

夜笼罩世界
人类回归童年
心早已出门

萤火虫

提一盏灯笼忽明忽暗
渐渐飞入背景
成为星空

异　化

用硬壳裹紧自己
头长触须手臂伸成大钳
人就慢慢变成了龙虾

天　戏

吹花人吞火者
清道夫守夜人
四人演尽天下大戏

纪 念 碑

建在石头上
不如刻在心里
不如筑进血脉

人　物

越想成为人物
反而成了物
糟蹋越来越多的人

探 照 灯

当照亮不为引领而是侦探
当背后的眼睛不是灯笼而是柳叶刀
萤火虫到处寻找黑暗之所

捉 迷 藏

轮番躲进大地
出来时
打着各式各样的伞

2016 厄尔尼诺

日夜嘀咕咆哮
深藏海底的秘密
铺天盖地

山　丘

胸怀大地秘密
曝露野外日夜仰望
一群有家难回的老顽童

云

浮在地面的云
越来越重
浑身充满烟火气

蜗　牛

匍匐疾行
背着重重的房子
到处找家

另类儒

升一级
矮一截
脚却越抬越高

天　道

矢志不渝
世界可能逆转
围着你旋舞

蚕　人

日夜咀嚼孤独
反刍绝望
只为他日华丽变身

加 油 站

车子饿了
到处找加油站
我饿了
就回一趟故乡

代 价

劣币驱逐良币
君子斗不过小人
小人敌不过历史

激 活

当日子变成一粒粒沙子
骆驼用蹄掌一步步
激活心中的绿洲

2016-7-27

仰 望 者

机关算尽的人啊
目的无非一盏马灯
流星一闪而过
仰望者却点亮了一天星星

道 骨

拼到最后
也许没奖牌
但始终微笑

2016-8-22

后 记

从 1988 年开始，不知不觉，断断续续，读诗写诗已经 28 年了。我与诗之间何以纠缠至此？我不得不让时光倒流，在记忆中打捞我与诗之间的缘分。

小时候，父亲常说："熟读唐诗三百首，不会作诗也会吟。"我模模糊糊记得，有一次早晨我朗读唐诗时，还在睡觉的父亲突然纠正我的错误，当时很奇怪，他没看书怎么知道我错了呢。这可能是我关于诗歌最久远的记忆了。

到了中学，夏天去田野或小山坡放牛，总是带上一本《千家诗》。在牛吃草的同时，我也把一首首古诗嚼进了心中。高一时，班主任李敦凯先生有一次把他抄写的《离骚》等古诗词拿到班上让我们看，还读了一首他自己写的诗歌。我对他的手抄本很向往，便向他要来，照葫芦画瓢，买来白纸裁剪装订成册，然后原封不动地把《离骚》也抄录下来，并在晨读时经常朗诵。我现在找到的最早诗歌，便是高一暑假写的《我希望》，最后三句是："纵然一切困难都来相亲 / 即便是烦恼的伴侣 / 也决不奉承顺利。"此诗可谓我 17 岁时的青春宣言。当时上海古籍出版社有一套物美价廉的古典文学精选丛书，我陆陆续续买回十多本。唐诗、宋词、元曲中的很多经典名篇，我当时都能背下来，犹记得最喜背诵柳永的那首《八声甘州》："对潇潇暮雨洒江天，一番洗清秋。渐霜风凄紧，关河冷落，残照当楼……"

1990 年，我高考失利，没有考进理想的外国语大学，最后进入巢湖师专外语系学习。当时有些自暴自弃，但对古典诗词的爱好依旧高涨，晨读把《诗经》和《宋词》等作为重点。记得在班级集体劳动以及课间休息时，我经常和志同道合的何世华、夏俊林等同学背诗词比赛，或以一个意象（比如月亮）为题，或诗词接龙，彼此较劲，胜败往往难解难分。然而就在这个时候，我渐渐迷上了新诗。

最初进入视野的是朦胧诗，有一本《朦胧诗一百首》的书，我一遍又一遍地读，满口溢香。不久，席慕容、汪国真相继来袭，我沉浸在诗歌的醉意之中，难以自拔。

有一次为了买一本汪国真诗选，我在巢湖市走大街串小巷，终于买到一本，还是皱巴巴的别人不愿意买的一本，我如获至宝。那是个诗歌的年代，以后恐怕很难再出现那样的诗歌热潮了。新诗读多了，便开始学着写。当时同学正组建校园文学社，我热诚参与，并在社团创刊号上发表了一首诗歌《有一种声音》，这算是我第一首公开的诗歌了。它写的是时间的声音，我希望自己能够应和时间的节奏积极进取，"和其韵／一种广博的宇宙／越拓越广／越拓越宽"。

1992年，我成了淮南矿务局下属的一个煤矿中学的英语老师。教书之余对诗痴心不改，研读《诗刊》成了业余最大的享受。我一本一本地写着自己的诗歌，不断投稿，但都石沉大海。我曾沮丧不已，但从未放弃。转机出现在1994年，我参加了《写作》杂志社主办的青年写作大赛，创作的诗歌《刑天》虽然只获优秀奖，但却极大地鼓舞了我。诗中最后两句也从此成了我的座右铭："一口气，也要呼出倔强／一滴血，也要流出希望。"正是在这种刑天精神的引领之下，我成功地在《教师报》、《淮矿文艺》等报刊上发表了十几首诗，同时也成功地考上研究生。

1999—2005年，从硕士到博士，我进入理论的王国，系统地研读了各种文史哲经典，尤其对诗学情有独钟。可能是长时间沉浸理论，我内在的感性相对麻木，这六年，虽然我也一直读诗，但却很少写诗。六年的学院生活，最大收获便是逐渐形成了自己的诗学观念，那就是生活诗学。它强调一种整体精神，认为每一个人的生活都内涵三个维度：生命、日常生活、存在。这意味着整体生活同时具备生命性、日常性和存在性。这三个维度并非相互独立，相反它们只有相互拥有才能成为整体生活。

在生活诗学观念中，诗人已不仅仅是能够写诗的人，也包括那些将自己的生活过成诗的人，也就是说，诗人不仅仅是用文字写诗的人，更应该是用生命实践来写诗的人，前者可以称为"文本诗人"，后者则是"生命诗人"。无论何种诗人，无论何种诗，都必须以日常生活为平台，既要有对生命的讴歌和反思，也要有对存在的感悟。至于诗歌的表现形式和风格，可以丰富多样，既可以浅显清丽，也可以朦胧多义；既可以整饬一律，也可以参差不齐；既可以感性灵动，也可以包蕴哲理。但无论哪种情况，我个人都倾向于让诗歌拥有思想的冲力，让诗成为诗与思的交响。

2006年开始，我重新创作诗歌。此时写的诗已不仅仅是文字意义上的诗歌，它更多是个人生活的一种折射，因为我希望自己能逐渐走上一条通往诗意生活的大道。虽然这些理性有余灵动不足的诗歌并未受到广泛认可，但我弥足珍视，因为它们都是我心灵世界圣庙的一砖一瓦。这些诗歌既是我对诗意人生的回应，同时也是向世界发出的呼唤，我希望有越来越多的呼唤和回应，由此，一个又一个的呼唤和回应，便可以形成一条无穷无尽的诗歌之链。

"Whether we are, in the end, alone / Under the sun, all suns that ever shone.（不管我们是否，最终，孤独一人 / 在太阳下，所有的太阳都曾闪耀。）"辛波斯卡这两句诗也说出了我的心声：所有拥有诗意的人都是一颗太阳，正是他们让这个世界变得越来越温暖！

二十八年来的诗歌，汇编成册，便有了《潜行大地》，它印证了一个个微小的足迹，也将成为我未来旅途的指南针。其中大部分诗歌都曾在报刊及网络媒体发表，尤其要感谢《长江诗歌》、《中国诗》、《新诗天地》、《中诗网》、《中国诗歌学会》、《诗歌周刊》、《大诗刊》、《海诗刊》、《作家导刊》、《银河系》等诗歌媒体的编辑们，感谢你们的厚爱，我知道我还在走向"整体诗"的路上。

"生年不满百，常怀千岁忧"，就让我和诗彼此不离不弃，以尽天年吧。

张公善
2016 年 7 月 27 修订于故乡老宅